벽(壁)

The Wall

아베 코보 지음 ♦ 이정희 옮김

아쿠타가와 수상 소설집

벽壁

아베 코보 지음 ◆ 이정희 옮김

마르코폴로

목차

『S. 카르마씨의 범죄』

●

눈을 떴습니다.

아침에 잠에서 깨어나 눈을 뜬다는 것은 지극히 일상적이며 특별한 일은 아닙니다. 그러나 오늘은 뭔가 심상치 않았습니다.

이런 생각이 들면서도 무엇이 심상치 않은지 확실히 알 수 없다는 것은, 역시 심상치 않은 일이 아닐 수 없습니다. 이를 닦고 세수를 해도 역시 점점 이상한 느낌이 들 뿐이었습니다.

시험 삼아 (왜 그런 것을 시험 삼아 해 보는지도 확실히 알 수 없습니다만) 크게 하품을 해보았습니다. 그런데 그 이상한 느낌이 즉시 가슴 쪽으로 몰려와서, 난 그만 가슴이 휑하니 뚫려버릴 것만 같았습니다.

공복 탓인지도 모를 거라고 생각하여 식당에 가서 (물론 언제나 가긴 했습니다만) 수프 두 그릇과 빵을 한 조각 반이나 먹었습니다. 수량까지 일부러 기록하는 것은 바로 내가 평상시 먹는 양이 아님을 분명히 밝혀두기 위해서입니다.

그런데 그러는 사이에도 그 이상한 느낌은 점점 커져서 더욱 가슴이 텅 빈 것만 같았고, 난 더 이상 음식을 먹을 수가 없었습니다.

카운터에서 계산을 하려고 하자 회계 담당 여자가 외상 기록 장부를 내놓았습니다. 서명을 하려는 순간, 난 갑자기 망설여졌습니다. 이 망설임은 확실히 그 이상한 느낌과 관련이 있을 거라고 생각하며, 창 너머 무한히 펼쳐진 곳으로 눈을 돌려 내 자신을 투영해 보려고 했습니다.

문득 펜을 쥔 채 서명을 하지 못하고 난처해하고 있는 자신을 발견했습니다. 난 내 이름이 도저히 생각이 나지 않았습니다. 이것이 바로 내가 망설였던 이유였습니다. 그러나 그다지 놀라지는 않았습니다. 어떤 학술 논문에서 가령 연구에 몰두해 있는 어느 학자가 일 년 내내 자기 이름을 잊고 사는 경우가 있었다는 글을 읽은 적이 있기 때문입니다(그건 결코 그 학자의 경험을 쓴 책은 아닙니다). 오히려 난 침착하고 여유 있게 명함이

든 지갑을 꺼냈습니다. 그런데 공교롭게도 명함이 한 장도 없었습니다.

이번에는 신분증을 꺼내 봤습니다. 그러나 묘하게도 이름이 적혀져 있는 부분만 지워져 있었습니다. 조금 당황해진 나는 수첩 사이에 끼워 둔 아버지가 보낸 편지를 찾아보았습니다. 그러나 편지 역시 받는 사람 이름이 고스란히 지워져 있었습니다. 다시 재킷 안쪽 주머니에 이름을 새긴 부분을 살펴보았는데, 이 역시 지워져 있었습니다. 이제는 점점 불안해져서 달리 뭔가 이름을 기억해 낼 수 있는 물건이 없을까 하고 바지와 재킷 주머니에 일일이 손을 집어넣어 종잇조각 등을 뒤져보았지만, 내 이름이 적혀 있는 부분만이 모두 지워졌거나, 그렇지 않으면 처음부터 이름과는 거리가 먼 성질의 물건들뿐이었습니다.

초조해진 나는 카운터에 있는 여자에게 내 이름을 물어보았습니다. 평소 서로 얼굴을 아는 터인지라 내 이름을 모를 리가 없습니다. 그런데도 그 여자는 난처하다는 듯 웃기만 할 뿐 알려주지 않았습니다. 결국 하는 수 없이 현금으로 지불했습니다.

방에 돌아와서는 책상 서랍을 전부 뒤져보았습니다. 새로 인쇄한 명함 한 통이 텅 비어 있었습니다. 책에 찍혀진 장서 도장도 모두 지워져 있었습니다. 우산에 달린 이름표에도, 모자 안쪽과 손수건 끝에도, 요컨대 내 이름이 새겨져 있던 모든 장소에서 이름만이 말끔히 지워져 있었습니다.

창문에 내 얼굴이 비쳤습니다. 곤혹스런 표정을 한 얼굴이라 이건 좀 고려해 볼 필요가 있다고 생각했습니다. 그러나 이 이상한 현상이 가슴 속의 공허함과 뭔가 관련이 있다는 것 말고는 아무것도 알 수가 없었기에 더 이상 심각하게 생각하지 않기로 했습니다. 이런 일은 어차피 시간이 해결해 줄 거라고, 나중에 밝혀지면 틀림없이 대수롭지 않은 일일 거라고 스스로 위로를 했습니다.

7시 반을 알리는 펄프 공장 사이렌이 울렸습니다. 출근 시간이어서 나가려는 순간 가방이 없어진 걸 깨달았습니다. 더러는 중요한 서류도 들어 있었고, 더욱이 3개월 할부로 구입한 소가죽 가방이었기 때문에 정신이 아찔해졌습니다. 온 방안을 샅샅이 뒤져보았지만 없었습니다. 결국 도둑놈 짓일 거라는 결론을 내릴 수밖에 없었습니다. 난 곧장 파출소에 가려고 방에서 나왔지만 그만 멈칫했습니다. 내 이름을 잃어버리지 않았던가! 이름도 없이 신고를 할 수는 없습니다. 그럼 내 이름도 그 도둑놈이 훔쳐 간 것일지도 모른다는 생각이 들었습니다. 그렇다면 그놈은 너무나 교묘한 도둑놈입니다. 난 감탄했다가도 화가 났지만, 그만 어이없어하며 사무실을 향해 걷기 시작했습니다.

거리는 러시아워라서 전혀 다른 광폭한 세계처럼 보였습니다. 자신의 이름이 없다고 생각하자 갑자기 불안해졌습니다. 어쨌든 이름도 없이 거리를 걸어 본 경험은 이번이 처음이었기에 주눅이 들어 버렸습니다. 가슴에 공허함이 더욱 커져가는 느낌도 들었습니다.

사무실에 도착한 것은 평상시보다 조금 늦은 시각이었습니다.

사무실에서 내가 맨 처음 한 것은 사무실 관리실에 있는 이름표를 살펴본 일이었습니다. 세 번째 줄 왼쪽에서부터 두 번째가 바로 내 이름표입니다.

S. 카르마

S. 카르마……. 몇 번이고 입 속으로 중얼거려 보았습니다. 역시 내 이름인 것 같기도 하고 아닌 것 같기도 했습니다. 그

러다가 그것이 내 이름이라는 생각 자체가 뭔가 착각이 아닐까 싶었습니다. 하지만 역시 그것은 내 이름이 틀림없다고 생각하자, 이번엔 내가 나 자신인지는 맞을까라는 생각조차 들었습니다. 아냐! 그럴 리가 없어! 머리를 세게 흔들어 보았습니다. 머릿속을 혼란스럽게 만드는 모든 것을 떨쳐버리려 했지만 잘 되지 않았습니다. 오히려 머리를 흔들 때마다 가슴에는 공허함이 가득해져 차라리 더 이상 생각하지 않기로 다짐했습니다.

평상시 습관대로 이름표를 앞쪽으로 꺼내 놓으려 했을 때, 이름표가 이미 앞쪽에 나와 있어서 깜짝 놀랐습니다. 이런 일은 얼마든지 있을 수 있는 일입니다. 오히려 왠지 남의 것 같은 이름표를 만지지 않아도 되었다는 사실에 안도감조차 느꼈습니다. 내 책상이 있는 2층 3호실로 나는 서둘러 올라갔습니다.

3호실 문은 활짝 열려 있었습니다. 내 책상은 문 쪽에서 바로 보이는 위치에 있습니다. 내 마음은 몸보다 10미터가량 앞서가서 벌써 그 의자에 앉아 있었지만, 내 몸은 아직 문 앞에서 갑자기 묘한 기운에 사로잡혀 꼼짝할 수 없었습니다.

놀라운 것은 내 의자엔 또 다른 내가 앉아 있었습니다. 마음은 그럴 리가 없다고 생각한 모양입니다. 그저 환영을 봤다고 여겼지요. 그런데 마음이 곧 되돌아왔고 나는 그게 환영이 아니라는 사실을 깨달았습니다. 나는 소름이 끼치고 수치심에 떨며 그만 문 뒤로 몸을 숨겼습니다. 왠지 다른 사람의 눈에 띄면 큰일 날 것만 같았습니다.

뒤로 숨고 보니까 또 하나의 내 모습이 확연히 잘 보였습니다. 또 다른 나는 타이피스트 Y양에게 시멘트 벽돌로 만든 내화(耐火) 건축에 관한 보고서를 설명해 주고 있었습니다. 아침에 찾던 소가죽 가방은 책상 위에 놓여 있었습니다. 오른손으로 서류에 글씨를 쓰면서 왼손으론 슬그머니 Y양의 무릎을 어루만지고 있었습니다. 그 순간 깊숙이 침투되어 있던 수치심이 겉으로 폭발하여, 난 눈자위까지 붉어지는 걸 느꼈습니다.

그것은 틀림없는 나였습니다. 그런데 이름표를 보았을 때와 마찬가지로, 그를 나라고 인정하는 것은 바로 내가 나 자신이 아님을 인정하는 것처럼 느껴졌습니다.

그때 귓가에서 누군가의 목소리가 들렸습니다.

"여기서 뭘 하고 있는 거예요!"

말단 직원에게 들켜버리고 말았습니다. 난 머뭇거리며 직원 쪽으로 시선을 돌렸습니다. 상대방이 전혀 나라는 존재를 식별하지 못하는 태도여서 자못 당황했습니다. 몇 번이고 머리를 숙이며 말했습니다.

"저, 카르마씨를……"

그런 식으로 내 이름을 부른다는 게 도저히 창피해서 견딜 수가 없었습니다. 그는 깔보듯이 턱을 치켜들며 말했습니다.

"용건이 있으면 저기 있는 카르마씨에게 말하세요."

그때 또 한 명의 내가 그 소리를 들은 듯 했습니다. 퍼뜩 정신이 드는지 매서운 눈초리로 뒤돌아보면서 내 시선과 마주쳤습니다. 그 순간 나는 또 다른 나의 정체를 간파할 수가 있었습니다. 그것은 다름 아닌 바로 내 명함이었습니다.

아무리 봐도 그것은 틀림없는 명함이었습니다. 명함 이외에 다른 것으로 보여지지 않는, 정말로 한 장의 명함 그 자체였습니다.

난 재빨리 좌우 눈을 교대로 감았다 떴다 하면서 이 이중 영상의 원인을 밝혀냈습니다. 오른쪽 눈으로 볼 때는 확실히 거울에 비친 듯한 나 자신의 모습이었습니다만, 왼쪽 눈으로 보면 영락없는 한 장의 종이쪽지에 불과했습니다.

N
화
재
보
험
·
자
료
과

S
·
카
르
마

난 그 명함을 인쇄할 당시의 상황도 똑똑히 기억하고 있습니다. 노동조합 인쇄 담당 부서에 최고급 용지를 싼 가격으로 해서 제작을 의뢰했었습니다. 난 명함을 찾을 때 Y양에게 갖다 달라는 부탁을 했었고, 그리고 그 답례로 7,000원짜리 커피를 사주었습니다.

그런 생각을 하고 있을 때, 명함이 서류를 Y양에게 건네주며 귓속말을 주고받더니 결심했다는 듯이 의자에서 일어났습니다. 하긴 한 장의 명함에 불과했으니 왼쪽 눈을 뜨고 보면 명함이 미끄러지는 듯했습니다.

"할 얘기가 있으면 밖에서 합시다."

그렇게 말하면서 명함이 내 앞을 쓱 지나갔습니다. 흘낏 Y양 쪽을 보니 그녀는 타이핑에 여념이 없어서 내 존재는 눈치채지 못한 것 같습니다. 몇몇 동료들의 무뚝뚝한 시선이 내게 쏠렸지만, 그것은 별 의미 없는 우연한 눈길일 뿐 특별히 날 주시하고 있지 않았습니다. 그들이 명함의 정체를 간파하지 못하는 것도 묘한 일이지만, 나를 알아보지 못하다니 정말 이상했습니다.

명함이 복도 끝 락커 앞에서 거칠게 말했습니다.

"도대체 당신은 뭣 때문에 날 찾아왔소? 처음부터 이곳은 내 영역이오. 당신이 주제넘게 나설 곳이 아니란 말이오. 만일 개인적으로 당신에게 관심 있는 속물이 당신을 보기라도 한다면, 우리 관계가 들통날 것이오. 그땐 얼마나 난처한 지경에 빠질까. 내게 무슨 용건이 있단 말이오? 빨리 가 주시오. 솔직히 말해서, 난 당신 같은 사람과 관련이 있다는 사실이 창피해서 견딜 수가 없소."

난 하고 싶었던 말이 휑하니 뚫린 가슴 밑바닥에 잠겨버려 도저히 다시 나올 것 같지 않았습니다. 서로 얼굴을 빤히 쳐다본 채 몇 초간 침묵이 흘렀습니다. 그러는 동안에 나의 혼란스런 사고는 감정과는 전혀 무관하게 엉뚱한 행동을 하고 말았습니다. 마치 카자흐 댄스처럼 춤추듯 높이 점프를 한 것입니다. 말로는 표현하기가 매우 힘듭니다. 그 순간 나도 모르게 말이 튀어나왔습니다.

"그런데 오른쪽 눈으로 볼 때와 왼쪽 눈으로 볼 때가 다르게 보인다는 건 아무래도 우스꽝스럽군. 아마 마르크스의 영향을 받은 게 틀림없어."

"바보 같은 자식!"

명함이 갑자기 화를 냈기 때문에 난 무심결에 손을 뻗어 달려들었습니다. 무참하게 찢긴 명함의 잔해가 내 머릿속에 뚜렷한 이미지로 형상화되었습니다. 그 밑에 밑줄을 긋고 한 장에 1,200원짜리라고 낙서할 여유조차 있었습니다.

그런데 명함이 의외로 만만치 않았습니다. 갑자기 양쪽 눈 모두 순수한 명함으로 변하더니 손가락 사이를 휙 하고 용케도 빠져나갔습니다. 난 양손을 벌려 주의 깊게 벽 쪽으로 몰아붙였습니다. 그러나 상대는 기분 나쁘게 웃으면서 문틈으로 휙 미끄러져 들어갔습니다. 락커는 항상 잠겨져 있었고 열쇠는 말단 직원이 갖고 있습니다. 그걸 알면서도 분한 나머지 문고리를 잡아당겨 짤깍짤깍 소리를 내자, 그 소리를 듣고 달려온 직원에게 들키고 말았습니다.

"왜 그러세요? 뭐가 잘못됐나요?"

흥분해서 몸을 밀어붙이듯이 다가왔기 때문에, 난 간신히 대답을 했습니다.

"카르마씨가……."

"농담하지 마세요. 이건 락커에요."

노골적으로 적의를 나타내는 바람에 난 할 말이 없어졌습니다. 분한 마음이 수치심과 굴욕감으로 변해갔습니다. 나는 잠자코 손을 휘저으면서 도망치듯이 사무실을 빠져나왔습니다. 문득 가슴에 손을 얹어 보니 공허함이 한층 더 깊어진 것 같았습니다.

그래도 난 마음속으로 희망을 가졌습니다. 사무실에서 퇴근하면 명함은 틀림없이 집으로 돌아올 것입니다. 명함 역시 '또 다른 나'임에 틀림없으니까, 돌아온다면 바로 이 방일 테지요. "돌아오면 뭐라고 말해줄까. 엄중하게 항의를 해야만 해. 적당히 타협해서 굴욕감을 안고 있을 순 없지. 이 사건은 분명히 철저하게 추궁해야 할 문제야." 마지막 대사가 꽤 권위가 있는 것처럼 생각되어 퍽이나 마음에 들었습니다. 만일 그때 갑자기 탁 하고 가슴을 치는 소리에 놀라지만 않았다면, 난 아마 투쟁적인 흥분에 여념이 없어 여러 장면을 공상하고 여러 가지 훌륭한 문구를 떠올리는 데 열중했을 것입니다(창피하지만, 내 성격상 그런 부분도 있는 것 같습니다).

그런데 그런 우쭐한 상황에서 갑자기 가슴을 얻어맞고는 그 심상치 않은 울림에 퍼뜩 정신이 들었습니다. 빈 양동이를 쳤을 때와 같은 그 공허한 울림은 도저히 인간의 가슴에서 나는 소리라고는 상상조차 할 수 없었습니다. 귓가에 울린 그 소리는 입술이 바싹 마르고 금이 간 것처럼 무겁고 건조한 소리였습니다.

셔츠 앞부분을 벌리고 의사들의 손놀림처럼 보고 배운 대로 만져 보았습니다. 그 소리는 펑펑 하고 백치처럼 울렸습니다. 문득 난 외로움에 젖어 침대 위에 얼굴을 파묻고 양손으로 가슴을 억눌렀습니다. 단순한 공허함이 아니라 내 가슴이 실제로 뻥 뚫려 있는 것입니다. 매사에 자신이 없어졌고 명함이 돌아올 것이라는 확신도 점점 불확실해졌습니다. 그뿐 아니라 명함이 돌아오면, 내가 대신 이 방에서 쫓겨날지도 모른다는 불안한 생각도 들었습니다. 완력으로라면 그깟 종이 한두 장 정도는 상대가 안 되지만, 여하튼 이쪽은 이름을 상실한 상태여서 만사가 불리합니다. 적어도 법률은 명함 편이 될 것입니다. 게다가 그것도 도둑맞은 게 아니라, 이름이 자발적으로 도망을 쳤으니까……

도로 맞은편 정육점에서 크로켓을 튀기는 냄새가 났습니다. 벌써 12시가 됐습니다. 하지만 전혀 식욕이 일지 않았습니다. 씁쓸한 기분으로 의사를 찾아가 검진을 받기로 했습니다. 의사가 가슴이 뚫린 원인을 규명해 줄지도 모릅니다. 그렇게

만 된다면 이름이 도망을 친 이유도 알 수 있을 것입니다. 동물원 모퉁이에 노란색 지붕을 한 병원이 머릿속에 떠올랐습니다. 동물원이라면 버스로 한 정거장 거리이고, 걸어가더라도 10분이면 충분합니다.

이윽고 플라타너스 가로수 사이로 뾰족한 병원 지붕이 보였습니다.

그 가로수 밑에서 50세가량의 화가가 백지 캔버스를 앞에 두고 그냥 앉아 있었습니다. 그 옆에선 거지들이 웅크리고 앉아 이를 잡고 있었습니다.

병원은 조용했습니다. 접수창구에서 입술이 튀어나와 나를 쳐다보며 말했습니다.

"이름이 어떻게 되세요?"

뭐라 다른 말도 한 것 같은데, 이름을 묻는 질문에 가슴이 막혀 잘 듣지를 못했습니다.

"이름은 뭣에 쓸려고……"

단지 놀랐을 뿐 특별히 화를 낸 것도 아닌데, 그 입술이 날카롭게 말했습니다.

"카드 작성에 필요합니다."

"카드라고요?"

"네, 카드 말입니다."

어디선가 들은 적이 있는 말이었습니다.

"꼭 필요한 겁니까?"

"네, 물론입니다."

역시 이름을 말하지 않으면 안 되는구나. 솔직히 말해서 처음부터 곧장 이름을 대려고 했습니다만, 문득 정신을 차려보니 잊고 있었던 것입니다. 계속 말을 하게 되면 생각이 날지도 모른다고 위안을 삼으려 했지만, 입씨름을 하고 난 뒤에도 역시 기억이 나지 않았습니다. 난 생각했습니다. 카드 작성이 그렇게 중요하다고 해도 어차피 법적 의미를 갖진 않을 것이다. 요컨대 이름은 분류하기 위해 필요한 기호에 불과하다. 그러니 가명이라도 별 지장은 없을 것이다. 그래서 말이 나오는 대로 아무렇게나 이름을 불러댔습니다.

"카르테……"

"네?"

입술이 다시 뭉툭해졌습니다. 이런 실수를 저질렀구나 싶어 서둘러 다시 둘러댔습니다.

"아니, 아르테입니다."

역시 이상한 것 같아 이번엔 전혀 다른 분위기를 의식하면서 말했습니다.

"아니, 아르테가 아니라 아르마입니다."

아무래도 비슷한 말만 되풀이하게 되었습니다. 입술이 최대한으로 튀어나왔습니다. 오리 주둥이를 약품으로 불려 놓은 것처럼 보였습니다. 확실히 불만을 표시하고 있었습니다. 내심 나도 불만스러웠기 때문에 마지막으로 다시 한 번 대답하기로 결심했습니다.

"아, 또 틀렸군요. 아닙니다. 사실 내 이름은 아쿠마입니다."

"아쿠마……? 정말이에요. 어라……?"

이름을 쓴 글자를 읽는 듯한 묘한 웃음만을 남긴 채 입술이 들어가고(입술뿐이었는지 얼굴 전체였는지는 잘 생각나지 않습니다), 뒤이어 커다란 눈알이 불쑥 튀어나왔습니다. 수족관에서 금붕어가 쳐다보는 것 같은 이미지가 생생하게 떠올랐습니다. 그러나 잘 보니 역시 사람 눈동자였습니다. 아쿠마라는 것이 분명 얼토당토않은 이름이란 걸 나도 잘 알고 있습니다.[1] 다시 한 번 정정할까 하다가 몇 번을 되풀이해 봤자 어차피 똑같은 상황만 계속될 것 같았습니다. 게다가 그런 짓을 해서 괜히

---

1) 아쿠마는 일본어로 악마(惡魔)라는 뜻이다.―옮긴이 주

이름이 없다는 걸 눈치라도 채게 된다면, 차라리 이름이 이상해서 비웃음을 받는 쪽이 훨씬 낫다는 생각이 들어 짧게 대답하곤 입을 다물었습니다.

"네, 아쿠마입니다."

눈알이 들어가고, NO.15라고 적힌 카드를 건네주었습니다.

어두운 대합실, 스프링이 다 끊긴 소파에 앉아 잠시 기다렸습니다.

소파 앞에 테이블이 있었습니다. 테이블 위에 재떨이와 스페인 경치가 실려 있는 사진 잡지가 있었습니다. 담배에 불을 붙이고 잡지를 무릎 위에 펼쳤습니다. 난 스페인어를 모르기 때문에 사진을 보면서 캡션에 나오는 고유 명사만을 대충 훑어보았습니다. 경찰들에게 포위된 폭도들 사진이 있었습니다. 사살된 남자 위에 쓰려져 울고 있는 여자 사진도 있었습니다. 그리고 살바도르 달리의 해골 그림과 백조의 죽음을 춤추고 있는 아름다운 발레리나 사진이 나란히 실려 있었습니다. 코르셋 도안과 함께 레이몽 라디게의 초상도 있었습니다.[2] 글자만 빼곡히 적혀져 있는 페이지는 건너뛰었습니다. 그러다 보니 23페이지를 펼쳤습니다.

---

2) Raymond Radiguet(1903-1923), 프랑스의 소설가로 『육체의 악마』의 걸작을 남겼다.—옮긴이 주

그러자 내 눈은 그 페이지에 빨려 들어가듯 고정되고 말았습니다. 모래 언덕 사이를 망망한 지평선까지 계속되는 광야 풍경이 페이지 전체에 펼쳐져 있었습니다. 모래 언덕에는 가냘픈 나무들이, 하늘엔 두꺼운 구름이 여러 겹으로 쌓여 있었습니다. 가축은 물론 까마귀 그림자조차 보이지 않습니다. 광야 한쪽을 뒤덮은 풀은 마치 철사처럼 가늘고 짧게 듬성듬성 돋아나 있어서 지면이 훤히 들여다보일 정도입니다. 지면은 바람에 모래가 흘러와 물결치듯 펼쳐져 있었습니다.

난 깊은 한숨과 함께 그 풍경에 완전히 매료되었음을 깨달았습니다. 고통스러운 전율이 등줄기를 가로질렀습니다. 난 스페인에 가본 적이 없어서 이 풍경을 보았을 리 만무하지만, 아무래도 본 적이 있는 광경이라는 생각을 떨쳐 버릴 수가 없었습니다. 그 화면은 마치 기억 밑바닥에 펼쳐진 창문과도 같았습니다.

어느 틈엔가 난 실제로 그 황량한 광야에 서 있었습니다. 거대한 구름 덩어리가 무서운 속도로 내 쪽을 향해 허물어져 왔습니다. 사각사각 흐르는 모래 속에 구두가 조금씩 묻히기 시작했습니다. 왼쪽 중앙에 사구(砂丘)가 있고, 그 기슭에 띠 모양의 황사가 소용돌이쳤습니다. 굶주린 들쥐 무리가 이주하기 시작했습니다. 난 웅크리고 앉아 발밑의 모래를 만져 보았습니다. 모래가 손가락 사이로 흘러내려 나중엔 아무런 감촉도 남지 않았습니다. 멍하니 하늘을 향해 벌린 내 손가락에 뭔가 한 줄기 물방울이 떨어졌습니다. 그런데 그것은 바로 내 눈물이었습니다.

황급히 눈을 비비고 나서, 난 다시 대합실 소파에 앉았습니다. 크게 한숨을 짓고 다시 화면으로 시선을 옮겼습니다. 그런데 이게 어찌된 일일까요. 아까 그 스페인 광야 풍경이 흔적도 없이 사라져 버린 것입니다. 그곳엔 단지 광택이 나는 아트 용지 공백이 새하얗게 빛나고 있을 뿐입니다. 내가 꿈을 꾸고 있었던 것일까요.

아니, 그럴 리가 없습니다. 23이라는 페이지 숫자만 인쇄하고 한 페이지를 전부 공백으로 남겨 두는 레이아웃은 있을 리가 없습니다. 이건 분명 내 신상에 좋지 않은 일이 일어난 게 틀림없습니다. 난 긴장되어 지그시 그 공백을 바라보면서 무언가를 감지하려고 온몸으로 애썼습니다.

그때 대합실 정면에 있는 문이 소리 없이 열리고, 반짝반짝 넘쳐흐르는 광선 속에서 키가 큰 의사 모습이 보였습니다. 그 모습이 다시 역광으로 새까맣게 보였습니다. 난 당황하여 잡지를 덮고 눈에 띄지 않도록 조심스럽게 있었습니다. 새까만 의사 얼굴 속에서 금이빨이 번쩍 빛이 났습니다.

"15번 손님 들어오세요."

그 소리에 난 살짝 미소를 지었습니다. 아침에 눈을 뜨고 일어난 후 지금까지 처음으로 행복하다는 걸 느꼈습니다. 사실 사람을 부르는데 15번 손님이라는 말보다 더 소탈한 호칭이 또 어디 있을까요. 사람들이 모두 이름 따위는 제쳐버리고 그때그때 상황에 따라 번호로 불린다면 얼마나 유쾌할 일일까요.

진료실은 밝고 깨끗했지만, 의사 모습이 여전히 그림자처럼 새까맣다는 게 어쩐지 꺼림직했습니다.

"어디가 안 좋으신가요?"

"가슴이 좀 이상해서요……."

"그래요?"

의사는 턱을 치켜들고 옆을 돌아보았습니다.

"가슴이 좋지 않은 모양이군요. 증상을 적도록 하게."

칸막이 옆에 아까 그 금붕어눈알이 앉아 있었습니다. 의사의 지시에 따라 카드를 작성하고 있는 모양입니다.

"음, 그리곤……"

난 아침부터 일어난 일들을 차례차례 말하기 시작했습니다. 의사가 불쾌한 듯이 도중에 말을 가로막았습니다.

"그렇게 무질서하게 말을 하면 상황을 이해할 수 없으니, 내 질문에만 대답하십시오. 그럼 열은 있습니까?"

"없습니다."

"네, 열은 없군요. 잘 적도록 하게. 기침은요?"

"없습니다."

"기침도 없고, 두통은요?"

"없습니다."

"두통도 없고, 그럼 배가 아픈가요?"

"아뇨. 아프지 않습니다."

"흠. 아프지 않다고요. 빠짐없이 기록해 두게. 그럼 식욕은 어떤가요?"

"별로 없습니다."

"식욕이 별로 없다고요. 이건 중요합니다. 꼭 적어 두게. 이것뿐입니까?"

"아뇨, 실은……"

"간단히 얘기하십시오."

"네, 한마디로 말해서 가슴 상태가 안 좋습니다."

"그건 이상하군요."

의사는 고개를 갸웃거리며 잠시 생각에 잠겼습니다.

"진찰을 해주셨으면 합니다만……"

"그렇게 하죠. 그 밖엔 달리 방법이 없군요."

의사는 의자에 앉은 채 발을 버둥거리며, 필요 이상으로 과장된 몸짓으로 청진기를 집어 들고, 오른쪽 집게손가락을 내 가슴에 찔러대며 좌우로 흔들었습니다. 난 당황하여 셔츠 단추를 풀었습니다. 그러자 의사가 청진기 끝으로 내 가슴을 쿡쿡 찔러댔습니다.

청진기 끝을 매섭게 쏘아보고 있는 의사의 미간에 깊은 주름이 생겼습니다. 그 주름은 시시각각으로 깊어져 갔습니다. 그러다 거의 양쪽 좌우 눈이 붙어버렸을 때, 의사가 서둘러 청진기를 떼고 헛기침을 한 후, 화가 난 듯 말했습니다.

"이상하다고는 할 수 없습니다."

금붕어눈알이 되물었다.

"이상 없는 거죠?"

"아니, 이상하다고는 할 수 없어. 그대로 적어 두게."

그리고 나서 의사는 왼손을 내 가슴에 대고 정식으로 진찰하기 시작했습니다. 한 번 톡 치고 나서 고개를 갸웃거렸습니다. 그리고 칠 때마다 고개를 좌우로 저었습니다. 공허한 소리에 의사도 깜짝 놀란 것 같았습니다.

"이상한데요……"

금붕어눈알이 말했습니다.

"선생님, 압력계로 한번 흉압을 측정해 보면 어떨까요?"

"응, 뭐라고?"

의사가 눈을 크게 떴지만 이내 작은 목소리로 말했습니다.

"그래, 그럼 한 번 해볼까."

두 사람은 선반 위에서 먼지투성이인 압력계를 찾아내 금붕어눈알이 훅 하고 불자 의사는 목이 메이는지 콜록거렸습니다. 10㎝ 이상 되는 주사 바늘이 고무관에 연결되었습니다. 금붕어눈알이 내 가슴 한가운데를 알콜솜으로 닦았습니다. 의사가 주사 바늘을 푹 하고 내 가슴에 찔렀습니다.

수은주가 단숨에 내려갔습니다. 금붕어눈알이 눈금을 읽었습니다.

"130."

"끔찍한 저압이군."

의사가 신음하듯 말했습니다. 난 설명을 했습니다.

"아침부터 가슴이 몹시 공허한 느낌이 들었습니다."

"아침부터라고요? 왜 그걸 좀 더 빨리 얘기하지 않았나요."

의사는 완전히 화가 난 듯했습니다. 난 그만 주눅이 들어 아무 말도 하지 못했습니다.

"그런 건 맨 처음에 얘기해 주셔야 합니다."

의사가 투덜거리며 반사경을 쓰고 내 눈을 들여다보더니 이번엔 렌즈를 대어보았습니다.

"음, 정말로 당신 가슴은 뻥 뚫려 있군요."

그런 자세로 의사는 금붕어눈알에게 외쳤습니다.

"거대한 공동(空洞), 동굴의 우상의 형성…… 아냐, 이건 좀 기묘하군. 경치가 보인다. 이 얼마나 광대한 사막인가! 아니, 기록하지 말도록 하게. 우리 의학자들은 이런 비과학적인 사실은 인정할 수 없어. 정말 어처구니없군. 실증정신에 대한 굴욕이 시민사회 질서를 교란시킨단 말야. 적지 말도록."

"뢴트겐으로 조사를 해보면 어떨까요."

"그래, 좋은 생각이야."

뢴트겐실에는 적색 램프가 켜졌습니다.

"가슴을 젖히고 이 판자를 꼭 안듯이 해서, 숨을 들이쉬고……"

찰칵하는 스위치 소리가 났고, 램프가 소등되어 주위가 캄

캄해졌습니다. 변압기가 귀뚜라미처럼 울리기 시작했습니다.

"흠……"

"어어……"

의사가 소리를 내자, 금붕어눈알도 신음 소리를 냈습니다.

"이상하다고 할 수밖에 없군."

"정말 그렇군요."

의사가 말하자 금붕어눈알이 대답했습니다.

"이 경치는 어디선가 본 적이 있는 것 같은데요……"

"나도 그렇게 생각해."

의사의 목소리는 착 가라앉아 있었습니다.

"아, 그래, 맞아. 생각났다!"

금붕어눈알이 손뼉을 치며 소리를 쳤습니다.

"대합실에 있는 잡지 사진…… 그 책 속에 있었던 경치예요."

"비과학적이야! 하지만 어떻게?"

"이건 제 생각입니다만, 흉압이 마이너스로 떨어져 있었기 때문에, 그 순간에 흡수해 버린 게 아닐까요."

의사가 내 팔을 쿡 찌르며 말했습니다.

"혹시 무슨 짐작 가는 점이라도 없습니까?"

난 이제 절망적이라고 포기하고 대답했습니다.

"정말 죄송합니다. 나중에 사과를 드리려 했습니다만, 사실은 말씀하신 그대로입니다. 처음부터 그런 의도가 있었던 건 아니었는데, 그만 넋을 잃고 보다 보니 사라져버렸습니다. 제가 흡수해 버린 것입니다. 하지만 뜻밖의 일이었습니다."

"뜻밖의 일이라고요. 음, 그렇겠죠. 뭐 사진 정도라면 괜찮지만, 그런 식으로 뭐든지 마음에 든다고 해서 전부 흡수해 버리면, 옆 사람이 당혹스럽겠네요."

적색 램프가 켜지고, 금붕어눈알이 잔뜩 골을 내면서 내게 다가섰습니다. 그러자 의사가 돌변하여 두려운 듯한 목소리로 말했습니다.

"괜찮아. 괜찮아. 환자를 나무란다고 별 수 있나. 아무것도 볼 수 없게 이쪽에서 주의하면 되니까. 15번 손님에겐 안됐지만, 만일 본의 아니게 일이라도 생기면 당신도 곤란할 테니, 여기서 빨리 나가 주시지요."

두 사람이 동시에 달려들어 양쪽에서 날 꽉 잡고 창가로 끌고 가 힘을 모아 뒤에서 나를 밀쳐버렸습니다. 난 머리부터 떨어져 콘크리트 보도에 뒹굴었습니다. 통증과 현기증 때문에 눈물이 흘러내렸습니다. 금붕어눈알이 내 웃옷을 집어던지고는 탁 하고 창문을 닫았습니다. 옷에 묻은 흙먼지를 털고 일어나자 가슴의 공허함이 한층 더 커졌고, 슬픔 때문인지 주변 경치가 창백해 보였습니다.

플라타너스 가로수 밑에는 아까 본 화가가 전과 똑같은 자세로 앉아 있었습니다. 그 주변에는 거지들이 역시 이를 잡고 있었습니다. 스쳐 지나가면서 얼핏 보니 캔버스도 역시 그대로였습니다. 무심결에 난 물어보았습니다.

"왜 그림을 그리지 않으십니까?"

"기다리고 있답니다."

화가는 똑바로 앞을 응시한 채 무뚝뚝하게 대답했습니다.

"무엇을 기다리고 계신데요?"

"무엇을 기다리고 있는지 그걸 알 정도면, 여기서 이렇게 기다리고 있지도 않을 겁니다."

정말 그렇다는 생각이 들어, 난 다시 걸어갔습니다.

표지가 보였습니다.

그 화살표 방향으로 걸어간 것은 동물들을 보고 싶다는 것 외엔 특별한 이유가 없었습니다. 이름을 상실한 불행이 똑같이 이름을 갖지 않는 동물들을 봄으로써 위로가 될지도 모른다고 생각했기 때문입니다. 그리고 아직 시간이 있다고 생각을 했는데, 무엇을 위한 시간인지 나 자신도 알 수 없었습니다.

동물원은 초등학교 어린이들로 활기찼습니다. 동물들 체취로 공기가 끈적거리는 느낌이 들었습니다. 안내 번호 표시 순서대로 돌아보기로 했습니다. 조류 우리를 제외하고 모든 우리 주변에는 철망으로 만든 휴지통과 약품 회사 광고가 적힌 벤치, 그리고 도시락을 휘두르는 어린이들로 꽉 차 있었습니다. 가장 사람들이 많이 모여 있는 곳은 굴에 들어간 채 나오지 않고 있는 사자 우리 앞이었습니다. 그리고 결국 모든 사람들이 자기가 떠난 뒤에 바로 사자가 나오지나 않을까 하는 미련을 안은 채 다음 우리로 옮겨갔습니다. 그런 줄 알면서도 나는 그 빈 우리 앞에서 한참 서 있었습니다.

그러자 사자가 어슬렁어슬렁 다가왔습니다.

활짝 기지개를 펴고 크게 하품을 하자, 어린이들이 무척 기뻐했습니다. 사자가 빙 둘러보면서 입맛을 다시자, 어린이

들이 감탄하며 말했습니다.

"틀림없이 우리들을 잡아먹고 싶은 거야."

문득 사자의 시선과 내 시선이 마주쳤습니다. 사자가 부들부들 몸을 떨었습니다. 난 왠지 모르게 숨을 죽였습니다. 사자가 조용히 내 쪽으로 다가왔습니다. 우리 끝까지 와서 얼굴을 들이대고는 가만히 나를 바라보는 눈길이 다정하게 느껴졌습니다. 그리고 조용히 옆으로 누워 앞발에 머리를 얹고선 여전히 내게 쏟는 그 눈빛이 촉촉이 젖어드는 것만 같았습니다.

옆에 있던 꼬마가 깜짝 놀라며 말했습니다.

"아저씨, 동물 조련사예요?"

난 몹시 혼란스러워 자신도 납득할 수 없는 충동 때문에 두세 발자국 뒷걸음질쳤습니다. 사자가 슬프다는 듯 킁킁거리는데도 못 본 채 서둘러 그곳을 떠났습니다. 수치심이랄 수도 없고, 불안감이랄 수도 없는, 그리고 동시에 그 양쪽인 것 같은 회한과 굴욕이 남아 나를 배웅해주는 것만 같았습니다.

곰이랑 코끼리랑 하마는 전혀 내게 흥미가 없는 것 같았으나, 얼룩말과 늑대와 기린 앞에선 사자의 경우와 비슷한 광경이 벌어져, 난 얼굴을 돌리고 총총걸음으로 지나갈 수밖에 없었습니다. 납득할 수 없는 흥분이 나를 재촉했습니다. 어느새 마지막 우리 앞에 다달았습니다.

그것은 낙타 우리였습니다.

혹 주머니를 달고 각질이 벗겨진 더러운 쌍봉낙타가 구석에 무릎을 꿇고 앉아 따분한 듯이 나뭇조각을 씹고 있었습니다. 그곳은 동물원에서 가장 구석진 곳이고 화장실 뒤쪽 나무 숲에 가려져 있기 때문에 거의 구경하는 사람도 없었습니다. 게다가 구경도 할 만큼 해서 이런 지저분한 낙타 우리까지 일부러 오고 싶은 마음도 들지 않을 것입니다. 나와 스쳐 지나던 개구쟁이 꼬마 셋이 우리 속에 돌을 던지고 도망갔습니다. 그곳은 고요했으며 한동안 나 혼자뿐이었습니다.

낙타 우리 앞에 벤치가 있었지만 먼지를 잔뜩 뒤집어쓰고 있어서 한층 비참한 느낌이 들었습니다. 갑자기 피로가 몰려와 먼지를 털어 내고 그곳에 앉았습니다. 그러자 이번에도 사자와 똑같은 현상이 벌어졌습니다.

벌떡 일어난 낙타가 천천히 내 쪽으로 목을 뻗쳐 그로테스크하게 입술을 벌리고 웃었습니다. 만일 그 눈이 그렇게 푸르고 아름답지 않았다면 난 분명 불쾌했을 것입니다. 하지만 그 눈은 매우 크고 보석처럼 투명했습니다.

나와 낙타는 잠시 서로를 응시했습니다. 그러나 이번엔 이상하게도 아무런 혼란도 느끼지 않았습니다. 오히려 난 묘한 기쁨과 쑥스러움마저 느꼈습니다. 필시 아무도 보는 사람이 없었기 때문일 것입니다.

갑자기 뒤쪽 나무숲에서 발자국 소리가 났습니다. 난 엉겁결에 일어섰습니다. 무슨 나쁜 짓을 저지른 사람처럼 가슴이 두근거렸습니다. 그것은 빗자루를 겨드랑이에 끼고 검은 제복을 입은 작고 새우등을 한 노인이었습니다. 내 쪽은 쳐다보지도 않고 벤치 옆을 지나 화장실 쪽으로 사라졌습니다. 난 다시 벤치에 걸터앉아 담배를 피우면서 편안하게 낙타의 눈 속으로 들어갔습니다. 마치 비밀스러운 기쁨 같은 것을 느끼면서 말입니다.

그런데 그 기쁨 속에서 왠지 모르게 문득 병원에서 일어난 그 불길한 사건이 떠올랐습니다. 그 기쁨 속에서 추한 의혹의 싹이 뭉게뭉게 머리를 쳐들기 시작했습니다. 동물들은 내 가슴 속에 펼쳐진 광야의 냄새를 맡은 것이 아닐까요? 나는 내게 특히 관심을 보인 짐승들을 차례로 떠올려 보았습니다. 사자, 얼룩말, 기린, 늑대, 그리고 이 낙타…… 모두가 초원과 광야에서 사는 짐승들입니다. 기쁨이 갑자기 불안으로 변해버렸습니다. 배신당한 기분이 들었습니다.

순간 우리 속에 있는 낙타가 소멸하여 내 가슴 속으로 흡수되는 장면이 생생하게 떠올랐습니다.

당황한 나는 시선을 돌려버렸습니다. 그래도 모자랄 것 같은 느낌이 들어서 눈을 꼭 감았습니다. 그러자 내 기쁨이 단지 낙타를 흡수하고 싶다는 음압(陰壓)의 욕망에 불과하다는 것을 깨달았습니다. 낙타를 쳐다보지 않기 위해 나는 엄청난 저항과 노력을 해야만 했습니다.

갑자기 가슴의 공허함이 안쪽에서부터 격렬하게 흉벽을 쥐어뜯기 시작했습니다. 가슴의 음압은 내 기분 따위는 아랑곳없이 의사가 말한 대로 단지 공허함을 채우기 위해 흡수하기만을 바라고 있는 것이리라. 그러나 그것이 아무리 광야에 불과하다고는 하지만 내 가슴을 야수들의 횡행에 맡길 수가 있을까요? 왜 허락할 수 없는 걸까요? 누군가가 귓전에서 속삭였습니다. 난 세차게 고개를 가로저었습니다. 계속되는 유혹에 저항했습니다. 난 어디까지나 나 자신이고 싶었습니다.

"여기 있다!"

큰 소리가 들리더니 갑자기 내 양쪽에서 힘이 몹시 센 네 개의 팔이 꽉 짓눌렀습니다. 초록색 제복을 입은 몸집이 큰 남자 둘이었는데, 그들은 가슴에 배지를 뒤집어 달고 있었습니다. 그 뒤에 의사 조수였던 금붕어눈알이 서서 비웃듯이 말했습니다.

"이젠 네 운수도 다됐다. 뻔뻔스러운 자식! 웅크리고 앉아 범행을 꾀하려 했군."

몸집이 큰 남자 중 한 명이 내 가슴을 잡아당기며 말했습니다.

"따라와."

"내가 뭘 어떻게 했다는 거죠?"

"뻔뻔스럽군. 현행범인 주제에."

또 한 남자는 내 겨드랑이를 쿡 찔렀습니다.

어디선가 빗자루를 든 아까 그 노인이 나타나 우리들을 안내해 주었습니다. 덩치 큰 두 남자가 양쪽에서 팔을 붙잡고 뒤에는 금붕어눈알이 지켜보며 가끔씩 내 등을 밀어댔습니다. 될 수 있는 한 자연스러운 표정을 지으려고 했지만, 이런 모양은 아무래도 시선을 끌기 마련입니다. 곧 아이들이 우리 일행을 둘러싸고 왁자지껄 떠들면서 계속 따라왔습니다.

"저 사람은 동물 조련사야."

아까 사자 우리 앞에 있었던 아이 목소리가 들렸습니다.

"와, 굉장하다. 도둑놈 동물 조련사라니……."

그렇게 말한 건 틀림없이 그 아이 친구일 것입니다.

"그래, 탐정에게 붙잡힌 거야."

불현듯 뒤를 돌아보았더니, 아이들이 '와'하고 소리를 질러대며 도망쳤습니다. 멀리 도망가 벤치 뒤나 표지판 뒤, 혹은 동물 우리 사이로 얼굴만 내밀고 있었습니다. 나는 죄 없는 인간이라는 것을 과시하려고 어깨를 쫙 펴고 담배를 물고는 왼쪽에 덩치 큰 남자에게 말했습니다.

"담뱃불 좀 붙일 수 있을까요?"

그 남자는 한마디 대꾸도 없이 팔을 가볍게 누르며 빨리 가라는 듯 재촉했습니다. 난 그만 기가 죽어서 시선을 땅바닥에 떨구고 말았습니다.

광고지 한 장이 바람에 휘날려 발밑에 떨어졌습니다.

여행에의 초대!
세계의 끝에 관한 강연과 영화의 밤

잠시 후 광고지가 다시 빙그르르 바람에 말려 뒤쪽으로 날아가 버렸습니다. 그러나 그 광고지는 내 가슴에 강한 인상을 심어 주었습니다.

"여깁니다."

노인이 말하자 일동은 수족관 뒤에 있는 우리 뒷문에 멈춰 섰습니다. '흰곰'이라고 적은 이름표가 벗겨져 있었습니다. 짤그렁 소리를 내며 열쇠 꾸러미에서 열쇠를 가려내던 노인이 애교 있게 웃으면서 말했습니다.

"곰이 대장염으로 죽어서 당분간 비어 있으니깐 이곳을 사용하시죠."

이번엔 내 앞뒤로 덩치 큰 남자 둘, 선두에는 노인이, 맨 뒤에는 금붕어눈알이 따라와 일렬로 나란히 들어갔습니다. 우리 배후에 있는 콘크리트 바위산에 커다란 동굴 입구가 있었습니다. 우리는 일렬로 그곳에 들어갔습니다. 눅눅한 동물의 체취가 물씬 풍겨 하마터면 숨이 막힐 뻔했습니다. 동굴 안으로 들어갈수록 점차 내리막길이 되어 있습니다. 일대가 물방울로 뒤덮이고 기름칠을 한 것처럼 번들번들 빛나는 양쪽 벽이 점차 좁아져, 끝내는 몸을 얼마간 옆으로 비스듬히 기울여야만 했습니다. 천장도 낮아져 몸집이 큰 남자들은 허리 부분부터 굽히지 않으면 안 되었습니다. 이젠 입구에서 새어 들어오는 빛이 거의 스며들지 않아 캄캄했습니다. 간혹 미끄러워 넘어질 뻔해서, 그때마다 벽을 짚으면 끈끈한 점액 같은 것이 손에 잔뜩 묻었습니다. 그런 상태로 동굴은 끝없이 이어졌습니다.

외부에서 보기엔 도저히 상상할 수 없는 그런 곳이었으나, 태연한 남자들 발걸음 소리가 주저함 없이 동굴 속에 울려 퍼졌기 때문에, 사건이 크게 발전할 것 같지는 않았습니다. 그 예상 그 자체는 전혀 미지의 것임에도 불구하고 그다지 두렵지는 않았습니다.

구두 소리가 그쳐 나는 황급히 멈춰 섰습니다. 희미하게 빛이 스며들었습니다. 앞에 있던 몸집이 큰 남자가 말했습니다.

"사닥다리를 내려갈 테니 주의하시오."

그리고는 내 손을 잡아끌었습니다.

"여기, 여기야. 쭉 곧은 사닥다리다. 조심해!."

사닥다리는 꽤나 길었습니다. 맨 밑에서 빛이 보였지만 현기증이 나서 똑바로 쳐다 볼 수가 없었습니다. 위를 보려니까 위쪽에서 내려오는 남자들 구두의 흙먼지가 눈에 들어와 쳐다볼 수 없었습니다. 점차 손이 피로해져 쉬고 싶어졌을 때, 주위가 밝아져 밑바닥에 이미 도착해 있었습니다. 천장은 낮고 창문이 없는 방이 하나 딸린 홀이었습니다. ㄷ자 형태로 책상이 놓여 있어서 회의실다웠습니다. 채광은 충분하지만, 그 빛이 어디에서 흘러 들어오는지 전혀 짐작이 가질 않았습니다. 여기가 목적지일까? 다른 사람들 얼굴에도 안도의 빛이 보였습니다.

나는 ㄷ자 형태의 책상이 없는 곳에 서 있었고, 양쪽에 몸집이 큰 남자들이 의자를 갖고 와서 앉았습니다. 난 과감히 오른쪽 남자에게 질문을 했습니다.

"도대체 당신들은 누구입니까?"

"사설경찰이요."

기억이 날 듯 말 듯한 꽤 묘한 명칭이라는 생각이 들어 계속해서 물어보았습니다.

"이제부터 무엇을 하게 됩니까?"

그러자 그 남자는 대답하지 않고 반대편 남자가 말을 꺼냈습니다.

"시작하면 알게 될 테니까 잠자코 있도록 하시오. 불필요한 말은 삼가고, 이런 장소에선 정식 발언은 허가될 때까지는 금지되어 있소."

화가 나서 참을 수가 없었습니다.

"그 필요한 것을 필요한 데 쓰는 권한을 당신들은 누구로 부터 부여받은 겁니까?"

거칠게 내뱉으며 아직 자신이 자유롭다는 것을 확인하려 했지만, 아무 대답도 듣지 못했습니다. 말이 이빨을 가는 듯한 소리를 내며 문이 열렸습니다. 두 남자가 재빨리 일어서서 직립 부동자세를 취했습니다.

들어온 사람은 전부 낯익은 얼굴들뿐이었습니다. 맨 처음 들어온 것은, 코는 누구, 눈은 누구, 입술은 누구, 머리 모양은 누구라고 따로따로 기억이 나는데 전체로는 누군지 확실치 않은 짜맞춘 인간들이었습니다. 그들은 한결같이 녹색 제복을 입고 있었는데, 이 집회를 직접 진행하는 자들임을 알 수 있었습니다. 내 양옆에 있는 두 사람을 제외하고, 녹색 제복을 입고 있었던 사람은 모두 다섯 명입니다. 그들의 또 하나의 공통적인 특징은 모두 안경을 쓰고 있다는 점입니다. 안경은 세 종류인데, 금테가 세 명, 안경테가 없는 게 두 명, 나머지 한 명은 뿔테를 하고 있었습니다. 금테가 법학자, 테가 없는 게 철학자, 뿔테가 수학자라는 사실을 왠지 나도 쉽게 알 수 있었습니다.

계속해서 들어온 사람들은 단골 식당 아가씨, 타이피스트 Y양, 얼굴이 새까만 의사, 사무실 주임, 플라타너스 아래에 있었던 화가와 거지들이었습니다. 이처럼 또렷이 알고 있는 부류와 본 기억은 있는데 도저히 생각이 나지 않는 무리도 있었습니다. 내가 알고 있는 사람들은 거의 함께 들어왔습니다. 그중에는 죽은 여동생과 어머니 얼굴까지도 어른거렸습니다. 어느새 홀은 빈틈없이 꽉 차고 말았습니다. 그래도 계속해서 들어오고 있었기 때문에 빗자루를 든 노인이 하는 수 없이 문을 잠글 수밖에 없었습니다. 잠시 동안 문밖으로 내쫓긴 군중들이 떠드는 소리와 함께 문을 두들기고 심지어는 긁는 소리가 났지만, 이윽고 조용해졌습니다.

녹색 제복을 입은 다섯 명이 중앙에 앉자, 나머지는 앞을 다투어 양쪽 끝 책상에 자리를 잡았습니다. 물론 대부분 좌석이 없어 주위에 서 있었으며, 앞사람 어깨 너머로 발돋움을 하는 소리나 모자를 벗으라고 외치는 소리가 나는 등 실로 집회다운 분위기였습니다.

오른편 끝에 앉아 있던 금붕어눈알이 일어서서 말했습니다.

"여러분, 정숙해 주시기 바랍니다. 제가 진행 및 기록을 담당하게 되었습니다."

"전부 잘 기록하시오. 하지만 비과학적인 사실은 기록하지 않아도 좋아요."

의사가 반대편 책상에서 소리쳤습니다. 금붕어눈알이 의연한 태도로 몸을 젖히며 말했습니다.

"여기선 어디까지나 진행 담당자인 제 의견을 존중해 주셨으면 합니다."

와 하는 박수 소리가 장내를 진동했습니다. 의사는 입을 다문 채 고개를 숙이고 말았습니다. 나도 엉터리 수작만 부리지 않는다면 신용할 수 있는 태도라고 생각하고 사건의 결과에 일말의 희망을 느꼈습니다.

다시 금붕어눈알이 중앙을 향해 말했습니다.

"의장 및 위원 소개가 있겠습니다."

녹색 제복을 입은 다섯 명이 일제히 기립하여 인사를 했기 때문에, 누가 의장인지 구분할 수가 없었습니다.

"그럼, 의장 선출이 있겠습니다."

그러자 회의장은 노골적으로 불만을 표시해 투덜대는 사람들로 가득 찼고, 사방에서 퉁명한 외침 소리가 들렸습니다.

"거, 귀찮구먼. 빨리 본론으로 들어갑시다."

그러자 당황한 금붕어눈알이 다시 말했습니다.

"그럼 즉시 사건의 심의에 들어가겠습니다. 피고는……"

목소리를 가다듬고는 내 쪽을 가리켰습니다.

"현행범으로 체포되었습니다. 문제는 두말할 필요 없이 피고가 유죄인가 무죄인가라는 것입니다."

녹색 제복을 입은 다섯 명의 위원들이 일제히 외쳐댔습니다.

"증인을 부르시오."

"첫 번째 증인은……."

금붕어눈알은 고개를 갸웃거리며 잠시 생각에 잠기더니,

"의사 조수입니다. 지금 이곳에 계시면 일어나서 질문에 답변해 주십시오."

그러더니 갑자기 낭패한 듯이 말을 이었습니다.

"아아, 그렇군요! 의사 조수는 나였군요. 제가 첫 번째 증인입니다."

방청석에서 킬킬거리는 소리가 들리자, 위원 중 한 법학자가 손을 들어 이를 제지하고 질문을 했습니다.

"그럼 묻겠는데, 피고는 유죄인가요, 무죄인가요?"

"유죄라고 인정합니다."

금붕어눈알이 대답했습니다.

"사정을 설명하시오."

"그럼 말씀드리겠습니다. 피고는 불과 3시간 동안에 제가 목격한 것만도 두 가지 범행을 저질렀습니다. 첫 번째는 병원 대합실에서 잡지 속에 있는 사진을 훔쳤습니다."

"절도범이란 말이죠?"

"그렇습니다."

"수법에 관해서 뭔가 진술할 사항은 없습니까?"

"의사에게 두 번째 증인이 되어 주시길 부탁합니다."

"그럼 의사는 지금 조수가 진술한 사실을 인정합니까?"

의사는 마지못해 일어났습니다.

"나는 이런 비과학적인 문제에 관해선 아무 발언도 하고 싶지 않습니다."

"무슨 이유로 발언을 거부하시는가요?"

"제 지론입니다."

"좋습니다. 두 번째 증인은 자신의 지론에 따라 증언을 거부했습니다."

"잠깐만 기다려 주세요."

갑자기 금붕어눈알의 입술이 뾰족하게 튀어나왔습니다.

"어떠한 지론일지라도, 사실을 부정할 수는 없다고 생각합니다. 이번만은 과학주의자의 안이한 이원론으로 사실을 왜곡하지 말아 주십시오."

"하지만……"

철학자 중 한 사람이 말을 꺼냈습니다.

"원래 인식론적 입장으로 본다면……"

잠시 오른손으로 왼쪽 콧구멍에서 삐죽 나온 털을 뽑더니 온몸을 부들부들 떨며 바지에 손가락을 싹 닦으며 말을 이었습니다.

"사실이라는 건 존재하지 않습니다."

"하지만,"

이번엔 또 한 명의 철학자가 눈을 감고 마치 꿈꾸듯이 말했습니다.

"변증법적으로 말한다면, 공리가설에 의하면 사실이라는 것은 존재합니다."

"공리, 공리, 공리 만세."

돌연 수학자가 손뼉을 치며 떠들어댔지만, 아직 아무 발언도 하지 않은 법학자들이 팔꿈치를 잡아당기는 바람에 그만 입을 다물었습니다.

"그러나, 사실은 어디까지나 사실입니다."

금붕어눈알이 말을 꺼내자, 맨 처음에 말한 법학자가 제지했습니다.

"위원들의 결정은 엄숙합니다. 그럼 첫 번째 증인은 피고의 다음 범행에 대해서 설명을 해 주십시오."

"결국 현행범으로서 목격을 당한 셈입니다. 피고는 낙타를 훔치고 있었습니다."

"훔치려고 했던 것입니까? 훔친 것입니까?"

"훔치고 있었습니다."

"그 사실에 관해선 다른 증인이 있습니까?"

"사설경찰 두 명과 정원사입니다."

"그럼 세 번째 증인으로서 사설경찰 두 명은 기립해 주십시오."

내 양쪽에 있었던 두 남자가 구두 굽 소리를 내면서 한 걸음 한 걸음 앞으로 나갔습니다.

"증인은 피고를 유죄라고 인정합니까? 아니면 무죄라고 인정하나요?"

두 남자가 동시에 대답했습니다.

"유죄입니다."

"상황을 설명하시오."

"피고는 낙타를 훔치고 있었습니다."

"좋습니다. 그럼 다음은 네 번째 증인으로 정원사는 나와 주십시오."

"네."

빗자루를 든 노인이 문 앞에서 발뒤꿈치를 들며 대답했습니다.

"앞으로 나오십시오. 증인은 조금 전 두 사람의 증언을 인정합니까?"

"물론입니다. 피고가 한 시간 가까이 낙타 우리 앞에 달라붙어 있는 것을 이 두 눈으로 똑똑히 보았습니다."

"그럼 세 사람에게 묻겠는데, 그 수법은 어떠했습니까?"

세 사람은 놀란 듯이 서로 얼굴을 쳐다보았으나 아무 말도 하지 않았습니다. 법학자가 다소 언성을 높였습니다.

"증인들은 발언을 거부했습니다. 그 이유는 무엇입니까?"

세 사람은 역시 말없이 점점 고개를 숙였습니다. 그때 입술이 튀어나온 금붕어눈알이 도저히 못 참겠다는 듯이 냅다 소리를 질렀습니다.

"당연히 음압에 의한 흡수입니다."

"당연히라고요? 왜 당연한 것인지 그 이유를 말하시오."

"쉬운 일이지요. 첫 범행 때 피고가 나와 의사에게 자백한 바에 따르면, 피고는 뭔가 대상물을 응시하게 되면 자연히 그 것을 눈으로 흡수해 버리는 성질을 갖고 있습니다."

"정말 피고는 그런 자백을 했습니까?"

수학자가 외쳤습니다.

"이쪽을 보지 마시오."

철학자 중 한 사람이 나를 향해 소리쳤습니다.

"나도 아직 흡수되고 싶지 않아."

이번에는 다른 철학자가 외쳤고, 아직 한마디도 말하지 않은 법학자는 창백해져, 즉시 장내는 심한 동요에 빠졌습니다. 모두가 다른 사람 뒤에 숨으려 했기 때문입니다. 힘이 약한 사람이 맨 앞으로 밀려났고, 공포에 시달린 나머지 실신한 사람조차 있었습니다. 그것은 실로 우스꽝스러운 광경이었지만, 왠지 난 웃을 수가 없었습니다. 그 와중에서도 과연 맨 처음의 법학자가 얼마간 자제력이 있는 듯 보여, 날카롭게 내 양옆에 있던 몸집 큰 남자들에게 명령을 내렸습니다.

"위험하다! 빨리 피고에게 눈가리개를 씌우도록 하시오."

난 곧 눈가리개를 하게 되었고, 다시 장내는 진정되었습니다. 그러나 잠시 동안 거친 숨소리와 한숨이 사방에서 들렸습니다.

"그럼 첫 번째 증인에게 다시 묻겠는데……"

법학자 목소리는 아직 얼마간 떨리고 있었습니다.

"피고는 무슨 목적으로 그 범행을 기도했나요?"

"낙타는 유익한 가축입니다."

금붕어눈알의 목소리는 내 생각 탓인지 아직도 의기양양했습니다.

"그럼, 잡지의 사진은 어떤가요?"

"물론 그 낙타를 사육하기 위해서입니다."

"그건 구체적으로 무슨 뜻인가요?"

"그것은 광대한 초원의 사진이었습니다."

"과연 그렇다면 모든 게 계획적인 범행이었군요."

"그렇습니다. 모든 것이 완전히 계획적이었습니다."

난 눈가리개를 하고 있어서 볼 수는 없었지만, 무슨 깊은 생각에 잠겼는지 얼마간 장내는 침묵이 흘렀습니다.

헛기침 소리가 들리고, 법학자의 목소리가 들려왔습니다.

"그럼 이것으로 증인 발언은 끝났습니까?"

"아뇨, 아직 더 있습니다."

"그럼, 다섯 번째 증인!"

"네.

"누구인가요?"

"전 타이피스트 Y입니다."

"무엇을 증언할 건가요?"

"저분은 카르마씨입니다."

Y양이 몹시 흥분되어 얘기했기 때문에 웅성거리는 소리가 들렸습니다. 그러나 누구보다도 격렬한 동요를 일으킨 것은 바로 나였습니다. 드디어 문제의 핵심에 접근하게 되었음을 난 직감적으로 느꼈습니다. 하지만 그 문제가 어떤 문제인지는 물론 알 수 없었습니다.

"그럼, 피고는 유죄인가요? 무죄인가요?"

"무죄임이 틀림없습니다."

Y양이 자못 화가 난 듯 대답하자, 더욱 웅성거리기 시작했습니다.

"그건 좀 이상하군요."

"이상할 게 전혀 없습니다. 그렇다면 왜 저를 호출하셨습니까? 증인의 증언을 근거도 없이 부정하는 법 따위는 없습니다."

"그건 그렇습니다. 하지만 유죄라고 증언하는 사람과 무죄라고 증언하는 사람이 있으면 괜히 사건을 복잡하게 만들 뿐입니다. 어느 한쪽으로 정하지 않으면 안 됩니다. 그렇다면 이 사건은 분명 중요한 사건임에 틀림이 없습니다."

"당연하죠. 그렇지 않다면 이런 재판을 할 필요가 전혀 없죠."

그렇게 대답한 Y양의 태도가 내겐 정말 당당하고 용기 있는 행위라고 생각됐습니다. 크게 감동되어 재판이 끝나고 무사히 나갈 수 있다면, 꼭 이 감동을 Y양에게 전하고 싶었습니다.

"그러나 제 의견으로는……"

철학자 중 한 사람이 졸린 듯한 목소리로 말했습니다.

"반드시 그렇지만은 않다고 생각됩니다. 왜냐면 만일 재판이 없다면 피고라는 것도 없어지고 맙니다. 피고라는 것이 없다면 범죄도 불가능해집니다. 범죄가 불가능하다는 것은 뭔가 물건을 훔치려고 해도 훔칠 수 없다는 것이 됩니다. 따라서 물건을 훔치고 싶은 사람이 자유롭게 물건을 훔치기 때문에 재판이 필요한 셈입니다."

그러자 여기저기서 박수 소리가 났습니다. 물론 극히 소수에 불과했지만, 그래도 철학자는 한층 의기양양해져서, 이번엔 완전히 잠에서 깬 목소리로 말했습니다.

"즉, 이 재판이 행해지고 있다는 사실은, 피고가 유죄를 바라고 있다는 증거라고 생각해야만 합니다."

"그런 엉터리 이론이 어디 있습니까?"

Y양이 불끈 화를 내면서 반박했습니다.

"이론이 엉터리라는 사실은 옛날부터 정해져 있었죠. 이제 와서 그런 자명한 이치를 늘어놓아 시간을 낭비해서는 안 됩니다. 증언은 신성한 것입니다."

콧물을 훌쩍거리며 또 한 명의 철학자가 난처한 듯 다시 말을 이었습니다.

"하지만 피고가 유죄를 원한다고 해서 바로 피고가 유죄가 되지는 않습니다. 만일 그런 일이 있다면, 이론이 통용되면 도리가 묵살되고, 그건 바로 피고의 방자함이 통하면 증인이 묵살될 수 있다는 뜻인데, 어디까지나 증인의 증언을 존중하는 법정에선 피고가 그렇게 원하는 대로 유죄가 될 수 있다고는 할 수 없습니다."

난 더 이상 참을 수 없어서 큰 소리로 고함을 쳤습니다.

"난 추호도 유죄가 되길 원치 않습니다."

"마음에도 없는 말은 안 하는 게 좋소."

처음 듣는 목소리였습니다. 치아가 없는지 꽤 부정확한 발음이었습니다. 아, 처음 발언을 한 법학자인가 봅니다.

"허위 주장을 해서 자신을 불리하게 만들어 유죄 판결을 받으려 해도, 우리는 그런 수작에 넘어가지 않소."

기가 막혀서 말문이 막혀 있는 동안, 또 한 명의 법학자가 말을 꺼냈기 때문에, 난 계속해서 발언할 기회를 잃고 말았습니다.

"그럼, 지금 결정에 따라, 증인의 증언을 속행하겠습니다. 계속하십시오."

"뭘 계속하라는 말씀인가요? 난 이 재판이 아주 엉터리라고 생각합니다."

Y양이 말하자, 지금까지 잠자코 있었던 게 이상했던 금붕어눈알이 책상을 쾅 두들기며 말했습니다.

"증인의 태도는 법정모욕죄를 구성합니다. 반대 심문을 해야만 합니다."

"그렇습니다. 반대 심문을 해야 합니다."

법학자가 동조했습니다.

"그럼 묻겠는데, 당신은 피고의 무죄를 주장하는데, 그 이유를 설명해 주시기 바랍니다."

"설명할 필요조차도 없습니다. 저분은 카르마씨입니다."

"참 이상하군요. 피고가 카르마씨라는 것과 무죄와 어떤 관계가 있습니까? 미안하지만 사전을 찾아봐 주십시오."

"어머, 카르마라는 건 이름이며 고유명사입니다. 사전에 나와 있을 리가 없지 않습니까?"

"조용히 하시오. 당신에게 물은 게 아닙니다."

홀홀 책장 넘기는 소리가 나고 기대에 찬 몇 초가 흘렀습니다. 사실 나 자신도 카르마라는 것이 이름인지 어떤 것인지 반신반의였기 때문에, 그 결과가 몹시 기다려졌습니다.

"있습니다. 카르마라는 것은 산스크리트어로 죄업이라는 의미입니다."

한 철학자가 말했습니다.

"그럼 증인의 말과 모순이 됩니다. 증인의 말은 위증죄를 구성합니다."

난 뭔가 말을 하고 싶었습니다만, 현기증이 나서 아무 말도 할 수 없었습니다.

"내가 한 말은 사실입니다."

Y양이 되받아 말했습니다.

"하지만 사전에 나와 있습니다."

법학자가 딱하다는 듯이 말했습니다.

"그런 사전 따위를 믿을 순 없습니다."

"너무나 감정적인 태도입니다. 하지만 여성이라는 것을 참작해서 우리는 관대하게 받아 줄 것입니다."

박수 소리가 났습니다. 아까보다 세 배나 되는 박수갈채였습니다. 헛기침을 한 후, 법학자가 계속 말을 이었습니다.

"사전보다 더 신용할 수 있는 게 있다면 한 번 이야기해 보세요. 말씀하십시오."

Y양은 아니꼽다는 듯 흥분해서 말했다.

"부아가 나지만 아무 말 하지 않고 있는 건 더욱 화가 나기 때문에 진술하겠습니다. 저는 N화재보험 자료과에 근무하고 있는 타이피스트입니다. 그리고 카르마씨도 같은 부서에서 근무하고 있습니다. 카르마씨는 아침부터 시멘트 벽돌의 내화 건축에 관한 보고서를 설명하고, 저는 그것을 타이핑했습니다. 점심 시간에는 제 옆 책상에서 점심을 먹고, 그리고 나서 주임과 함께 장기를 두었습니다"

"잠깐 멈추십시오. 그것은 주임의 증언을 통해 확인해야만 합니다."

"아닙니다."

금붕어눈알이 말참견을 했습니다.

"주임은 일곱 번째 증인이므로 순서상 옳지 않습니다."

"그럼 여섯 번째 증인은 누구입니까?"

"화가와 거지입니다."

"그럼, 화가와 거지는 증인대에 서주십시오."

"어디입니까? 증인대 같은 건 없지 않습니까?"

뒤쪽에서 화가가 난처하다는 듯 말했습니다.

"증인대라고 하는 것은 언어의 뉘앙스입니다. 정신적인 것으로 해석해 주십시오"

"그럼 이대로 서 있어도 괜찮겠습니까?"

"안 될 건 없습니다. 그런 하찮은 일로 재판을 번거롭게 만들지 않도록 하시오. 빨리 증언을 하세요."

"무엇을 증언하라는 겁니까?"

"네? 이 증인은 무척 기억력이 나쁘군요. 조금 전까지 심의된 사항을 벌써 잊다니! 정말 놀랍군요. 이런 증인은 우선 정신감정을 한 후가 아니면 위험할지도 모릅니다."

"마음대로 하십시오."

"마음대로 하라고 해도 그렇게는 안 됩니다. 역할은 역할

이니까요. 증인은 역시 화를 내지 말고 증언해야만 합니다."

"그러니까 무엇을 증언하는지 묻고 있지 않습니까?"

"무엇이라니……그건 바로……"

그리고는 불끈 화를 내며 말했습니다.

"당신이 너무 쓸데없는 말을 많이 하니까 나까지 잊어버리고 말았습니다."

"피고가 점심 식사 후 주임과 장기를 두었는가에 대한 사실을 논하고 있었습니다."

금붕어눈알이 낮은 목소리로 황급히 말했다.

"맞아요. 그렇습니다."

법학자가 깜짝 놀란 듯이 말했다.

"내가 그런 걸 알고 있을 리가 없지 않습니까!"

화가가 말하자 이번엔 거지도 말했다.

"내가 알 게 뭐람."

"그런 품위 없는 말을 사용해서는 안 됩니다. 왜 모르겠는지 설명을 하십시오."

"나는 플라타너스 가로수 아래서 기다리고 있었습니다."

"무엇을 말인가요?"

"귀찮게 묻지 마십시오. 아까도 누군가에게 설명한 것 같은데, 그걸 알 정도면 누가 기다리겠습니까?”

“그러고 나서요?”

“그뿐입니다.”

“뭔가 이상하군요.”

“그게 전부입니다.”

“음, 과연 그뿐이라면, 이 증언은 끝난 것으로 생각할 수밖에 없겠군요. 진행자, 일곱 번째 증인을 출두시키도록 합시다.”

“그렇게 하는 게 좋겠습니다. 그럼 일곱 번째 증인은 나와 주십시오.”

“네.”

주임이 정중하게 대답하자, 법학자가 말했습니다.

“빨리 증언하십시오. 피고는 유죄입니까? 무죄입니까?”

“그건 모릅니다만, 제가 점심 시간에 카르마씨와 장기를 둔 것은 사실입니다.”

“좋습니다. 다섯 번째 증인의 말은 확인되었습니다. 그럼 다섯 번째 증인은 계속하십시오.”

“전 이런 곳에서 제정신으로 말하고 있다는 게 정말 수치스럽습니다. 하지만 말하지 않고 있는 것보다 말하는 게 낫다고 생각하기 때문에 말하겠습니다."

Y양의 음성은 더 이상 참을 수 없을 만큼 흥분하여 떨고 있었습니다.

"주임과 장기를 둔 후에 카르마씨는 담배를 피우고 10분가량 저와 얘기를 나누었습니다."

"그 얘기 내용은 무엇이었습니까?"

"영화 얘기였습니다."

"무슨 영화였죠?"

"엉터리 재판관."

"뭐라고요!"

"영화 제목입니다."

"흠, 그거 정말 우스꽝스러운 제목이군요. 하지만, 유감스럽게도 난 그 영화를 본 적이 없습니다. 줄거리를 얘기해 보세요."

"증언의 내용과는 무관하다고 생각합니다만……"

금붕어눈알이 말했습니다. 그러자 법학자도 곧 인정했습니다.

"그럼 됐습니다. 계속하십시오."

"얘기가 끝난 후 카르마씨는 오전에 시작한 나머지 사무

내용을 설명하고, 저는 그것을 타이핑했습니다. 3시가 되자 조합대회가 있어서 카르마씨와 함께 출석했습니다. 그 대회가 계속되는 동안 카르마씨는 줄곧 제 옆에 있었습니다. 그리고 4시에 갑자기 소환장을 받고 전 이곳으로 호출된 것입니다."

"그래서요?"

"이게 전부입니다. 그러니까 카르마씨가 유죄일 리가 없지 않습니까?"

"왜죠?"

"왜냐면 그동안 카르마씨가 도둑질을 할 틈이 없질 않았습니까? 꽤 머리가 둔한 재판관님이군요."

"이 무슨 실례의 말을! 이 여자를 끌어내시오."

갑자기 법학자가 일어서서 외쳤습니다. 장내는 의자를 세차게 흔들거리는 소리와 어수선한 구두 굽 소리로 소란스럽고 살기에 차 있었습니다. 그 와중에 Y양이 외쳤습니다.

"놔요, 놔! 전 자유롭게 행동하겠어요."

잠시 소동이 멎었습니다.

"빨리 끌어내시오."

하지만 그 말에 아무도 동조하지 않았습니다. 이 얼마나 믿음직스러운가요. 그때 나는 Y양을 다시 생각해 보기로 했습니다. 그래서 이 마음을 Y양에게 어떻게 해서든지 전해 보려고 했습니다. 비록 눈가리개 때문에 보이지는 않았지만, 눈을 Y양 소리가 나는 쪽으로 돌렸습니다.

법학자의 신음 소리가 들렸습니다.

"아, 가슴이 죄어드는 것만 같아. 난 죽을지도 몰라……"

"대신 내가 진행을 해줄 테니까, 죽어도 괜찮소."

또 한 명의 법학자가 말을 꺼냈습니다. 쾅 하고 의자가 넘어지는 소리가 났고, 그 후로 그 법학자는 더 이상 한마디도 말이 없었습니다.

"그럼,"

발음이 나쁘고 말수가 적은 법학자가 말했습니다.

"우리는 편성된 재판을 속행하겠습니다."

"엄정하겠지요."

금붕어 눈알이 쏘아붙였습니다.

"아니, 단정할지도 모르지……"

철학자 한 사람이 다시 말했습니다.

"그렇지 않습니다. 강제적입니다."

다른 철학자가 말했습니다.

"그렇지만, 난 비슷한 발음으로 판정이라고 해석하고 싶습니다."

수학자가 말했습니다.

"난 그 전부를 동시에 말한 것입니다."

법학자가 말하자 여기저기서 감탄하는 소리가 들려왔습니다. 법학자는 득의양양하여 다시 되풀이하여 말했습니다.

"전부를 동시에 말한 것입니다."

그러나 이번엔 아무런 감탄사도 들리지 않았습니다. 법학자는 의기소침한 듯 계속했습니다.

"그럼 바로 재판을 속행하겠습니다. 진행담당자는 서둘러 피고에게 유죄 판결을 내리시오"

"물론 유죄입니다."

이때 철학자 한 사람이 갑자기 말을 가로막았습니다.

"판결을 내리는 것은 진행자가 아니라 바로 우리들이오. 더욱이 아직 판결을 내릴 단계가 아니라고 생각하는데요."

"게다가 카르마씨는 유죄가 아닙니다. 카르마씨의 알리바이는 완전히 성립되었습니다."

Y양이 그렇게 말하자, 금붕어눈알이 마치 그 말을 부정하듯 단호하게 말했습니다.

"말도 안 됩니다. 피고는 현행범으로 체포되었습니다."

그리고는 목소리를 가다듬고 누구에게랄 것도 없이 청중 일동을 향해 분개하듯 제스처까지 보태어 말했습니다.

"여기서 첫 번째 증인이자 진행담당자 겸 기록자로서의 공식 발언을 요구하는 바입니다."

"좋소."

위원들이 일제히 대답했습니다.

"지금까지 여러 증인 및 위원 여러분의 발언을 통해 대강 다음과 같은 사실이 확인되었습니다. 먼저 다섯 번째 증인인 타이피스트 Y양이 피고와 공범일 가능성이 있다는 점. 두 번째는 피고의 이름이 카르마가 아니라, 피고와 카르마씨가 우연히 닮았을 거라는 가능성. 즉 어느 쪽이든 간에 피고는 유죄임을 면할 수는 없습니다. 전 여기에 또 하나의 사실을 밝히면, 피고가 두 번째 경우에 해당된다는 것을 증명해 보이고, 다섯 번째 증인인 Y양의 무죄를 입증시켜 보이겠습니다."

"쓸데없는 짓이군."

"우선 제 얘기를 듣고 나서 말씀해 주셨으면 합니다. 우선 피고가 첫 번째 범행을 꾀하기 위해 병원을 방문했을 때, 저는 접수창구에서 피고의 이름을 물었습니다. 카드 작성에 필요했기 때문이지, 이건 결코 부당한 질문은 아니었습니다. 그런데 그때 피고는 네 가지 이름을 댔습니다. 카르테, 아르테, 아르마, 마지막으로 아쿠마. 그러나 끝내 카르마라고는 하지 않았습니다. 무엇보다도 피고가 그들 이름을 진술했을 때의 태도는 지극히 애매했고, 마치 자신이 없어 보였기에……"

갑자기 말꼬리를 얼버무리자 법학자가 세게 재촉했습니다.

"그래서 어떻게 됐습니까?"

"그래서……"

금붕어눈알이 돌변하여 힘없는 목소리로 갈팡질팡하기 시작했습니다.

"그러니까 그 이름들은 모두 범행을 위해 사용한 가명이라고 생각됩니다만……"

"그럼 피고의 본명이 카르마가 아니라는 증거는 어디에도 없다는 건가요?"

수학자가 처음으로 재치 있는 판단을 내린 것 같았습니다.

"그렇습니다."

금붕어눈알의 풀이 죽은 목소리와 조급한 법학자의 목소리가 겹쳐져 들렸습니다.

"사건은 점차 미궁 속으로 빠져들고 있습니다. 과연 카르테, 아르테, 아르마, 아쿠마, 모두 카르마와 공통된 인상을 줍니다. 혹은 피고가 카르마라고 밝힌 것을 첫 번째 증인이 잘못 들었는지도 모릅니다."

"아뇨. 절대 그럴 리는 없습니다. 전 전쟁 중에 대공감시 보초를 섰던 적이 있습니다. 귀에 관해선 자신이 있습니다."

"하지만, 피고 이름이 카르마인지 아닌지에 대해서는 전혀 알 길이 없지 않지요, 그렇죠? 우리는 여덟 번째 증인을 소환해야만 될 것 같습니다."

"하지만……"

금붕어눈알이 송구스럽다는 듯이 말했습니다.

"증인은 일곱 명이 전부입니다."

"하지만 사태가 절박합니다. 그런 소극적인 말을 할 때가 아닙니다."

"그렇지만 없는 걸 어떻게……?"

"아뇨. 막상 모든 것은 해보면 생각보다 쉬운 법입니다. 아무튼 부딪쳐 보도록 합시다."

그리고는 가련한 생각이 들 정도로 큰 소리로 목청껏 외쳤습니다.

"여덟 번째 증인!"

꿀꺽하고 마른침을 삼키는 소리가 그의 목소리보다 한층

크게 울렸습니다.

"아니, 누군가 대답한 것 같은데……"

한 철학자가 누가 대답했다고 말하자, 다른 철학자가 아니라고 반박했습니다.

"그럼 어느 쪽 말이 맞는단 말이요? 여덟 번째 증인에게 물어보는 게 가장 좋겠군요. 여덟 번째 증인! 만일 대답을 했으면 했다고, 안 했으면 안 했다고 이번엔 좀 큰 소리로 대답하시오"

"했습니다."

겨우 들릴 만한 목소리로 분명하게 대답했습니다. 소녀의 가냘픈 목소리였습니다. 그것은 분명 식당 카운터에서 일하는 여자의 목소리였습니다. 어디선가 신음 소리가 엷게 들려왔습니다.

"역시 확인해 보길 잘했군."

법학자가 기쁘다는 듯이 말했습니다.

"그럼 묻겠는데, 증인은 피고를 본 적이 있습니까?"

"네."

"그럼 증인은 틀림없이 이 법정에 소환된 것입니까?"

"네."

"과연, 확인이라는 건 반드시 할 필요가 있군요."

"네."

"이건 질문이 아닙니다. 증인은 증언을 하기만 하면 됩니다. 그럼 피고의 이름은?"

"……."

모르는 건지 대답 대신 훌쩍이는 소리가 조그맣게 들렸습니다. 법학자가 깜짝 놀라 물었습니다.

"울지 마시오. 울지 마시오."

여전히 소녀의 흐느끼는 소리가 멈추지 않자, 수학자가 무섭게 윽박질렀습니다.

"그렇게 계속 울고만 있으면 법정에서 내쫓아 버리겠다! 증인 주제에 피고 이름을 모를 리가 없지 않은가?"

딸꾹질 소리와 함께 소녀가 울음을 그쳤습니다. 그리고는 떨리는 음성으로 말했습니다.

"아, 피고는……"

그리고 다시 흐느껴 울기 시작했습니다. 피고라니, 분명 그런 익숙치 않은 단어를 사용하니까 당황한 게 틀림없습니다. 난 화가 났습니다.

"울지 말라고 했잖아!"

수학자가 다시 벌컥 화를 냈습니다.

"그래서 피고는 어떻게 됐다는 건가요?"

"피고는 오늘 저의 식당에서 빵을 먹었습니다."

"그리고는?"

"피고는 빵을 먹어버렸습니다."

"훔친 게로군."

법학자가 날카로운 목소리로 말했습니다.

"아닙니다."

소녀가 깜짝 놀라며 말했다.

"돈을 지불했습니다."

"뭐라고요? 어처구니가 없군."

법학자가 실망한 듯이 투덜거렸습니다.

"그런데, 그 전에……"

"그 전에 일이 있었으면 왜 먼저 얘기를 하지 않았죠? 역시 훔친 게로군."

법학자가 단호하게 말했습니다.

"아닙니다."

소녀가 콧소리를 냈습니다.

"그럼 어떻게 된 거죠?"

"피고는 카운터에서 외상 장부에 서명을 하려고 했습니다."

"음. 그게 어떻게 됐다는 겁니까?"

"그런데 피고는 서명을 하려다 말고 명함 지갑을 꺼내 보았습니다."

"왜요?"

"그리고는 주머니 속을 뒤졌습니다."

"권총을 찾고 있었나요?"

"그래도 찾을 수 없었던지 제게 물었습니다."

"뭘?"

"피고의 이름을 말입니다."

"이름을요?"

"네. 그렇지만 저도 알 수가 없었습니다."

"당신도 모른다면 실로 이상한 일이로군요. 도대체 뭘 하는 거죠?"

"전……"

소녀의 목소리는 주저주저하면서 떨고 있었습니다.

"아마도 피고는 이름을 어딘가에 잃어버린 것 같았습니다."

봇물이 터지는 듯한 웃음이 장내를 뒤흔들었습니다. 소녀의 흐느낌이 폭풍 속에서 전선이 울리는 것처럼 높아졌습니다. 웃음은 언제까지고 그칠 줄 몰랐습니다. 아니, 오히려 점점 그 소리가 커져 결국 소녀의 울음소리를 덮어버리고 말았습니다. 그 웃음소리는 점점 커져 끝없이 울려 퍼져나갔습니다.

그 광경은 이미 웃고 있는 광경이라고 할 수 없습니다. 마치 밤을 샌 뒤에 웅웅거리는 이명(耳鳴)과도 같았습니다. 얼굴이 화끈 달아오르고, 모공에서 피가 솟아 오르는 것만 같았습니다. 마루바닥이 흔들흔들 움직이기 시작했습니다. 아! 이 얼마나 수치스러운 일인가요!

"웃을 일이 아닙니다."

그렇게 외친 것은 아까 분명히 죽었던 첫 번째 법학자였습니다.

"보시는 바와 같이 나는 소생했습니다. 그만큼 이 사건은 실로 중대한 사건입니다."

그러자 그렇게 컸던 웃음바다가 마치 뜨거운 홍차 속에 떨어뜨린 각설탕처럼 어느새 사라지고 말았습니다. 그리고 그 소녀의 오열만이 녹다 만 설탕처럼 희미하게 들려왔습니다.

"피고가 이름을 분실했다는 것은 이런 상황에서 충분히 있을 수 있는 일입니다."

그 고요한 공기 속에서 법학자의 음성이 이상하게 높게 울렸습니다.

"그러고 보면, 여러 번 다른 이름을 열거한 피고의 태도엔 분명 수긍이 가는 면도 있군요."

금붕어눈알이 흠칫하면서 말했습니다.

"나도 그렇게 생각합니다."

이번엔 다른 법학자가 말했습니다.

"과연."

졸린 듯한 목소리로 철학자가 말했습니다.

"첫 번째 증인은 피고를 현행범으로 체포했다고 증언했고, 다섯 번째 증인은 피고가 카르마씨이므로 알리바이가 성립된다고 했으며, 여덟 번째 증인은 피고가 이름을 분실했다고 주장했소. 이건 얼핏 보면 모순처럼 들리지만, 실은 이 세 개의 서로 다른 증언들은 아무런 모순 없이 성립하오. 오히려 논리적이라 할 수 있을 정도지. 변증법적으로 말하자면, 첫 번째 증언과 다섯 번째 증언의 모순을 여덟 번째 증언이 없애 버린 셈이 되니까 말이오."

누군가가 계속 박수를 쳤습니다. 그러나 단 한 사람뿐이었습니다.

"그것은……"

다른 철학자가 말을 꺼냈습니다.

"결국 피고는 유죄이고 무죄이며, 동시에 유죄도 무죄도 아니라는 말이군요. 인식론적 견지에서 본다면, 이 문제는 분명 주관적인 문제에 불과하오."

"아니오."

수학자가 날카로운 금속성의 목소리를 내뱉었습니다.

"수학, 수학적 공리 설정에 의해 문제를 현실로 되돌려야 하오."

"그러니까……"

다른 법학자가 그의 말을 황급히 막았습니다.

"난 이것을 좀 더 현실적으로, 즉 법률학적으로 고찰해 보고자 하오. 즉 피고는 이름을 분실하여 현재 이름을 갖고 있지 않으므로, 이름도 없는 사람에게 법을 적용시킬 수는 없잖소. 결국 우리는 피고를 재판할 수 없다는 결론이 나오는군."

법정 안은 두 곳으로 나뉘어 심상치 않은 동요가 일어나기 시작했습니다. 하나는 기쁨이었고 하나는 불복이었습니다. 그 두 가지가 술렁거리면서 점차 확산되어 서로 가까워졌고 서로 달라붙어 결국엔 하나가 되어 법정 내 가득히 펼쳐졌습니다. 그리고 나는 자기도 모르게 안도의 한숨을 내쉬었습니다.

그러나 그 기쁨도 첫 번째 법학자의 다음 발언으로 맥없이 사라지고 리트머스 시험지처럼 즉시 반대쪽 색으로 변해 버리고 말았습니다.

"그러나 이걸로 이 재판이 끝난 것은 아니오. 왜냐면 법은 분명히 피고를 처단할 수 없지만, 동시에 피고는 법에 대한 자기권리를 주장할 수도 없게 되니까. 법과 권리는 이름에 대해서만 관계되기 때문이오. 따라서 현상 유지 이외에 달리 방법이 없어서 재판은 계속될 것이오. 피고가 이름을 찾아내고 판결이 가능해질 때까지 재판은 영원히 계속되어야만 하오."

"더 이상 참을 수가 없어요."

날카롭게 말을 던진 것은 Y양이었습니다.

"난 재판이라는 게 이렇게 우스꽝스러운 것일 줄은 꿈에도 몰랐어요. 제정신을 갖고 상대하다 보면 저까지 돌아버릴 것 같아요. 카르마씨, 이런 죽을 날이 머지 않은 미치광이 재판관 따위는 신경 쓰지 말고, 우리 마음대로 돌아가요."

아, 절망에 빠진 내 가슴에 그 외침은 얼마나 큰 위안이 되었던가! 만일 카르마라는 이름에 완전히 자신이 있었다면, 난 즉시 Y양 말대로 따랐을 것입니다. 하지만 내가 보이지 않는 그 방향을 향해 무심코 양손을 뻗친 그것은 괴로움에 시달린 몸부림이었습니다.

"아, 저 여자가 아직 있었군!"

모처럼 소생한 첫 번째 법학자가 갑자기 소리를 지르더니, 그만 쾅 하고 쓰러지는 소리가 들렸습니다. 다시 죽었을지 모르겠습니다. 그러나 장내는 고요했고 아무도 대응하는 자가 없었습니다.

"왜 그래요, 카르마씨? 빨리 가요."

마치 아무 일도 없었다는 듯이 태연하게 말하는 Y양에게 난 뭐라 대답했던가. Y양을 사랑하기 시작한 내 마음은 내가 이 법정을 무시하고 떠날 수 있을 만큼 결백하지 못하다고 고백하여, 모처럼의 Y양의 신뢰를 배신할 용기가 도저히 나지 않았습니다. 더욱이 그때 사무실에서 명함이 내게 했던 말, **우리 관계를 간파할지도 모르는 나의 사적 생활에 관심을 갖고 있는 속물**이 바로 Y양이었음을 문득 떠올렸습니다. 난 회한과 가책으로 사과하듯이 말했습니다

"눈가리개 때문에 어떻게 할 수가 없어요.

"어머 그런 건 벗어버리면 되잖아요."

Y양은 너무 시원스럽게 말했습니다.

바로 그때였습니다. 내가 정말로 눈가리개를 벗어던질 거라고 생각했는지, 갑자기 장내가 공포스러운 비명 소리로 가득 찼습니다.

"서둘러."

누군가가 외쳤습니다.

"아얏!"

또 다른 외침 소리가 들렸습니다.

"숨이 막힐 것만 같아."

여기저기서 들리는 비명 소리가 구두 굽 소리에 묻혀 길어졌다가는 짧아지고, 또는 일그러지기도 했습니다. 책상이 넘어지는 소리, 의자가 부딪치는 소리가 한데 어우러져 뒤죽박죽이 되었습니다.

"빨리, 빨리 열어라!"

어디선가 몇 사람이 같은 말을 되풀이했습니다. 문을 두들기며 차는 소리도 들렸습니다. 우지끈하고 문이 부서지는 소리도 들렸습니다. 구두 소리가 그 곳에 융화되고 하나의 격류가 되어 밖으로 넘쳐흘렀습니다. 구두 소리로 뭉친 거대한 소리가 비명의 물보라를 치며 점차 멀리 사라져 갔습니다. 포마

드 기름 속에 재운 것 같은 고요함 속에 나 혼자만이 남겨진 것 같았습니다.

팔을 늘어뜨린 채 그저 멍하니 서 있자, 귓가에서 말하는 소리가 들렸습니다.

"정말 끔찍한 사람들이예요. 아무리 봐도 제정신이 아닌 것 같아요. 하지만 가버렸으니까 잘 됐어요. 카르마씨, 우리도 빨리 가요. 왜 그러세요? 무척 피곤하시죠. 정말 영문을 모르는 사람들뿐이었어요. 눈가리개는 제가 풀어드릴게요."

난 당황한 나머지 고개를 가로저었습니다. 눈가리개 속에 흥건히 고여 있는 눈물을 보이고 싶지 않았기 때문입니다. 스스로 손을 올려 일부러 천천히 뜸을 들여 풀었습니다.

"어머, 눈이 충혈됐어요. 너무 꽉 조여 맨 거로군요."

정말 그런 것 같았습니다. 한동안 아무 것도 보이지가 않았습니다. 겨우 눈이 익숙해질 무렵, 내 얼굴을 바라보고 있는 Y양의 얼굴이 너무나도 아름답게 보였습니다. 홀은 텅 비어 있어 남은 사람은 우리 둘뿐이었습니다.

"자, 가요."

입을 빼쭉 내밀며 Y양이 말했습니다. 내 팔을 붙잡고 있는 손에 힘을 주었기에, 난 Y양의 얼굴을 바라보았습니다. 문득 내 명함이 타이핑 설명을 하면서 Y양의 무릎을 어루만지던 장면이 떠올랐습니다. 난 그만 얼굴이 후끈 달아올랐습니다. 그런데 Y양의 얼굴도 분홍빛으로 젖어들었습니다. 만일 내가 누군가를 사랑하게 된다면 그건 바로 Y양일 거라고 확신했습니다.

"빨리 가요."

내 팔을 꽉 쥔 채 Y양이 재촉했습니다. 그 목소리가 희미하게 떨렸습니다. 난 침을 삼키며 고개를 끄덕거렸습니다. 그리고 팔짱을 끼고 발을 맞추어 부서져 버린 문 쪽으로 걸어갔습니다.

"재판은 계속된다."

흠칫하여 뒤돌아보았습니다. 첫 번째 법학자의 목소리였습니다. 그러나 모습은 보이지 않았습니다.

"피고가 도망간다."

그것은 두 번째 법학자의 목소리였으나, 그 역시 모습은 보이지 않았습니다.

"아니, 피고는 결코 도망칠 수가 없어. 부서진 문에서부터 법정은 어디까지든 연장이 될 거야."

한 철학자의 목소리였습니다. 모습은 보이지 않았지만, 역시 위원들은 도망치지 않고 이 홀에 남아 있는 것 같았습니다.

"피고가 이 세상에 존재하는 한, 법정은 피고를 뒤쫓아갈 것이네."

졸린 듯한 목소리의 철학자가 말했습니다. 난 그들의 목소리가 분명히 책상 밑에서 들려오는 것만 같았습니다.

"우리들은 하나의 공리를 설정하지. 즉 피고가 어느 공간에 존재하든, 같은 시간에 법정도 그 공간에 존재할 것이오."

그것은 다름 아닌 수학자였습니다.

"신경 쓰지 말아요. 무슨 말을 하고 있는지 자신들도 모를 거에요."

난 몹시 불안했지만, Y양의 말에 이끌려 그녀를 위해 참아내야만 한다고 강하게 자신을 채찍질했습니다. 그리고 난 오히려 Y양을 잡아당기며 문을 나서려고 했습니다.

"감시인! 피고의 감시를 게을리하지 않도록 하시오."

뒤쫓아 오듯 첫 번째 법학자가 말하자, 책상 밑에서 녹색 제복을 입은 그 두 명의 사설경찰이 흘낏 얼굴을 내밀고는, 내 시선과 마주치자 황급히 다시 밑으로 들어가 버렸습니다.

어두운 터널을 우리는 합의라도 한 듯 달리기 시작했습니다. 그 터널을 어떻게 빠져나올 수 있었는지 난 도무지 알 수 없었습니다. 갑자기 우리는 가쁜 숨을 몰아쉬며 어느새 동물원 모퉁이를 달리고 있었습니다. 깜짝 놀라 멈춰 서서 뒤돌아보니 커다란 구멍이 난 아카시아 나무가 있고, 말벌 두 마리가 그 주위를 윙윙거리며 돌고 있었습니다.

마침 동물원 폐장을 알리는 종이 울렸습니다. 저녁 무렵이었습니다. 어린이들은 모두 집으로 돌아갔고, 거짓말처럼 한적한 가운데 빈 사탕봉지와 낙엽이 사각사각 한데 어울려 술래잡기를 하고 있는 듯했습니다.

기린 우리 앞까지 왔습니다. 난 정신이 아찔해져 서둘러 지나가려고 했는데, Y양이 발을 멈추고 말았습니다. 난 얼굴을 돌리며 Y양 뒤에 숨어 버렸습니다.

하지만 기린은 날 알아차린 것 같았습니다. 기다란 목을 내밀며 공기 속에서 헤엄을 치듯 천천히 다가왔습니다. 당황한 나는 Y양의 소매를 잡아당겼습니다.

"빨리 가지 않으면 문이 닫히고 말 거야."

그러나 Y양은 좀처럼 움직일 기미가 보이지 않았습니다.

"비상문이 열려 있으니까 괜찮아요."

"꽤 사람을 따르는 기린 같지 않아요? 동물은 정말 바라보고만 있어도 기분이 좋아져요."

난 난처해졌습니다.

"난 기린이 무척 무섭단 말이야."

"어머, 이상한 분이군요."

Y양은 웃으며 여전히 움직이려 하질 않았습니다. 난 거짓
말이든 뭐든 상관없이, 어떻게 해서든 Y양을 데리고 나가야
만 했습니다.

"저쪽에서 문을 닫는다는 신호로 우리에게 깃발을 흔들고
있군."

"어머, 보트 같아요."

Y양은 태연하게 풀을 뜯어 우리 속에 던지기도 하면서 무
척 즐거운 듯이 기린과 놀려고만 했습니다. 난 완전히 침착성
을 잃고 말았습니다.

"그럼 이번 일요일에 이곳으로 소풍을 나오는 게 어떨
까?"

그러자 Y양은 갑자기 우리에서 떨어져 웃으면서 재빨리
걸어갔습니다.

"이번 일요일이면 내일이잖아요. 좋아요. 찬성이에요."

난 깜짝 놀랐습니다. 그리고 곧 후회를 했습니다. 그렇게
빨리 떨어질 줄 알았으면 잠자코 있는 건데……

동물원에서 나오자 아스팔트 도로가 양쪽 차선 사이로 순백처럼 빛났습니다. 점차 걸음걸이가 늦어졌습니다.

"피곤하죠?"

Y양의 말에 고개를 끄덕였으나, 마음속으로는 아니라고 고개를 가로저었습니다. 피곤하기는커녕, 만일 내일까지 내 명함과 담판을 짓지 않으면, 이 순간은 내겐 사형수의 마지막 산책처럼 돼버리겠지…… 동물원에 들어갈 수 없는 이유를 설명하기 위해 난 Y양에게 모든 걸 고백하지 않으면 안 될 것입니다.

"사자도 있죠?"

Y양이 말했습니다.

"기대가 되는군요. 동물원은 초등학교 이후 처음이에요. 몇 시가 좋을까? 동물원 앞에서 10시가 어떨까요?"

난 끄덕이면서도, 마음속으로는 다른 생각을 하고 있었습니다. 10시라…… 하지만 만일 당신이 사실을 알게 된다면 분명 나를 비웃겠지.

갑자기 난 이 순간이 소중하게 느껴졌습니다. 다른 발자국에 파묻히지 않도록 우리의 걸음걸이 하나하나를 모두 표시

해 두고 싶어졌습니다. Y양 어깨에 앉은 파리를 보며 이 파리는 영원히 기억 속에 남을 거라고 생각했습니다. 어느 집 창문에선가 저녁 햇살을 받아 반짝거리는 걸 보며, 10년이 지난 후에도 저 빛을 잊지 못할 거라고 생각했습니다. 플라타너스 가지에 실을 늘어뜨리고 매달려 있는 송충이를 보며, 이 송충이는 언제까지나 추억의 상징이 될 거라고 생각했습니다.

플라타너스 아래에 있던 화가가 캔버스를 안고는 종종걸음으로 우리를 앞질러 갔습니다. 그 뒤를 거지들이 손을 허리에 얹고는 뽐내면서 따라갔습니다. 난 급히 머리를 숙였지만, 화가도 거지도 모르는 척하고 지나갔습니다.

내가 사는 아파트 앞에서 우린 잠시 서로의 얼굴을 쳐다보며 서 있었습니다.

"오늘 재판을 어떻게 생각해?"

내가 묻자 Y양이 대답했습니다.

"평범한 재판이었다고 생각해요."

불현듯 무거운 한숨을 내쉬며 말했습니다.

"당신은 용기가 있고 훌륭하고 아름다운 여성이더군."

그러자 Y양은 몸을 똑바로 치켜세운 채 웃었습니다. 난 시선을 돌렸습니다. 돌연 가슴의 공허감이 무엇인가를 쓸쓸히 찾고 있었습니다.

　문득 시선을 돌린 저쪽 방향에 조금 전의 녹색 제복에 체격이 큰 두 명의 남자가 살며시 서서 이쪽을 쳐다보고 있는 것이 보였습니다. 내 시선과 마주치자 그 남자들은 재빨리 건물 뒤로 숨어버렸습니다.

　"봤어?"

　"봤어요."

　눈길을 돌린 채 작은 소리로 묻자, Y양은 깜짝 놀란 듯 큰 소리로 말했습니다. 그리고는 평상시 목소리로 되돌아왔습니다.

　"하지만 신경 쓰지 말아요. 상대하지 않으면 저런 사람들은 없는 거나 마찬가지예요. 난 왠지 이해할 수 있어요. 재판이라는 건 필시 모두의 상상이라고 생각해요."

　마지막엔 부드러운 연인의 목소리처럼 들렸습니다.

　"그럼 내일 10시에 만나요."

　"……."

　Y양의 뒷모습을 보지 않기 위해서 상당한 노력이 필요했습니다. 낙타 우리 앞에서보다 세 배나 되는 격렬함으로 가슴의 공허감은 나를 책망했습니다만, 내 양심은 단호히 거부했

습니다. 그 광야에 Y양 혼자서 어떻게 살 수 있단 말인가. 설령 매일 식량을 흡수해서 준다고 해도, 인간은 식량만으로는 살아갈 수 없는 법입니다. 시베리아의 죄수일지라도 그런 끔찍한 일은 당하지 않을 것입니다. 기름 속을 헤엄치듯이, 겨우 방에 들어올 수 있었습니다. 아직 명함은 돌아오지 않았습니다.

어둑해진 방안에서 난 전등을 켜는 것도 잊고 명함이 돌아오기만을 기다렸습니다. 하지만 난 오늘의 일대 사건으로 위축되어 있었기 때문에, 더 이상 명함에게 엄중하게 항의할 생각이 없어졌습니다. 그보다 어떻게 해서든 화해하고 싶었습니다. 난 왜 이 지경이 되었는지 그 이유를 여러 가지로 생각해 보았습니다만, 도저히 이해할 수가 없었습니다. 이건 분명 명함의 장난일 거라고 자신을 위로할 수밖에 없었습니다. 난 결국 이런 상상을 해보았습니다.

명함이 돌아오면 분명 장난이었다고 웃으며 말할 것입니다. 그러면 나도 웃으며 이젠 장난은 그만하라고 할 것입니다. 그러면 이름은 전부 이전의 장소로 돌아가고, 내 가슴의 공허감도 사라지고 모든 것이 평상시대로 돌아가겠지요. 난 안심이 되어 전등을 켰습니다. 하지만 끝내 명함은 돌아오지 않았습니다.

기다리다 지쳐서 창가에 서서 거리를 내려다보았습니다. 그러자 가로등이 희미하게 비치는 문 쪽에 아직도 그곳에 서서 이쪽을 감시하고 있던 녹색 제복의 남자들이 급히 문 뒤로 숨는 게 보였습니다. 나도 서둘러 창문을 닫고 커튼을 내리고는 불안함을 감추지 못했습니다.

명함이 돌아오지 않는 건, 저 녀석들이 감시하고 있기 때문인지도 모릅니다. 하지만 어떻게 저들을 쫓아 버릴 수 있는지 전혀 짐작이 가질 않았습니다. 난 방안을 왔다 갔다 하면서 안절부절못했습니다. 옆방 학생이 벽을 두들기며 구슬픈 목소리로 말했습니다.

"미안합니다만, 조용히 해 주십시오. 시험 공부 중입니다."

난 옷을 입은 채 침대에 쓰러졌습니다. 잠시 졸고 나서 시계를 보니 11시 반이었습니다. 아직 명함은 돌아오지 않았습니다. 짭짤하게 볶은 완두콩을 한 입 먹고 물을 마시자 갑자기 졸음이 몰려왔습니다. 잠옷으로 갈아입고 이번엔 본격적으로 잠자리로 들어갔습니다. 밤은 고요했습니다. 4Km나 떨어진 곳의 기차의 기적 소리가 침대 밑에서 들려왔습니다. 멀리서 개 짖는 소리가 화병 속에서 들려왔습니다. 그러나 무엇보다도 창문 밑을 규칙적으로 서로 왕복하는 두 개의 무거운 구두 소리가 고통처럼 끊임없이 들려왔습니다. 그중에 구두 소리 하나가 사라지고, 희미하게 살금살금 숨죽여 걷는 발소리가 복도를 지나 문 앞에서 멈췄습니다. 난 깜짝 놀라 상반신을 일으켰습니다. 그러자 발소리가 서둘러 문 쪽에서 떨어져 급히 왔던 방향으로 되돌아 갔습니다. 창문 아래에 구두 소리가 다시 두 개가 되었습니다.

그 후 잠이 달아나 아무리 노력해도 잠들 수가 없었습니다. 이런저런 불안한 생각이 끝없이 펼쳐졌습니다. 난 초조해져 명함을 원망하기 시작했습니다. 그리고 재판 법정에서 내 시선과 마주치는 걸 두려워하며 일시에 도망쳐 버린 모든 사람들의 얼굴들이 떠올랐습니다. 명함이 돌아와 원래의 나 자신으로 되돌아올 때까지는, 눈가리개를 하지 않으면 내게 접근하는 사람은 아무도 없을 것입니다. 자유를 박탈당한 고독. 그것은 독방에 갇혀 있는 고독입니다. 아니, Y양이 있다고는 생각했지만, 전혀 위로가 되지 않았습니다. 오히려 양심의 가책만 일어날 뿐입니다.

그러는 동안, 잠이 들지 않았는데도 발에서부터 차례로 위쪽으로 감각이 빠져나가 이윽고 온몸이 마비되어 움직일 수 없게 되었습니다. 하지만 이상한 건 시각과 청각과 의식만은 남아 있어 자유로웠습니다.

몇 시간이 흘렀을까. 팔이 움직이지 않아 시계를 볼 수가 없었습니다. 그때 관리인 방의 벽시계가 1시를 알렸고, 곧이어 4시를 알렸습니다. 깜짝 놀란 순간, 이번엔 2시를 알리고 잠시 후 다시 치기 시작하더니 그것은 언제까지고 멈추질 않았는데, 서른한 번을 친 후에야 겨우 멈추었습니다. 난 가슴이 거북해져서 토할 것만 같았습니다.

똑똑 문소리가 들리고, 문 위쪽 틈새로 명함이 들어왔습니다. 나도 모르게 그만 소리를 지를 뻔했는데, 목도 입술도 마비되어 실제로 소리는 나지 않았습니다. 명함은 잠시 그대로 틈새에 끼어 이쪽 상태를 살피더니, 이윽고 펄럭 바닥에 내려선 큰 소리로 말했습니다.

"기상, 기상이다. 모두 기상하라. 혁명이다.!"

그러자 놀랄 만한 반응이 일어났습니다. 벗어 던져둔 재킷이 주르르 살아 있는 물체처럼 일어섰습니다. 그리고 바지도 일어섰습니다. 신발장에서 구두가 뛰어나와 마치 투명인간이 신고 있기라도 한 것처럼 스스로 걷기 시작했습니다. 책상 뒤에서 안경이 호랑나비처럼 공중을 날아다녔습니다. 넥타이가 벽에서 뱀처럼 기어 내려왔습니다. 모자 역시 벽에서 정말로 모자처럼 굴러떨어졌습니다. 재킷 주머니에서 만년필이 잠자리처럼 날아갔습니다. 수첩이 나방처럼 날아다니다 전구에 부딪혀 그만 바닥에 떨어졌습니다.

"모두 모여라."

명함이 말했습니다. 그러자 일동 모두 얌전하게 명함 주위를 에워쌌습니다. 마침 난 누워 있었기 때문에 그 사건을 손바닥 보듯 환히 볼 수 있었습니다.

"우선, 선언문을 벽에 붙여라."

명함이 말하자, 벽에 한 장의 종이가 등장했습니다. 그것은 동물원에서 끌려가던 도중에 발밑에서 뒹굴던 광고지였습니다.

거기에는 이렇게 적혀 있었습니다.

여행에의 초대! 세계의 끝에 관한 강연과 영화의 밤

명함이 당황하여 말했습니다.

"그게 아니야. 뒤쪽이야."

죽은 유기물에서 살아 있는 무기물로!!

그러자 광고지가 저절로 뒤집혀졌습니다.

"우리는 투쟁을 해야만 한다."

명함이 그렇게 말하자, 내 신변의 물건들이 일제히 박수를 쳤습니다. 손이 없는데 어떻게 박수를 치는지 그건 알 수 없었습니다.

"당연한 공격 목표는,"

명함이 계속 말했습니다.

"오늘 오전 10시. 그 시간에 적은 동물원 정면 현관에서 타이피스트 Y양을 유혹할 계획을 하고 있다. 우리는 전력을 다해 이를 방해해야만 한다. 우리의 끝없는 투쟁은 적을 **영원한 피고**로 만드는 것이다. 여기서 공격을 늦추지 않는다면, 결국은 우리의 일방적인 승리로 끝나고, 적의 모든 존재 이유는 근절될 것이다."

"맞아. 꽤 오랫동안 우리는 노예 상태로 굴복해 왔다. 더 이상 참을 수가 없다. 난 영화 감상 때만 이용당하고, 여자를 만날 때는 완전히 무시당했다. 나한테도 볼 권리가 있다. 난 모든 것을 볼 수 있는 자유를 원한다."

그렇게 외친 것은 안경이었습니다.

"난 한 번도 배부른 적이 없었다. 배를 단단히 조이고 있는

데도 무리하게 혹사당하기만 했다. 게다가 내 노동은 완전히 착취되고 말았다. 난 내가 쓴 것 전부를 소유하고 싶다."

그렇게 외친 것은 만년필이었습니다.

"나도 화가 난다."

차갑게 외친 것은 시계였습니다.

"난 우리의 시간인 정오와 한밤중 12시만을 가리키고 싶다. 그런데 놈들 때문에 3시에도, 7시에도 마구 시간을 알리지 않으면 안 된다. 하지만 나는 맹세한다. 이후 우린 12시 이외에는 절대로 종을 치지 않겠다."

"그렇다. 물질은 추락했다."

쉰 목소리로 투덜거린 것은 넥타이였습니다.

"특히 나 같은 경우는 심하게 추락했다. 그건 바로 인간들 때문이다. 나쁜 자식들! 목을 조인다는 게 어떤 건지 한 번 맛을 보여주겠다."

그러자 다른 소지품들도 흥분하여 제각기 외쳐댔습니다.

"인간에게 우리가 도움이 되어도, 우리에겐 녀석들이 완전 무용지물이다."

"일방적인 착취…… 타협은 불허한다!"

"그렇다. 우리들 물질은 주체를 회복하자."

"생활권을 착취하자. 죽은 유기물에서 살아 있는 무기물로!"

"혁명가를 노래하자."

명함이 감격하여 그렇게 말했습니다. 하지만 아무도 노래를 부르지 않았습니다.

"뭐지?"

모자가 작은 소리로 말했습니다.

"우린 아직 혁명가가 없다."

"이런 바보 같은……"

명함이 화를 내며 말했습니다.

"그럼, 지금 당장 만들자. 만들어!"

너무도 험악하고 거칠었기 때문에, 모자가 깜짝 놀라 빈 병에 입을 대고 불어대듯, 가련한 목소리로 노래 부르기 시작했습니다.

난 수증기 속에서 죽었고
납작해졌다.
하지만 찐빵은 아니다.
왜냐면, 난 속이 비어 있기 때문이다.

"그런 혁명가가 어디 있어!"

명함이 화를 내며 소리를 질렀습니다. 그러자 옆에서 수첩이 말했습니다.

"이봐. 자네는 특히 우리의 지도자이니까, 그렇게 흥분하면 안 된다구. 정말로 아직 혁명가를 만들지 못했다면, 내가 한 번 즉흥적으로 만들어 보지……"

명함이 태도를 싹 바꾸어 몹시 거만스럽게 말했습니다.

"봐라. 난 납득 하기만 하면 바로 이렇게 유쾌해지거든. 난 원래 이성적인 성격이야."

수첩은 날개처럼 표지를 확 펼치고 포즈를 취하면서 다음과 같이 노래를 불렀습니다.

종이여, 정오를 알려라.

잠자며 꿈을 꾸고 있는 저들의 고막을 찢어라.

왜 그렇게 우냐고 물으면

바로 그렇게 물었기 때문이라고 말해줘라.

잠 못 이루며 꿈을 꾸고 있는 녀석들을 비웃어 주자.

악몽 속에서 불면을 핑계 삼는 녀석들을 비웃어 주자.

종과 함께 비웃어 주자.

명함은 배를 움켜쥐며 깔깔깔 웃었으나, 곧 깜짝 놀란 듯 웃음을 멈추고는 불만스럽다는 듯이 말했습니다.

"하지만, 왠지 반혁명적인 느낌이 드는군."

수첩이 불끈해져 쏘아붙였습니다.

"이렇게 혁명적인 노래를 난 한 번도 들은 적이 없어."

"바보 같은 자식."

"잠깐 동지들이여."

끼어든 것은 바로 넥타이였습니다.

"내 생각엔 양쪽 모두 일리가 있는 것 같아. 하지만 양쪽 다 조금씩 틀린 것 같군. 방법이 없으니까 내가 진정한 혁명가를 불러줄게."

그러고는 노래를 부르기 시작했습니다.

나는 길다.

길지만 뱀은 아니다.

왜냐면 뱀이 아니니까.

"뭐야. 집어치워."

명함이 잔뜩 골을 내며 말했습니다.

"그것보다는 차라리 수첩이 부른 노래가 혁명적이야."

"그렇고 말고, 훨씬 혁명적이지."

"아니, 그 정도는 아냐."

"그렇지 않아. 혁명적이야."

다시 명함과 수첩이 말다툼을 했고, 넥타이는 둘 사이에 끼어 비틀거렸지만 곧 맥없이 주저앉아 버렸습니다.

"난 확실히 추락했다."

이번에는 구두가 끼어들었습니다.

"동지들이여, 역시 동지들 간의 대립은 피하는 게 좋다고 생각한다. 내 의견을 말한다면 지금 부른 어떤 혁명가보다도 역시 처음부터 있었던 노래가 좋은 것 같다."

"그것 봐라! 혁명가는 처음부터 있었다구."

명함이 의기양양해서 말했습니다.

"그럴 리가 없어. 그럼 노래를 불러봐."

수첩과 넥타이가 동시에 말했습니다.

"이상하네……"

안경이 말했습니다.

"실은 난 노래는 정말 못해."

구두가 부끄러운 듯 말했습니다.

"그건 혁명적인 태도가 아니야."

만년필이 말했습니다.

"겸손을 떠는 것이 아니라 정말로 못해."

구두가 다시 수줍어하며 말했습니다.

"별로 칭찬한 건 아냐."

만년필이 재미없다는 듯이 대꾸했습니다.

"그런데 정말 처음부터 혁명가가 있었을까?"

바지가 이상하다는 듯 말했습니다.

"전혀 기억에 없는 걸 보면, 어쩌면 있었는지도 모르지."

재킷이 자신 없다는 듯 말했습니다.

"난 어느 쪽인지 모르겠어."

안경이 말했습니다.

"분명히 있었어. 그렇지 않으면 내가 이렇게 화를 낼 리가 없어."

명함이 말하자, 수첩도 지지 않았습니다.

"분명히 없었어. 그렇지 않으면 내가 그렇게 훌륭한 혁명 가를 즉흥적으로 불렀을 리가 없어."

"하지만 아무도 증명할 수 없으니까, 있었는지 없었는지 의문이군."

구두가 그렇게 말하자, 명함은 놀라며 트집을 잡았습니다.

"지금 있었다고 네가 말했잖아."

"아냐."

구두가 침착하게 대답했습니다.

"난 있었다고는 하지 않았어. 단지 처음부터 있었던 노래 쪽이 좋다고 말한 것 뿐이야."

"흠. 과연 그 사고 방식은 이론적이군. 난 이론적인 것을 좋아해. 그런 표현을 듣고 나니 고상한 기분이 들었어."

명함이 갑자기 얌전하게 말했습니다.

"하지만 좀 어려운 것 같다. 이런 이론을 주체적으로 파악하기 위해선 시간이 필요해."

"나도 그렇게 생각해. 그래서 나도 말하려고 생각했어. 우선 이런 이론적인 문제를 해결한 후가 아니면, 부를 수도 없는 혁명가는 혁명 후에 불러야 한다고 생각해."

구두가 기쁜 듯이 말했습니다.

"그거 좋은 생각이야."

만년필도 거들었습니다.

"혁명이 끝나면, 처음부터 있었던 혁명가를 증명하는 위원회를 하나 만드는 게 어떨까?"

모자가 의기양양하게 말했습니다.

"그리고 수첩동지의 혁명가보다 우수하다는 걸 증명하는 협의회를 개최한다면 나도 찬성이야."

수첩이 말했습니다.

"내 노래도 썩 괜찮다고 생각하는데, 나는 길다, 길지만 뱀은……"

넥타이가 미련이 남은 듯 말했습니다.

"안돼. 그건 전혀 문제가 되질 않아. 충고하겠는데 추락으로 도배를 하고 싶지 않거든, 잠자코 있어."

험악한 표정으로 명함이 넥타이의 말을 가로막으며 계속했습니다.

"실은 난 급진파여서 혁명 종료 전에 혁명가를 부른다는 건 처음부터 반대였지."

"역시 우리 의견은 항상 일치하는군."

재킷이 기쁜 듯이 말했습니다.

"날이 새고 있어."

바지가 소리를 질렀습니다. 정말 불투명한 창문이 눈이 쌓인 것처럼 뽀얗게 보였습니다.

"그럼 서둘러 작전을 짜야지."

구두가 말했습니다.

"작전은 간단해."

명함이 자신만만하게 말했기에 일동은 명함 주위를 원을 좁히며 모여들어 긴장한 얼굴로 마주 섰습니다.

"우선 여러분은 이 방에서 적의 외출을 가능한 한 저지하도록 한다. 총파업이다! 수단과 방법을 가리지 말 것! 그동안 나는 동물원에 가서 타이피스트 Y양을 유혹하겠다."

"왠지 불공평한 것 같은데……"

안경이 불만스럽다는 듯이 말했습니다.

"전혀 불공평한 것 없어. 나는 적의 이름을 탈취했기 때문에, 적은 이름을 잃었다. 이름을 잃어버려 재판받을 권리조차 상실한 인간에게 사랑할 권리가 있겠는가? 없다!"

명함이 자문자답을 했습니다.

"아니. 내 말은 적을 말하는 게 아냐. 솔직히 말하자면 나도 Y양을 유혹하고 싶은 것이지."

"바보같이. 이런 사태에 사물을 그렇게 감정적으로 생각해선 안 돼. 중요한 건 각자 자신의 능력을 최대한으로 발휘하는 거야."

"내게도 그런 능력은 있어."

모자가 나서자, 넥타이도 아쉽다는 듯 거들었습니다.

"그런 일이라면 나도 누구보다도 자신 있거든."

"오래전부터 난 Y양을 좋아했는데……"

바지가 투덜거렸습니다.

"쓸데없는 말은 하지도 마라."

명함이 화를 내며 쏘아붙였습니다.

"증명해 봐. 증명도 하지 않고 무턱대고 말을 해선 안 돼. 무엇보다도 Y양은 나를 좋아해."

"잠깐."

만년필도 한마디 거들었습니다.

"여하튼 혁명이 끝나면 유혹능력심사협의회를 만들도록 하자."

그때였습니다. 두부 가게 암탉이 목을 졸린 미망인처럼 째진 소리로 시각을 고했습니다. 신변 소지품들이 허둥지둥 긴장된 빛을 보이자, 명함이 말했습니다.

"걱정하지 마라. 저건 틀려. 저런 건 미신이야! 설마 우리가 악마도 아닌데……. 암탉 소리에 놀라서야 쓰겠는가. 우리들의 신호는 좀 더 과학적인……"

그러나 그 목소리도 불안스럽게 들렸습니다. 그 순간 일요일 첫 임시 열차인 4시 20분 출발 하행 열차의 기적이 울려 퍼졌습니다.

순식간에 소지품들의 원형 대열이 허물어졌습니다. 수첩과 만년필은 서둘러 재킷 주머니에 잠입했고, 재킷과 바지는 손을 잡고 원래 위치로 휘청휘청 주저앉았으며, 안경은 책상 위로 올라갔고, 넥타이는 벽 위로 기어오르기 시작했습니다. 그러자 모자는 몇 번이나 뛰어 봤지만 다시 떨어졌고, 구두는 신발장에 용케 기어오르긴 했지만 스스로 문을 열지 못해, 그 두 개만이 언제까지고 창문을 향해 달려드는 등에처럼 같은 운동을 반복하고 있었습니다. 명함이 서둘러 먼저 모자를 도와준 후, 구두에게 신발장 문을 열어 주었습니다.

그리고 갑자기 몸을 움직일 수 있게 된 내가 침대에서 벌떡 일어나 명함에게 달려든 것과 명함이 펄럭이며 문 위쪽 틈새로 밖으로 빠져나간 것은 거의 동시에 일어났습니다.

다행히 문에 열쇠를 잠그지 않았기 때문에 난 재빨리 복도로 뛰어나갔습니다. 그러자 문 바로 앞에 누군가가 서 있어서 그만 심하게 부딪치고 말았습니다. 그 순간 상대방은 벽 끝에다 엉덩방아를 찧더니 서둘러 벌떡 일어나 현관 쪽으로 쏜살같이 달려갔습니다. 녹색 제복을 입은 남자였습니다.

"시끄러워!"

어느 방에선지 누군가가 소리쳤습니다.

명함이 어디로 갔는지 도통 짐작이 가질 않았습니다. 부딪친 쪽의 팔을 문지르며 잠시 서 있었습니다. 그런데 아침 일찍 일어나는 철도원 방에 전등이 켜지고 식기를 씻는 소리가 적적하게 들려 오는 것 같아, 갑자기 단념해 버리고 싶은 마음이 생겨 방으로 되돌아왔습니다.

벽에는 잊고 갔는지 광고지가 붙여진 채로 있었습니다. 어느 틈에 다시 뒤집혀져 《여행에의 초대!……》라고 쓴 지면이 보였습니다. 집어보려고 하자, 순간 어디론가 사라져 버렸습니다.

방바닥에 있는 재킷을 조심스럽게 집었습니다. 특별히 평상시와 다른 점은 보이지 않았습니다. 한 번 털어 보았지만 역시 이상이 없었기 때문에 조금 더 세게 흔들어 보았습니다. 마지막으로 더 세게 흔들었더니 만년필이 떨어져서 그만두었습니다.

안경도 달라진 점은 없었습니다. 어떻게 이게 공중을 날 수 있었는지 아무리 생각해도 알 수가 없었습니다.

얼마간 안심이 되어 침대에 걸터앉아 크게 하품을 하고

얼굴을 드니, 벌써 밖은 밝아졌습니다. 어젯밤에 남은 완두콩을 먹고 물을 한 모금 마시고 나니, 갑자기 가슴이 막히고 슬퍼졌습니다. 이상한 일만 일어나고 평온한 날이 없습니다. 이런 현실은 아마도 내겐 맞지 않는 듯싶었습니다. 차를 마시려고 물을 끓이면서 눈을 감으니 Y양을 만나고 싶어졌습니다. 하지만 그와 동시에 시간이 멈추기를 바랐습니다.

역시 이상한 일은 될 수 있으면 안 일어나는 편이 좋습니다. 원래 난 이성(理性)이란 인간을 부자유스럽게 만드는 것이라고 생각합니다. 하지만 이런 상황에 처하게 되면 그것도 다시 고려해 볼 필요가 있지 않을까요. 이런 식으로 이성이 무용지물이 되고 자유가 없어지면, 필연과 우연의 구분이 없어져서 시간은 단지 벽처럼 내 앞길을 막을 뿐입니다. 설사 Y양의 말대로 모든 것이 상상이라고 해도, 그것이 나만의 상상이 아니라 모두에게 공통된 상상이라면 마찬가지입니다. 현실로부터 이 이상한 상상을 빼 버리면 도대체 무엇이 남게 될까요?

그런 걸 생각하면서, 난 어느새 칠흑같이 끝없이 펼쳐진 공간을 정처 없이 헤매고 있었습니다. 그리고 이상하게도 그것이 조금도 이상하다는 생각이 들지 않았습니다. 단지 두세 번 눈을 깜박거리며 기절하지 않았음을 확인하고, 인간은 어느 낙하 속도 이상의 속도로 떨어지면 기절하기 마련인데, 아직은 괜찮다고 그런 생각을 할 만큼의 여유조차 있었습니다.

그러는 동안 난 어느새 내 가슴 속에 흡수되어 버린 스페인의 광야를 걷고 있었습니다. 천천히 모래를 밟으며 많은 모래 언덕 중의 한 곳을 오르면서, 난 역시 필연과 우연의 문제를 생각해 보았습니다.

공기는 불면증 냄새가 날 만큼 건조했고, 하늘은 깊고 도자기처럼 빛나고 있었습니다. 지평선에는 거대한 구름 덩어리가 점차 부풀어 올라 내 위로 쏟아질 것만 같았습니다. 모래 언덕 위에는 바람이 강하게 불어서 잠옷 차림에 맨발인 내 살갗을 따끔따끔 아프게 때렸습니다. 바람을 등지고 모래 위에 무릎을 곧추세우고 앉았습니다. 왜 내가 이곳에 있는 것을 당연하게 생각하는지 내심 의아해 하면서도, 역시 내가 이곳에 있는 게 당연하다는 생각이 들었습니다. 난 필연과 우연의 중간에서 어떻게 Y양을 구출할 수 있을지 끊임없이 생각했습니다. **구출**해야 한다고 스스로 강조하면서도 동시에 그것은 마치 의미 없는 말이며, 구출해야만 하는 것은 바로 나 자신이라는 생각이 들었습니다. Y양을 위해 내가 할 수 있는 일이라고는 한 방울의 눈물을 흘려주는 정도가 아닐까 싶었습니다.

"하지만……"

난 소리를 내며 벌떡 일어섰습니다.

"Y양을 이대로 적의 수중에 맡길 수는 없어."

하지만 그 적이라는 단어가 안 좋은 뉘앙스로 느껴져 얼굴을 찡그리며 말하지 않을 수 없었습니다.

"너무 뜻밖이야. 나의 소지품들이 그렇게 생각할 줄은 몰랐어. 적어도 난 그렇게 생각하진 않아. 난 지금까지 한 번도 너희들에게 적의를 가진 적이 없었어."

어떻게 해야 좋을지 몰라서 난 다시 주저앉고 말았습니다. 무릎에 얼굴을 파묻고 흥분한 마음을 달랬습니다.

그때 바로 내 옆에서 이상한 소리가 들려왔습니다. 그건 정말 뭐라고 형용할 수 없는 소리여서 깜짝 놀라 얼굴을 들어 보니, 흰색 원형 금속이 위쪽을 향한 관 모양의 꼭지에서 허연 증기를 뿜으며 격렬하게 몸을 떨고 있었습니다.

그것은 물이 끓고 있는 **주전자**로, 난 어느새 다시 방에 와 있었습니다.

지금껏 이렇게 맛있는 차는 정말 처음입니다. 슬픔이란 차의 맛을 좋게 하는 법인가 봅니다. 그러니까 난 정말 슬펐던 것이 분명합니다. 그 증거로 2층에 사는 카바레의 바이올린 연주자가 켜는 바이올린 소리를 듣자, 나도 모르게 콧물을 훌쩍거렸던 것입니다. 그 사람은 스물여덟 살의 겁쟁이 청년으로, 카바레에서 화가 난 일이 있으면 집에 와서 바흐나 브람스 곡만 켜서 이웃 사람들을 화나게 만들었습니다.

난 코를 훌쩍거리며, 밀가루를 반죽하여 프라이팬에 넣고 구웠습니다.

마침 다 구워졌을 때, 누군가가 문을 노크하는 소리가 들렸습니다. 정확한 이유는 알 수 없었지만, 마치 찾아온 이유를 아는 듯이 난 대답 없이 문을 노려보았습니다.

그러나 그 누군가는 대답도 기다리지 않고 마음대로 들어왔습니다. 시골에 계시는 아버지였습니다.

아버지를 본 순간 방안이 갑자기 밝아진 것 같았습니다. 내겐 아버지가 구세주처럼 보였습니다.

난 들뜬 목소리로 말했습니다.

"아버지, 난처한 일이 생겼어요."

아버지는 잠자코 고개를 끄덕이며 의자를 끌어당겨 앉더니, 어두운 표정으로 잠시 바닥에 시선을 떨구었습니다.

"그럼, 아버지께선 알고 계셨군요."

아버지는 역시 말없이 고개를 끄덕이고, 다시 뭔가 생각에 잠긴 표정이었습니다. 난 조금 불안해졌습니다.

"아버지, 어떻게 해야 좋을까요"

아버지는 조용히 얼굴을 들고 나를 바라보았습니다. 그리고 천천히 말했습니다.

"저건 뭐냐?"

빵이 새까맣게 타버려 그을음이 나고 있었습니다. 난 서둘러 스위치를 껐습니다.

"제 아침 식사입니다."

아버지는 아침 식사 따위는 아무래도 좋다는 듯, 고개도 끄덕이지 않고 이상한 말을 했습니다.

"넌 여기가 어디라고 생각하냐?"

"제 방입니다."

"3 + 5는 얼마지?"

"……."

'8'이라고 대답을 하려다 난 흠칫 아버지 얼굴을 바라보았습니다. 아버지가 이런 당연한 사실을 묻는 데는 뭔가 깊은 사연이 있을 거라 생각했습니다.

"3 + 5는 얼마인지 모르냐?"

아버지의 미간에 주름이 생기고, 난 그 이유를 알고 싶어서 초조해졌습니다. 요 며칠 사이에 일어난 일들을 회상하며, 3 + 5＝10이라는 것보다 더 불가사의한 일이 많았기 때문에, 이 경우 3 + 5＝8 이라는 답이 오히려 이상할지도 모른다는 생각이 들었습니다.

"도저히 모르겠냐?"

아버지가 또다시 강하게 재촉했습니다. 내 머릿속은 물에 풀린 아교처럼 흐늘거렸습니다. 난 당황하여 대답했습니다.

"8입니다."

하지만 그것만으로는 불충분할 것 같아 서둘러 한마디 덧붙였습니다.

"하지만 그것은 10이라도 별로 상관없다고 생각합니다."

아버지의 눈이 번쩍 빛났습니다.

"정말로 상관없다고 생각하냐?"

난 뭐라 대답해야 좋을지 말문이 막혀 버렸습니다. 아버지의 진심을 알 수가 없었습니다. 뭐 때문에 그런 얄궂은 질문을 하는지 정말 이상하기만 했습니다. 아버지는 실망한 듯이 고개를 숙인 채 다시 바닥을 보았습니다. 그 행동이 마치 연극을 하고 있는 것 같아 보여 불쾌한 기분조차 들었습니다.

"아버지는 이번 사건을 어떻게 생각하십니까?"

"매우 불행한 일이라고 생각한다."

아버지는 고개를 숙인 채 분명하게 말했습니다.

"어떻게 하는 게 좋을까요?"

"사태를 지켜볼 수밖에 없겠구나."

잠시 후 아버지가 갑자기 일어서며 말했습니다.

"난 이제 돌아가야겠구나."

난 깜짝 놀라 혹시 아버지가 정신이 이상해진 게 아닌가 생각했습니다.

"왜 그러세요? 지금 막 오셨는데……"

아버지는 고개를 저으며 문 쪽으로 걸어갔습니다.

"전 아버지와 여러 가지 상담을 하고 싶어요."

"나도 가능한 한 돕고 싶구나."

그러나 아버지는 역시 뒤돌아보려 하지도 않고, 문을 잡아당기려고 했습니다.

"아버지!"

난 그만 크게 소리를 지르고 말았습니다.

"아버지, 전 어떻게 해야 좋을지 모르겠어요. 정말 상담하고 싶은 게 많아요. 예를 들어 신문에 이름 분실 광고를 내면…… 어떨까요?"

물론 난 그런 생각은 한 적도 없었지만, 아버지를 잠시라도 붙잡기 위해 그만 거짓말을 뱉고 말았습니다. 그런데 그 착상이 의외로 효과가 있었는지, 아버지는 깜짝 놀란 듯 뒤돌아보았습니다.

"제정신으로 그런 생각을 하는 거냐?"

"아뇨. 이건 한 방법에 불과합니다. 물론 그런 것은 어리석다고 생각합니다."

"그래, 어리석은 짓이다. 그런데 그 어리석은 이유가 어디에 있다고 생각하냐?"

아버지의 양미간에 다시 의심스러운 듯 주름살이 잡혔습니다.

"분실한 사람에게 이름이 없는데, 어떻게 광고를 낼 수가 있겠습니까?"

"그게 네가 생각한 이유냐?"

아버지는 눈살을 찌푸린 채 낮은 목소리로 말하고는 다시 그대로 나가려고 해서, 난 아버지의 진심을 의심할 수밖에 없었습니다."

"아버지! 좀 더 계셔도 괜찮지 않아요? 전 아버지밖에 의지할 사람이 없습니다."

"그래, 그럼 10분만 더 있다 가마."

"왜 그렇게 서두르시나요?"

"그렇게 일일이 남의 행동을 의심하면 안 되지. 아버지를 믿도록 해라."

아버지는 단호하게 말하며 문에서 손을 떼고, 방안을 한 바퀴 돌아보았습니다.

"아버지, 제가 나쁜 게 아닙니다."

아버지는 묵묵히 창가에 서 있었습니다. 누군가를 확인하더니 고개를 끄덕였습니다. 어깨너머로 보니 몸집이 큰 남자들이 황급히 문 뒤로 숨었습니다.

"아버지, 저자들을 알고 계십니까?"

"좋은 사람들이지."

그렇게 말하고는 다시 방안을 돌아보았습니다. 뒷짐을 진 채 깊은 생각에 잠긴 듯 발 언저리를 바라보는 아버지의 모습을 보면서, 문득 불길한 예감이 고개를 쳐들기 시작했습니다. 이 사람이 정말 내 아버지일까?

"아버지, 이런 일이 흔히 일어나나요?"

"응. 가끔 일어나지. 너무 깊이 생각하지 않는 게 좋겠구나."

"인간은 이름 대용으로 달리 준비해 둘 만한 것이 없는 건가요?"

"물론이지. 나도 아직 그런 절차가 있다는 소리는 듣지 못했다. 단지."

말을 끊고는, 다시 문 쪽을 향해 갔습니다.

"이젠 돌아가야만 한다. 어쩌면 집에 다른 이름이 하나 정도는 있을지도 모르니까, 보고 오겠다."

"아버지는 진심으로 그렇게 생각하고 계시는 건가요? 아니면 저를 놀리고 계시는 건가요? 셔츠나 양말 따위와는 다릅니다. 아버지는 진지하게 제 얘기를 들어주시지 않는군요."

아버지의 눈이 다시 반짝 빛났습니다.

"정말 그렇게 생각하냐?"

"아버지, 그렇게 간단한 문제라면, 저도 어디선가 이름을 훔쳐 와도 괜찮다는 건가요?"

"꼭 훔치지 않더라도, 당장 필요하지 않은 사람에게 잠시 빌려 와도 좋겠지."

"그래요. 하지만 그렇게 쉬운 문제가 아닙니다. 문제는 본질적인 것에 있습니다. 이제 이름과 타협할 수 있는 가망도 없습니다."

"이름과 타협하다니……"

아버지는 좀 떨어져서 엷은 미소를 짓더니, 고개를 저으며 시계를 보았습니다.

"벌써 10분이 지났군."

나도 덩달아 시계를 보았습니다. 시계는 정각 12시를 가리킨 채 멈추어 있었습니다.

"아버지 지금 몇 시입니까?"

"9시 반이다."

"9시 반이라고요! 큰일났다! 벌써 시간이 이렇게 지났다니……"

"시간은 당연히 지나가기 마련이지!"

난 서둘러 시계를 맞추려고 했지만, 녹이 슨 것처럼 좀처럼 움직이지 않았습니다. 어젯밤에 시계가 선언한 것을 생각해 내고는 화가 나서 기를 쓰고 돌리다 보니 나사가 빠져 버렸습니다.

난 초조해져서, 아버지에 대해 말투까지 거칠어지고 말았습니다.

"벌써 9시 반이라면, 더 이상 만류하지 않겠습니다."

"무슨 일이 있는 거냐?"

"제게도 할 일은 많습니다."

잠옷을 벗고 외출복으로 갈아입으려는데 이상한 일이 벌어졌습니다. 바지가 마치 살아 있는 물체처럼 내 손발에 대항하여 흐늘흐늘 움직이면서 작아지기도 하고, 돌연 묘한 방향으로 튀어 오르기도 하여 도저히 입을 수가 없었습니다. 재킷도 마찬가지였습니다. 젖혔다가는 버팅기는 바람에 옷을 입을 수가 없었습니다.

"아버지, 좀 도와주세요. 제발 부탁입니다. 전 꼭 가야 할 곳이 있습니다."

아버지는 얼굴을 찡그리고, 살짝 고개를 옆으로 흔들 뿐이었습니다. 그리고 말없이 문의 손잡이를 돌렸습니다.

"아버지, 도와주세요."

그러나 아버지는 문을 열고 이미 복도로 한 걸음 내딛고 있었습니다.

"아버지!"

아버지를 뒤로하고 조용히 문이 닫혔습니다.

"아버지!"

아버지는 가버리고 말았습니다.

"저 사람은 분명 **가짜** 아버지야."

난 실망하여 침대에 누웠습니다. 2층에서 바흐의 경쾌한 멜로디 연주가 들려왔습니다. 그런데, 2층 바이올리니스트의 손에 걸리기만 하면 어떤 곡이든 구슬프고 음침한 곡으로 변하고 맙니다. 귀를 막고 난 침대 속으로 얼굴을 파묻었습니다. 그러나 바흐는 어디까지고 뒤쫓아와서는 손가락이나 콧속, 치아 사이에서 성가시게 계속 울렸습니다.

동물원 앞에서 기다리고 있을 Y양의 모습이 흘낏 뇌리를 스쳤습니다. 난 벌떡 일어나 다시 바지와 재킷과 격투를 벌였습니다. 바지와 재킷의 끈질긴 저항은 고열로 들뜬 악몽 속에서 셀로판지가 물에 젖어 갑자기 축소되는 것 같은 기분 나쁜 감촉과도 비슷했습니다. 그러다가 그들의 저항은 적극적인 반항으로 바뀌기 시작했습니다. 내게서 피하려 할 뿐 아니라 자진해서 손발에 착 감겨 오기도 했습니다. 어느새 난 기를 쓰고 그들을 물리치려 했기 때문에, 옷을 갈아입으려 했던 최초의 목적을 망각해 버릴 정도였습니다.

정신이 들고 보니, 바지와 재킷뿐만 아니라 소지품들이 하나가 되어 내게 달려들고 있었습니다. 내 목을 계속 휘감고 있는 건 넥타이였습니다. 눈앞에서 왔다 갔다 하며 훼방을 놓는 것은 안경이었습니다. 발을 간지럽게 하거나 때로는 세게 정강이를 찬 것은 구두였습니다. 등과 팔을 계속 쿡쿡 찌르거나 겨드랑이 밑을 간지럽게 하는 건 만년필 짓임이 틀림없습니다. 모자는 내 머리카락과 귀를 잡아당겼습니다. 수첩은 마침내 광기를 띤 바흐의 리듬에 맞추어 주위를 빙빙 돌면서, 날 공격할 방법을 찾고 있는 듯했습니다.

눈에는 무언가가 흥건했습니다. 땀인지 아니면 흘러내린 눈물인지, 그 귀찮은 액체를 닦아낼 여유조차 없어서 숨을 헐떡거리며, 목에 잠긴 무거운 점액을 입술에서 흐르도록 내버려 둘 수밖에 없었습니다. 몇 시간이 지났을까? 난 힘이 빠져 정신을 잃고 그대로 바닥에 쓰러지고 말았습니다. 정신을 차리고 보니 벌써 햇살이 기울고 있었습니다.

수도꼭지에 입을 대고 위가 거북해질 정도로 물을 마셔 댔습니다. 시계를 보니 역시 12시를 가리키고 있습니다. 바닥에 내동댕이칠까 생각했지만 그만두었습니다. 조심조심 바지를 집어 올리자 의외로 뜻대로 잘 움직였습니다. 가만히 오른쪽 발을 집어넣어 보았더니 그것도 잘 들어갔습니다. 왼쪽 발도 무사히 통과했습니다. 모질게 마음을 먹고 재킷도 입어 보앉는데, 그것도 거짓말처럼 쉽게 입을 수 있었습니다. 안경을 주머니에 넣어 보아도 별다른 일은 일어나지 않았습니다. 그 것만 있으면 충분했기 때문에, 만일의 경우 넥타이는 생명에 지장이 있을 것 같아 매지 않았습니다. 모자도 창피당할 확률을 줄이기 위해 쓰지 않았습니다. 문제는 구두였습니다. 이것만 무사히 통과하면 됩니다. 몹시 긴장되었으나 특별한 일은 없었고, 마치 구두 쪽에서 발에 맞추려고 한 것처럼 수월하게 구두를 신었습니다.

이제 와서 외출해 본댔자 별 볼 일 없을 것 같았지만, 가만히 있을 수가 없었습니다. 뭔가 일이 발생한다면 그건 분명 나쁜 일임에 틀림없을 거라고 생각되어, 조심조심 걸었더니 복도가 마치 양갱 표면처럼 미끄럽게 느껴졌습니다.

샐러리맨의 일요일…… 거리는 도망쳐 가는 일요일을 바싹 따라가고 있는 피곤한 가족 동반의 어수선한 눈치로 가득 차 있었습니다. 일요일로 충만된 눈은 어디에도 없었습니다. 휘어진 아버지의 등은 망연자실했고, 당장이라도 울음을 터뜨릴 것만 같은 외출복 차림의 어린아이는 무뚝뚝한 어머니의 손에 끌려 팔이 비틀려 있었습니다. 방에서 나왔을 때부터 앞뒤로 끊임없이 녹색 제복의 얼굴이 어른거렸지만, 난 신경 쓰지 않고 과감히 인파를 밀어젖히며 앞으로 달려 나갔습니다.

입장권 매표소는 곧 폐장 시간이 가까운 데도 일요일이 울타리 안으로 도망쳐 있기라도 한 듯, 끈질긴 희망을 건 아이들과 가족들이 행렬을 이루고 있었습니다. 물론 Y양의 모습은 보이지 않았습니다. 잠시 얼굴이 달아올랐지만, 나도 행렬 뒤에 줄을 섰습니다.

동물원은 몹시 혼란스러웠습니다. 서둘러야만 된다는 생각에 초조해졌습니다. 어떻게 서둘러야만 하는지 도통 짐작이 가질 않았습니다. 난 그저 혼란 속을 우왕좌왕할 뿐이었습니다.

명함과 Y양이 설마 이 시간까지 동물원에 있으리라고는 생각지 않았습니다. 그러나 만일의 경우라는 게 있고, 또 특별히 이렇다 할 목적이 없었기 때문에 이곳에서 나갈 생각은 들지 않았습니다. 몇 번이나 가벼운 현기증이 나서 멈춰 서곤 했습니다. 아침부터 아무것도 먹질 못했기 때문에, 아이들이 김밥을 먹는 걸 보니 자신이 초라해져 견딜 수가 없었습니다.

형용색색의 인파가 점차 희미해졌습니다. 바싹 마른 해변가의 조가비처럼 쓰레기통과 표지와 벤치가 허옇게 바래져

갔습니다. 밟아 뭉개진 잔디 위에 무릎을 세워 앉았습니다.

문득 눈앞에 벤치가 보였습니다. 그 벤치에는 한 쌍의 젊은 남녀가 바싹 달라붙어 앉아 있었습니다. 바로 명함과 Y양이었습니다. 명함은 분명 한 장의 종이에 불과한데, 그것이 인간의 모습으로 보이는 것은 아무래도 설명하기가 힘이 듭니다. 온 신경을 한 점에 응축시키고 그 작은 지면과의 접촉점만 남기고, 나머지는 투명하게 사라지는 것처럼 살그머니 숨을 죽이고 다가갔습니다. 두 사람의 대화가 귓가에 들려왔습니다.

"하지만……"

Y양의 목소리였습니다.

"인간들은 우리를 타락했다거나 이상하다고 말할지도 몰라요."

난 깜짝 놀랐습니다. 하필 Y양이 자기가 인간이 아닌 것 같이 인간들은이라는 말을 하다니 도대체 어떻게 된 것일까요? 명함이 유혹해 버려 Y양까지 내 적이 되어 버린 걸까요? 누가 봐도 Y양은 틀림없는 인간입니다. 그런데 그런 말을 하는 게 얼마나 우스꽝스러운지 Y양은 모르는 모양입니다. 공포와도 비슷한 슬픔이 내 심장 주변에 얇은 얼음 막을 만들었습니다. 튀어나오려는 소리를 참기 위해서 혀를 꽉 깨무는 괴로움을 견뎌야만 했습니다. 꾹 참고 고양이 걸음으로 한 걸음 한 걸음 옮겨가는데, 이번엔 명함 목소리가 들렸습니다.

"바라는 바지. 인간들에게는 그런 말을 할 자격이 없어."

이어서 Y양이 말했습니다.

"정말 당신이 하는 말은 모두 훌륭해요."

"물론이지. 이런 문제는 철학적으로 생각해야만 돼."

명함이 득의양양하게 말했습니다.

"그렇게 말하니까 정말 그래요."

Y양은 아양을 떨며 말했습니다. 난 다리가 떨려오는 것을 느꼈습니다.

그러자 잠시 침묵이 흐르고, 명함이 다시 그 철학이라는 것을 말하기 시작했습니다.

"요컨대 인간이란 나쁜 짓을 하지 않으면 욕심 사납게 선행을 하고, 아니 선행을 하지 않으면 욕심스럽게 나쁜 짓을 하고…… 뭐 어느 쪽이든 상관없지. 하찮고 나쁜 일은 전부 우리에게 전가시키려 하고 있어. 하지만 우린 속아선 안 되지. 이러한 것은 모두 인간이 갖고 있는 비열한 책임 회피이며 핑계에 지나지 않거든. 게으른 자들의 천국, 필연과 우연의 경계가 없어진 세계. 결국 그런 놈들의 한심한 소망이 우리들 책임으로 보상받고 있는 것이지. 선남선녀는 단지 최후의 심판을 기다리고 있어. 전시 중에 반항할 수도 없던 겁쟁이는 단지 발광하기만을 원했어. 아침에 일어나 날이 밝았다는 사실을 저주하는 굶주린 자들은 영원히 밤을 동경하며, 죽음에 임박한 자는 귀신을 믿고, 생활력이 없는 나약한 자는 악마 얘기를 만들어냈고……그런 어리석은 짓이 또 어디 있을까! 그 음침한 소망들을 현실로 만들어버려 녀석들에게 뜨거운 맛을 보여주는 게 우리들이 할 수 있는 복수야!"

"어머!"

Y양이 놀란 듯이 소리를 냈습니다.

"철학이란 것을 듣고 있으니까 왠지 흥분이 되는군요."

명함이 격에 어울리지 않게 수줍어하며 말했습니다.

"음. 철학은 일종의 서사시라고 할 수 있지."

그때 난 한 걸음 앞으로 더 나아가, 명함 바로 뒤에까지 와 있었습니다. 명함을 내리칠 생각으로 호흡을 가다듬고 허리를 굽혔습니다. 그러나 옷이 철판처럼 굳어져 난 그 자리에 이상한 자세로 얼어붙고 말았습니다.

마치 예상이라도 한 듯이 명함이 이쪽을 뒤돌아보았습니

다. 뻔뻔스럽게 웃으며 팔꿈치로 Y양을 툭 쳤습니다. 두 사람은 일어서서 나를 바라보고는 깔깔 웃어댔습니다. 확실히 내 모습은 이상했을 겁니다. 두 사람 앞에서 몸을 펴려고 했지만, 이상하게 몸은 굽혀진 채 아무리 해도 움직여지지 않았습니다. 굴욕감에 식은땀이 얼굴을 덮쳤습니다.

"어머, 인간 오리인가 봐요."

Y양이 말했습니다. 그 말을 듣자 난 허리 부분이 몹시 신경이 쓰였습니다.

"정말 그렇군. 이런 건 우리 안에 넣어두어야만 하는 건데."

두 사람이 다시 소리 내어 웃었습니다.

"Y양!"

간신히 꺼낸 한마디였습니다. 난 그 한마디로 그녀를 에워싸듯 외쳤습니다.

"어머 기분 나빠! 이 인간 **오리**가 내 이름을 알고 있네."

Y양이 휙 몸을 돌려 명함 뒤에 숨었습니다. 그러나 그 행동은 정말 무서워서가 아니라, 뭔가 재미있어 하는 몸짓이었습니다. 난 말로는 설명할 수 없는 비난을 온몸으로 짜내어 그것을 시선에 담아 Y양에게 쏟아부었습니다.

그런데 순간 난 당황하여 두세 번 눈을 깜박거리고 시선을 보통 시선으로 되돌려야만 했습니다. 뜻밖의 실수를 알아차린 것입니다. 그것은 Y양이 아니었습니다. 내가 Y양이라고 생각했던 것은 다름 아닌 마네킹 인형이었던 것입니다.

옷차림이며 목소리가 너무나 Y양과 똑 닮았기 때문에 한동안 믿을 수가 없었습니다. 게다가 이름까지 공통된 것은 단순한 착각이 아니라 뭔가 중대한 형이상학적 혼란이 있는 게 아닐까 하는 생각조차 들었습니다. 명함과 마주 서 있자 내가 나라는 근거가 동요되듯이, 명함과 함께 서 있으면 Y양이 Y양이라는 근거도 없는 게 아닐까요?

Y양＝Y양·Y양－Y양＝0, Y양＋Y양＝2Y양·Y양×Y양＝?······머릿속에 각종 공식을 쓰거나 지우기도 하며 계산해 보았습니다. 그러나 그것도 역시 Y양이 아니라 마네킹 인형이라는 사실에는 변함이 없습니다.

내가 그 마네킹을 본 것은 사실 처음이 아닙니다. 내가 잘 알고 있는 마네킹입니다. G거리 뒷골목에 있는 마네킹 인형 전문점의 쇼윈도에 10년간 서 있었던 것을, 중학생 시절 통학할 때 그곳을 지나가야 했기 때문에, 아침저녁으로 마음에 새기며 바라보았습니다. 투명한 인조 실크를 어깨에서 부푼 유방에 살짝 걸치고 있는 그 모습이 얼마나 예뻤는지, 사실 솔직히 말하면 나는 남몰래 사랑하고 있었습니다. 그것이 내 첫사랑이었는지도 모릅니다.

그러므로 미지수와 기수가 한데 섞여, 내 머릿속에 그려진 방정식은 더욱 혼동되고 말았습니다. 결국엔 Y양이라는 이름이 현실에서의 이미지를 상실하고, 정말 단순한 기호처럼 생각되기까지 했습니다.

"무척 버릇없는 인간 **오리**군. 자기 이름도 밝히지 않고 이쪽을 빤히 쳐다보고 있으니. 도대체 너는 누구냐?"

심술궂게 웃으면서 명함이 말했습니다. 내가 누구인지 말할 수 있을 정도라면 아무 문제가 없을 것입니다. 알고 있는 주제에…… 난 말하는 도중에 갑자기 온몸에 허탈감을 느끼며 눈을 감았습니다. 눈물이 흘러내려 콧방울 옆을 작은 벌레가 기어가는 것 같았습니다.

"어머, 재미있어라."

마네킹 Y양이 웃으며 말했습니다. 어린 나뭇잎에 노닥거리는 태양의 손가락처럼 화통한 목소리였습니다. 난 공중에 대롱대롱 매달려 있는 듯한 자신의 우스꽝스런 자세를 강렬하게 의식했습니다. 게다가 Y양이 진짜 Y양이 아니라는 걸 알면서도 마치 진짜 Y양이 내 눈물을 조롱하고 있는 것처럼 느껴졌습니다.

끝나는 시각을 알리는 벨 소리가 울렸습니다.

"가자."

"그래요."

명함이 말하자 마네킹 Y양이 대답하고, 경쾌한 두 발걸음이 뒤엉키며 멀리 사라져 갔습니다.

두 사람이 어느 쪽으로 갔는지 보이지 않을 무렵, 갑자기 굳어진 옷이 다시 원상태로 돌아와, 난 포개지듯이 흐느적거리며 땅바닥에 주저앉고 말았습니다.

주위 경치가 물에 잠긴 것처럼 흐릿하게 보였습니다. 시야의 윤곽에 야광충과 같이 빛나 보였습니다. 물에 표류하는 나무 조각처럼 난 끝도 없이 눈(目) 속으로 흘러 들어갔습니다.

정신이 나자 눈(目)밖은 벌써 밤이었습니다. 난 운하를 따라 가로등만이 밝게 켜져 있는 조용한 거리를 걷고 있었습니다. 커브를 돌고 보니 그곳은 G거리의 뒷골목이고, 그 마네킹이 서 있던 쇼윈도가 눈앞에 보였습니다.

쇼윈도는 텅 비어 있었습니다. 썰렁한 게 정말 살풍경스럽습니다. 문 앞에는 간판을 팔에 쥐고, 중학생 시절 내 공상 속에서 라이벌 격인 남자 인형이 홀로 서 있었습니다.

마네킹 인형 제조 전문
각종 주문을 받습니다

염려스러운 듯 텅 빈 쇼윈도를 곁눈으로 흘겨보면서 막 지나가려 하자, 그 인형이 또렷한 군대식 걸음으로 한 걸음 다가와 앞을 가로막으며 친한 듯이 웃었습니다.

"Y양이 어디 있는지 당신은 알고 계시죠?"

"Y양이라고요?"

"모르시나요? 그럴 리가 없을 텐데. 당신은 알고 계시죠. 언제나 이 쇼윈도에 서 있었던 당신의 소꿉친구 말입니다. 말씀해 주세요. 제겐 알 권리가 있습니다."

"Y양……"

난 매우 애매한 어조로 말했습니다.

"실은 나도 찾고 있는 중입니다."

그러자 상대는 날카롭게 내 눈을 바라보며 책망하듯 말했습니다.

"그런데 어디에 있었는지는 알고 있는 거죠? 물론 나도 사업가이므로 '기브 앤드 테이크'는 잊지 않겠습니다. 말씀해 주신다면, 물론 보답하겠습니다. 당신도 그 바람둥이 여자에게 실망하신 거죠?"

"그렇게 망설일 필요는 없습니다. 이런 말하면 실례가 될지 모르지만, 벌써 입술이 말하고 있군요. 말씀해 주십시오. 결코 후회하지 않을 겁니다. 내가 당신에게 제공하고자 하는 것은 틀림없이 만족할 거라는 자신이 있습니다. 지금 당신의 조언이 필요합니다. 자, 말해 주십시오. Y양은 어디에 있습니까?"

특별히 답례 같은 건 필요 없었지만, 상대가 그렇게까지 말을 하니까 더 이상 굳이 감출 필요가 없다고 생각했습니다.

"네, 조금 전에 동물원에서 봤어요."

그러자 상대가 다그치듯 되물었습니다.

"누구랑? 아마도 당신의 명함이겠죠."

"그렇습니다."

"고맙습니다. 나도 그럴 거라고 생각했습니다."

"그럼 내게 줄 수 있는 건 무엇입니까?"

반은 빈정대며 말했는데, 상대는 자못 호의를 갖고 미소를 지었습니다. 난 은근히 화가 나서 물었습니다.

"뭔가 먹을 건가요?"

"아니, 천만에요. 그런 구차한 게 아닙니다. 우선 들어 보세요. 현재 당신은 피고의 몸이지요."

난 깜짝 놀랐습니다. 아무리 친절한 척해도 이 상대와는 도저히 친구가 될 수 없다는 생각이 들어 쏘아붙였습니다."

"어떻게 그런 것을 알고 계십니까?"

"물론 알고 있다마다요. 지금 우리들 사이에선 오로지 당신에 관한 소문이 자자합니다."

잠시 흘낏 눈을 치켜뜨더니 다시 생각에 잠기며 다소곳이 말했습니다.

"게다가 제겐 재판소 관계로 특히 친하게 지내는 친구가 있어서 당신에 관해서도 여러 가지 확실한 정보를 입수했습니다."

이 인형하고는 겉으로 친하게 지내는 쪽이 유리할지도 모른다는 생각이 들었습니다.

"그럼, 역시……"

상대는 내 얘기를 끝까지 듣지도 않고 바로 내 생각을 간파한 듯 말했습니다.

"네, 그렇습니다. 그렇게 보이진 않더라도 당신의 재판은 현재 이곳에서도 틀림없이 진행되고 있습니다. 원하신다면 재판관들에게 모습을 드러내라고 부탁해 볼까요?"

"그자들은 내 모습을 보는 게 무서워 벌벌 떨고 있기 때문에, 여기에 모습을 드러내지는 않을 겁니다."

"아뇨. 잠깐 동안이라면 나타날 겁니다."

"아뇨. 됐습니다. 난 별로 좋아하지 않습니다."

"그럼 무리하지 마세요. 근데 당신의 행동은 일거수일투족에 이르기까지 엄중하게 감시당하고, 그리고 보고되고 기록되고 있습니다. 이런 것은 큰 소리로 말할 순 없지만……"

인형이 귓가에 얼굴을 바짝 들이대는 걸 온몸을 움츠리며 참았습니다.

"뭔가 해결 방법이 없을까요?"

"네. 들어보세요. 이건 가장 새로운 정보인데요, 검사 측 주장은 점점 당신에게 불리해져 가고 있다고 합니다."

"도대체 그 재판에도 검사라는 게 있습니까?"

"물론 있습니다. 전부 위원들이 겸하고 있죠. 그래서 그 논고에 의하면, 역사에 기재된 모든 사건 범죄 및 현재 진행되고 있는 모든 재판이 당신과 관계가 있고, 당신의 책임이라는 것입니다. 왜냐하면, 그 어느 곳에도 당신의 이름이 기재되어 있지 않기 때문입니다."

"그런 엉터리가 어디 있습니까?"

"쉿! 큰 소리 내지 마십시오. 완전히 틀린 이야기는 아닙니다. 왜냐면 당신은 이름이 없기 때문에 그런 말을 들어도 어쩔 수가 없을 겁니다. 부인할 여지가 없습니다. 그보다 그 뒤가 더 문제인데, 당신이 이름을 되찾을 때까지 유죄도 무죄도 아닌 애매한 상태로 재판은 영원히 계속되고, 그동안 발생한 모든 사건이 모조리 당신의 죄상으로 더해져 갑니다. 만일 당신이 이름을 되찾으면, 사형을 모면할 수는 없습니다."

"그런 이상한 논리가 어디 있습니까! 그러한 일들은 전부 내가 이름이 없기 때문에 일어난 것이니까, 이름만 되찾게 된다면, 이름에 죄가 없는 한……"

"무죄라는 말씀입니까? 제발 자신에게 유리하고 희망적인 관찰은 단념하는 게 좋습니다. 당신은 이름을 되찾을 수가 없습니다. 우선 이 조건을 설정한 후에 문제를 진행시켜 봅시다. 결국 앞으로 당신은 사형을 면치 못할 거라는 겁니다. 그러므로 영원히 계속되는 이 재판 과정에서 당신은 결국 중범 죄인으로서 엄격한 감시하에 놓이게 되고, 끈질기게 재판관들이 괴롭힐 것입니다. 더욱이 그뿐 아니라……"

마치 내 불행을 기뻐하고 있는 것 같은 말투였기 때문에 난 그만 화가 났습니다.

"빨리 결론을 내려 주시오."

"아뇨. 듣는 게 거북하시다면 난 전혀 상관없습니다. 그만 둡시다."

난 비참한 기분이 들었습니다.

"그런 뜻으로 말한 건 아닙니다. 어서 계속하십시오."

인형은 기쁘다는 듯이 헛기침을 했습니다. 귀에 침이 튀었지만, 손으로 닦아낼 만한 여유조차 없을 만큼 인형이 바짝 붙어 있어서 참을 수밖에 없었습니다.

"그럼 희망 사항에 따르겠습니다."

인형은 점점 위엄 있게 소리를 죽여가며 말했습니다.

"결국 엄중한 감시뿐만 아니라, 이 재판에서 당신이 불리한 것은, 바꿔 말하면 그 기간 동안에 영원히 당신에겐 법률의 보호가 없다는 점입니다. 인권이라는 것도 결국은 이름과 관련이 있기 때문이죠. 그래서 말인데요. 지금부터 내가 하는 말은 당신이 이 이중 고통으로부터 어떻게 도망칠 수 있는가 하는 겁니다."

상대가 말을 도중에 끊었기 때문에, 나는 어정쩡하게 고개를 숙이지 않으면 안 되었습니다.

"정말로 그건 중대한 일입니다."

"그렇습니다. 중대합니다. 그러나 말로 하기란 극히 단순합니다. 당신은 동물원에서 재판이 끝났을 때 위원들이 마지막으로 한 말을 기억하고 있습니까?"

"네. 법정은 내가 가는 곳이라면 어디까지나 쫓아가겠다고 했습니다."

"예. 하지만 틀렸습니다. 당신은 중요한 것을 잊고 있군요. 그 말에는 또 하나 중요한 조건이 붙여져 있었습니다. 그것은 《이 세계의 끝까지……》입니다. 이 세계 끝까지 갈 수밖에 없습니다."

"이 세계 끝까지……"

"쉿! 작게 말하세요. 바로 이 세계 끝까지 가는 겁니다. 당신은 떠나야만 합니다."

"이 세계 끝……난 몇 번인가 그런 광고지를 보았습니다."

"네. 그렇습니다. 이 시대의 유행이죠."

"그럼, 나 같은 인간이 또 있다는 말인가요?"

"그렇다고 할 수도 있죠. 하지만 그 타인을 당신과 구별한다는 건 거의 불가능하므로, 당신 혼자만의 고유한 운명이라고 할 수도 있죠. 어쨌든 그런 건 아무래도 좋습니다. 자, 길게 얘기할 시간이 없습니다. 아무튼 출발하십시오."

"네. 가능하다면 나도 이 굴욕에서 하루빨리 탈출하고 싶습니다."

"꼭 그렇게 되도록 하죠. 이 방법 외에는 당신의 존재 이유를 발견할 수가 없습니다. 이걸 드리겠습니다. 마침 오늘 개최되는 이 세계 끝에 관한 강연과 영화 티켓입니다. 여러모로 당신에게 참고가 될 것입니다."

그렇게 말하고는 인형이 잽싸게 내 손에 한 장의 카드를 쥐어주고 서둘러 제자리로 돌아가 원래대로 정지해 버리고 말았습니다. 카드 문구는 쇼윈도 불빛에 비추어보니 전에 본 문구와 똑같았는데 장소도 시간도 적혀 있지 않았습니다.

"저, 묻고 싶은 게 하나 있는데요……"

그러나 이미 인형은 꿈쩍도 하질 않아 말 붙일 엄두도 못 냈습니다. 왠지 조롱당한 기분이 들어서 카드를 찢어버릴까도 했지만, 갖고 있어도 손해 볼 일은 없을 거라 생각해서, 화가 났지만 챙겨 넣었습니다.

이윽고 달이 뜨자, 도로가 새하얗게 보이고 운하가 검게 빛났습니다. 아세틸렌 냄새가 나고, 새까만 배 한 척이 소리도 없이 내려갔습니다. 어린아이 같은 목소리로 고양이가 울었습니다.

운하 맞은편에 빵 굽는 냄새가 나는 거리가 있습니다. 갑자기 배가 고파서 다리를 건넜습니다. 사기그릇 파편을 비벼대는 것 같은 레코드 음을 들으며, 전등을 켠 컬러 유리 간판이 즐비하고, 그 사이에 액체와도 같은 여자들이 파묻힌 음산한 좁은 길이 있었습니다.

특수 다방. 갈매기

카바레. 론도

라 쿰파르시타

"여보세요, 티켓을 갖고 계신가요?"

실로 음산한 분위기의 여자처럼 검은 드레스를 입고 말한 사람은 바로 마네킹 인형인 Y양이었습니다. 허를 찔린 듯한 나는 마치 어린아이처럼 흠칫 놀라 그만 솔직한 심정이 되고 말았습니다. 나도 모르게 주머니 속의 카드를 꽉 쥐었습니다.

"무슨 티켓 말인가요?"

"어머. 조금 전 마네킹한테서 티켓을 받지 않았나요?"

"아, 이거?"

"네, 그래요."

마네킹 Y양은 요염한 입매로 고개를 끄덕이며, 펠트 재질 종이를 붙인 문을 열었습니다. 그렇지 않아도 바닥이 지면보다 낮아서 습기 찬 방 안 공기가 수은등 불빛에 물에 흥건히 젖어 있는 것처럼 보였습니다. 종이로 만든 바나나 열매가 해초처럼 흔들리고 있었습니다. 여러 무리의 남녀가 서로 부둥켜안은 채로 물에 빠져 죽은 사람처럼 흔들리고 있었습니다. 네다섯 명의 재즈밴드가 매우 단조롭고 나른한 리듬 속에서 흔들거렸습니다.

"어서 들어오세요."

마네킹 Y양이 앞서서 헤엄치듯 의자 사이를 안내해 주었습니다.

막다른 곳에 계단이 있었습니다. 그 계단을 오르자 어두운 복도가 끝없이 이어졌습니다. 나는 특별실로 안내를 받는구나하고 생각했습니다. 갑자기 낮에 있었던 일이 떠올라 불안해져서 살짝 Y양의 손을 쥐려고 했더니, 거침없이 두세 발자국 떨어지며 냉랭한 목소리로 말했습니다.

"나중에요."

그 뒤로는 어찌된 영문인지, 아무리 그녀 뒤를 따라가려 해도, 그 두세 발자국을 도저히 따라잡을 수가 없었습니다.

다시 계단이 나오고, 복도가 오른쪽으로 꺾였다가 왼쪽으로 꺾이기도 했습니다. 복도는 점점 어두워져 마네킹 Y양은 어둠 속에 완전히 사라지고, 그저 목덜미만이 밝은 빛 속에 희미하게 보였습니다. 나는 안내받고 있다는 걸 잊고, 어둠 속에서 그 빛을 목표로 해서 서두르고 있었습니다.

갑자기 그 빛이 휙 하고 눈앞에 육박하더니, 삐걱하고 끔찍한 소리를 내며 문이 열렸습니다.

"여기요."

난 목소리를 들은 순간, 뒤에서 심하게 밀어붙여, 어딘가 조금 낮아진 바닥에서 비틀거렸습니다. 문 안쪽은 먼지 냄새로 숨이 막혔고, 어디서 흘러 들어오는지 알 수 없는 빛이 점점 퍼진 넓은 방이었습니다. 발 언저리를 큰 쥐가 떼를 지어 휙 하고 우르르 지나갔습니다. 뒤돌아보니, 문도 마네킹 Y양도 사라지고 그곳엔 단지 회색빛의 황폐한 벽만이 가로막고 있었습니다.

아무리 둘러보아도 출구는 없는 것 같았습니다. 마치 무대처럼 정면이 한 단 높게 올려진 단 이외는 창도 없는 벽이었습니다. 구석에 부서진 의자 세 개가 쌓여 있었고, 그 옆에 뭐가 뭔지 잘 모를 기구와 방수천에 둘러싼 넝마가 뒹굴고 있었습니다. 좀 더 상세하게 방 안의 동정을 살펴보려고 몸을 움직이자, 눈처럼 쌓인 먼지가 훅 튀어 올라 숨이 막혔습니다.

이번엔 방수천이 부스스 일어나더니, 그 속에서 **꼽추**가 한 명 나타나 허스키한 목소리로 곁눈질하며 내게 손을 내밀었습니다.

"티켓을 내놓으십시오."

지면에 닿을 것 같은 긴 손이었습니다. 카드를 건네주자(여전히 난 매우 솔직했습니다.) **꼽추**는 몇 번씩 앞뒤로 번갈아 주의 깊게 살펴보고는 체념한 듯 재킷 어딘가에 집어넣고는, 투덜거리며 다른 곳에서 작게 접어 둔 천을 꺼냈습니다.

얼룩투성이가 된 넓고 흰 천입니다. **꼽추**가 그 흰 천을 펼치고 탁탁 털었기 때문에 난 황급히 숨을 죽였습니다. **꼽추**가 그 천을 질질 끌며 무대로 기어 올라가서 정면 벽에 붙일 때까지 폴폴 나는 먼지 때문에 숨쉬기 힘들 정도였습니다.

그리고 기구가 있는 곳으로 깡충깡충 뛰어가 책상다리를 하고 앉고선 폈다 붙였다 했습니다. 아마 그 어수선한 기구를 조립하고 있는 모양이었습니다. 그러나 몹시 서투른 솜씨여서 무엇을 만드는 건지 전혀 짐작할 수 없었습니다.

"멍청하게 보고만 있지 말고, 좀 도와주시죠."

몹시 표독스러운 어조에 당황한 나는 마구잡이로 적당히 그곳에 있는 걸 조이거나 겹쳐 쌓다 보니, 어찌된 일인지 기구가 어느새 하나로 조립되어 그럴듯하게 영사기라고 할 만한 것이 만들어졌습니다.

"거기 전원을 연결해 주세요."

시키는 대로 하니 이미 준비는 완료되었습니다. 쏴아 하고 무대의 흰 천에 빛다발이 쏟아져 내렸습니다. 그러자 그 기계가 영사기임이 증명되었습니다. 영사기는 굉장한 소리를 내며 얼마간 정체 모를 화면을 마구 내보내고 있었습니다.

요란하게 꽃무늬로 도안한 타이틀이 나타났는가 싶더니, 이어서 나타난 것은 다름 아닌 광야의 풍경이었습니다. 내 가슴에 펼쳐진 그 불모의 광야였습니다. 소용돌이 속에 휘말린 것 같은 현기증이 나서 나는 양손으로 배를 움켜쥐었습니다.

그러자 **꼽추**가 노래를 부르기 시작했습니다. 띄엄띄엄 단조로운 멜로디로 자못 귀찮다는 듯 사무적인 노래였습니다. 아마 이것도 영화의 일부이기 때문에 싫어도 노래를 부르지 않을 수가 없다고 생각했습니다.

물론 그렇지. 네가 보면 소용돌이 속이 틀림없다.

철학자가 말하길,

——아아, 여긴 너무 넓다.

너무 넓어서 여기엔 더 이상 넓이가 없다.

수학자가 말하길,

——과연, 이건 확실히 미분방정식의 괴물이다.

법학자가 말하길.

——이것이야말로 우리들이 생각한 이상적인 벽이다.

이제 재판 따위는 그만 집어치우고 잠이나 자자.

죄인이여, 가라, 세계의 끝으로.

하지만 일단 가보도록 해라.

로빈슨 크루소보다 외로울 것이다.

왜냐면 그 속에 없는 건 인간뿐이 아니다.

하지만 죽음보다는 낫겠지.

이곳의 주인은 죽음을 상실한 죽음이라는 녀석이다.

하지만 그래도 가야만 한다.

가슴속에 세계의 끝을 품고 있는 자는

세계의 끝으로 가야만 한다.

"어떻소?"

갑자기 **꼽추**가 돌아보며 말했습니다.

"이것이 여행으로 초대하는 노래요. 내가 작사 작곡을 했
소."

난 필사적으로 현기증을 견디며 대답했습니다.

"훌륭하다고 생각합니다."

그러자 **꼽추**가 악의에 찬 소리로 날카롭게 말했습니다.

"아첨은 하지 마시오."

머쓱해진 나는 급히 관심을 화면으로 돌리며, 이 영화는
좀 이상하다고 말했습니다. 왜냐면 아까부터 장면에 전혀 변
화가 없었으니까요. 만일 그 무시무시한 영사기의 소리만 없

었다면, 난 아마 단순히 조명등이라고 착각했을 것입니다. 그러나 여하튼 지금 막 **꼽추**의 노래를 들었으니까 다시 뭔가 일어날 거라고 생각하며 참았습니다. 5분이 지나고 10분이 지나자, 마침내 나도 심리학에서 말하는 감동곡선법칙대로 더 이상 견딜 수가 없었습니다. 또 야단을 맞을지도 모른다고 떨면서도, 가능한 작은 목소리로 말했습니다.

"왜 그런 거죠? 어디가 고장이 났습니까?"

그러자 **꼽추**는 몸을 조금도 움직이지 않고 거친 소리로 말했습니다.

"친절은 고맙습니다만, 아무것도 모르는 풋내기한테 이러쿵저러쿵 말을 듣는 것만큼 불쾌한 일은 없소."

난 더 이상 아무 말도 하지 않으리라 결심했습니다. 그러나 다시 5분이 지나고 10분이 지나도 여전히 똑같은 화면을 바라보자니 역시 말하지 않을 수가 없었습니다.

"이건 도대체 언제 끝납니까?"

아주 태연하게 **꼽추**가 말했습니다.

"그런 질문을 받고 나서 30분 더 계속하는 것이 규칙으로 되어 있소."

한 방 얻어맞은 기분이었습니다. 쭈그리고 앉아 억지 하품을 집어삼키며 문득 발밑을 보니, 큰 쥐 한 마리가 구두 발끝에 기어올라 당장이라도 물어뜯을 기세였습니다. 난 펄쩍 뛰었습니다. 뛰어오르긴 했어도 뛰어오르는 것이 뭔가 좀 이상한 생각이 들었습니다. 그건 내가 아니라 신발이 제멋대로 뛰어오른 것입니다.

그러나 그런 걸 참견할 여유가 없었습니다. 너무나 큰 소리를 내며 뛰어올랐기에 **꼽추**의 반응이 더 신경 쓰였습니다. 하지만 **꼽추**는 관심이 없는 듯이 보였습니다.

이건 흥미로운 발견이라고 생각했습니다. 어쩌면 **꼽추**는 자기 일에 철저한 이상적인 기술자일지도 모릅니다. 그래서 난 즉시 실험에 착수했습니다. 일부러 톡톡 하고 구두 소리를 내어 반응을 살폈습니다. 역시 전혀 반응이 없는 걸 확인할 수 있었습니다. 다음엔 두세 발자국 걸어 봤습니다. 난 더욱더 대담해져서 여기저기 걸어 다녀보았습니다. 그리고는 특별히 이 영화를 볼 의무가 없다고 비판적인 자세를 취하려고 노력했습니다. 하지만 그런 기분은 좀처럼 찾아오지 않았습니다. 마지막엔 나도 잘 판단이 안 서서 결국 다시 멍하니 스크린의 풍경을 바라봤습니다.

"30분이 지났습니다."

꼽추가 안심한 듯 말했습니다. 나도 안심이 되었습니다. 기계 소리가 멎고 스크린에는 필름을 투과하지 않는 자연의 빛이 비춰져서 매우 신선하게 느껴졌습니다.

꼽추가 무대 중앙에 서자, 영사기가 편리하게도 조명 역할을 수행했습니다. 눈부신 듯 얼굴을 돌리며, 꼽추가 활기 없는 목소리로 말했습니다.

"강연을 시작하겠습니다."

그리고 밉살스럽게 날 노려보며 말했습니다.

"박수!…… 이봐, 박수를 치세요!"

난 할 수 없이 박수를 치자, 몹시 이상한 기분이 들었습니다.

"더, 더!"

꼽추는 매우 고압적인 태도로 말했습니다. 창피했지만 그 바보스러운 박수를 되풀이해서 치는 동안, 난 그제서야 무엇 때문에 박수를 쳐야 하는지 겨우 그 이유를 납득할 수 있었습니다. 박수 소리와 함께 꼽추의 허리가 점차 곧바로 펴져 길게 늘어져 갔습니다.

무의식중에 박수 소리가 작아지자, 꼽추가 황급히 말했습니다.

"안 돼. 멈추어서는 안 돼. 계속 박수!"

아무리 그래도 내 마음대로 박수치지 않을 수도 있다고 마음속으로 대꾸를 했지만, 난 오히려 관대한 기분이 들어, 30분이 지났다고 말했을 때의 **꼽추**의 어조를 떠올리며 계속 박수를 치면, 자신도 별로 좋아하지 않을 거라고 생각했습니다. 난 계속해서 박수를 쳤습니다. 하지만 아까보다는 부자연스럽지 않았습니다.

꼽추의 키가 무럭무럭 자랐습니다. **꼽추**가 이젠 됐다고 말했을 때는 완전히 **꼽추** 병이 나아서 2미터 이상이나 되는 당당한 장신의 남자가 되어 목소리까지도 울려 퍼지는 큰 목소리로 변했습니다.

"그럼, 여러분!"

키가 커진 **꼽추**가 말하기 시작했습니다.

"여러분의 절대 요청에 따라 잠시 세계의 끝에 관한 제 소견을 밝히고자 합니다. 지금 여러분은 세계의 끝에 관한 의미심장한 영화를 감상하셨습니다. 제 이야기를 듣고, 보다 의미 깊은 교훈을 얻으시리라고 저는 자랑스럽게 단언할 수 있습니다."

꼽추였던 것을 부정하기 위해선지 뒷짐을 지고 있었는데, 점점 필요 이상으로 몸을 뒤로 젖히고 있었습니다.

"자 그럼 훨씬 이전에, 물론 그렇게 말해도 여러분이 이 세상에 존재하기 훨씬 이전의 옛날입니다. 지구가 아직 평평한 판자로 네 마리의 흰 코끼리에 의해 받쳐지고 있다고 생각했던 시절…… 세계의 끝, 당연히 그것은 극도로 밀도가 확산된 주변 지대로 해석되었습니다. 그런데 지구가 둥근 형태로 인식된 이후에는 완전히 사정이 바뀐 것은 여러분도 잘 아시는 바와 같습니다. 즉 세계의 끝이라고 하는 개념도, 오히려 그 말이 갖는 뉘앙스도 전혀 다른 양상을 띠게 되었습니다. 결국 지구가 둥글어졌기 때문에, 세계의 끝은 사방팔방에서 바싹 몰려, 결국 거의 한 점으로 응축되어 버린 것입니다. 아시겠습니까? 좀 더 자세히 말하자면, 세계의 끝은 그것을 생각하는 사람들에게는 가끔 친근한 것으로 변화한 셈입니다. 다시 말해, 여러분에게 있어서 여러분 자신의 방이 세계의 끝이며, 벽은 그것을 한정 짓는 지평선에 불과합니다. 현대풍의 여행가 콜럼버스가 배를 이용하지 않는 것도 동의할 만한 일일 것입니다. 오늘날 여행을 떠나는 사람은 벽을 잘 응시하면서 자신의 방으로 출발해야만 합니다."

그때 잠시 입을 다물고 뭔가 표정을 지었던 것 같습니다. 하지만 이쪽에선 보이질 않았습니다. 왜냐면 강연 도중에 한

마디할 때마다 몸이 점점 뒤로 젖혀져서, 결국 얼굴이 가슴 맞은편 쪽에 숨어 버렸기 때문입니다. 두말할 나위 없이 그것은 너무나도 바보 같은 모습입니다. 하지만 별로 신경이 쓰이지 않았습니다. 난 무척 기뻤습니다. 왜냐면 마네킹 상점의 간판 인형이 말했던 것처럼, 세계의 끝으로 출발하지 않으면 안 되는구나 하고 우울한 기분에 젖어 있었는데, 세계의 끝이 바로 자신의 방이라는 얘기를 들었으니까요.

"그러나,"

꼽추가 다시 말을 이었습니다.

"여기서 한 가지 주의해야 할 사항이 있습니다. 그것은 지구가 둥글다는 사실에서 세계의 끝에 관한 정보에 부가된 하나의 중요한 성질에 대해서입니다. 즉 양극이라고 하는 개념…… 다들 알고 계시겠죠. 북극과 남극과의 관계가 바로 그 좋은 예입니다. 따라서 세계의 끝도 자연히 두 개의 극점의 변증법적 통일이라고 생각할 수 있습니다. 그래서 우리는 그 철학적 의미 부여를 이렇게 요약할 수 있을 겁니다. 즉 세계의 끝으로 여행하는 자는 단순히 이 세계로부터 탈출하는 것뿐만 아니라, 동시에 이 두 개의 극점을 연결한다고 하는 중대한 사명을 띤 특사입니다. 그러니까 자기를 메시지로 하여 자신에게 데려다 주는 특사입니다."

그리고 **꼽추**는 힘주어 더욱 몸을 뒤로 젖혔기 때문에 처음보다 더욱 반대쪽으로 굽어 버려, 머리가 거의 바닥에 닿아 버렸습니다. 만일 그런 형상을 표현할 만한 단어가 있다면 **배벌레**라고 부를 만하다고 생각했습니다.

"그럼,"

배벌레가 한층 소리를 지르며 말했습니다.

"마지막으로 하고 싶은 말은 구체적인 출발 방법에 관해서입니다. 그것은 이 양극이라고 하는 새로운 성질의 부여에도 불구하고, 세계의 끝으로 출발하는 것이 벽을 응시하는 것으로 시작된다는 것엔 변함이 없습니다. 그리고 여행을 하는 자는 그 과정을 벽 속에서 발견하지 않으면 안 된다는 것입니다…… 부디 여러분! 이 점을 깊이 명심하여 확실한 출발의 길잡이로 삼아주셨으면 하고 바라는 바입니다. 이상으로 제 이야기를 마치겠습니다."

머리를 숙이는 대신 더욱 뒤로 몸을 젖혀버려, **배벌레**는 마침내 롤빵처럼 말리고 말았습니다. 롤빵은 데굴데굴 구르며 무대 옆으로 퇴장했습니다.

"영사기, 개시! 화면은 방이다!"

배벌레가 날카롭게 외치며 몸 가운데에서 삐죽 돌출된 팔로 스크린을 가리키자, 정말로 영사기가 혼자서 돌아가더니 스크린에는 어느 방의 한 장면이 나타났습니다.

난 순간 잘못됐다고 생각했습니다. 하지만 곰곰이 생각해 보면 전혀 잘못된 건 없고, 단지 그 방은 내 방일 뿐이었습니다. 난 이전부터 영화에 나오는 방은 결코 내 방이 아니라고 체험적으로 믿고 있었기 때문에 그런 오해를 한 것이겠지요.

그러자 롤빵이 비통한 어조로 시를 낭독하기 시작했습니다.

이것이 네 방이 아니라고 한다면
난 색연필을 먹고 죽어도 좋다.
한 다스에 12,000원짜리 색연필
반을 먹으면 확실하다고 하는 증명서가 첨부된 색연필을
한 번에 전부 먹고 죽어도 좋다.

이것이 네 방이 아니라고 한다면
난 생선뼈 천 개에 목구멍이 찔려 죽어도 좋다.
한 마리에 10,000원짜리 도미 세 마리,
실컷 고양이가 핥은 찌꺼기를

한 번에 전부 먹고 죽어도 좋다.

그러나 이건 확실히 네 방이므로
난 색연필을 먹지 않아도 된다.
도미 뼈도 먹지 않아도 된다.
난 합계 42,000원이나 번 셈이다.
그러나 너도 별로 손해를 본 건 아니다.

확실히 이건 네 방인데
난 결코 너한테서 42,000원을 받을 생각은 없다.
이상한 일이라고 생각할지 모르지만
잘 생각해 보면 꼭 그렇지만도 않다.
난 결코 은혜를 베푼 티를 내지는 않을 것이다.

롤빵은 그 시를 낭독하는 동안에도 여전히 몸을 뒤로 젖히고 있었던 탓에 점점 알아보기 힘든 덩어리가 되었습니다. 그러다가 신체 각 부위가 서로 깊이 박혀 끝내는 완전히 소멸해 버리고 말았습니다. 마지막 한 구절을 말했을 땐, 이미 목소리만이 들렸을 뿐입니다.

이런 현상이 있을 수 있다는 것을 안 것은 이번이 처음이 었습니다만, 난 별로 놀라지 않았습니다. 오히려 그런 무의미 한 시를 낭독하는 자에게 당연히 일어날 수 있는 일이라고 생 각했습니다.

스크린에 비친 내 방은 이전의 광야의 풍경처럼 아무런 변화 없이 지루하게 계속될 뿐입니다. 난 참기 힘든 나른함을 느끼며 웅크리고 앉았습니다.

소리만 남게 된 **목소리**가 아나운서 어조로 말하기 시작했 습니다.

"자, 여러분! 오늘 밤 하루를 마음껏 즐기신 이 강연과 영 화의 밤도, 드디어 클라이맥스에 가까워졌습니다. 이 영화는 주인공의 극적 등장으로, 오늘 밤 행사를 종료하도록 하겠습 니다."

그러고 나서, 투박한 소리로 변했습니다.

"당신은 빨리 방으로 들어가세요."

내가 영화에 나오다니, 역시 색다른 착상이라 생각하고 관 심을 가지고 스크린을 다시 보았습니다. 그러나 좀처럼 나갈 생각이 없어 30초 정도가 지나자 히스테릭한 소리가 들렸습 니다.

"이봐. 당신! 뭘 멍청하게 생각하고 있어. 출발할 마음이 있으면 좀 더 진지하게 행동해. 영사기가 기다리다 지쳐버려요. 주인공이 들어가야 할 자리에 들어가 주지 않으면, 우선 필름의 아귀가 풀리게 된단 말이오."

어조에 비해선 가냘픈 목소리였기 때문에, 과연 **목소리**만 존재한다는 건 좀처럼 용이한 일이 아니고, 이 상태라면 언젠가 **목소리**도 사라져 버릴 게 틀림없다고 생각했습니다. **목소리**의 소리가 겹쳐서 들려 오는데 점점 초조해졌습니다.

"당신, 빨리 서둘러! 영사기가 기다리고 있잖아! 그만큼 친절하게 설명했는데 좀 더 적극적으로 행동해도 되잖아. 당신, 왜 대답하지 않지? 거기서 그렇게 웅크리고 앉아서 도대체 뭘 하는 거야?"

마치 내게 소리치고 있는 듯 굉장히 진지하게 강요했기 때문에, 난 그만 침착성을 잃고 일어섰지만, 그러나 이런 짓은 상대를 모욕한다는 생각이 들어 다시 앉았습니다. 그러자 **목소리**가 또 외쳤습니다.

"이봐. 섰다가 앉다니, 날 모욕할 셈이오!"

"나 말입니까?"

"당연하지."

난 그만 혼란스러워 일어섰습니다. 아무리 생각해도 화면 속으로 들어간다는 게 자신이 없었지만, 잡아끌리듯이 무대로 기어 올라갔습니다(다시 말하지만 난 매우 솔직합니다).

스크린 가득히 내 그림자가 흔들렸습니다. 가까이 감에 따라 그 그림자는 응축되어 끔찍할 만큼 선명하게 나를 압도했습니다. 더 이상 어찌해야 좋을지 짐작이 가지 않아 갈팡질팡하며 발걸음을 멈췄습니다(아무리 솔직해도 과학적 반성을 거역할 수는 없을 것입니다). 그림자 없는 남자가 있다는 사실은 나도 알고 있었지만, 그림자가 되어 버린 남자 얘기는 아직 들은 적이 없습니다.

갑자기 무대 양쪽에서 기를 쓰고 있는 발소리가 들렸습니다. 녹색 제복 남자들이었습니다. 몸을 가눌 틈도 없이 두 사람이 좌우에서 달려들어 힘껏 내 등을 냅다 쳤습니다. 나는 스크린 속에 얼굴 쪽부터 처박혀 버렸습니다.

그러자 나는—아니, 오히려 **그는**—그대로 스크린을 관통하여 화면 속으로 들어가 방 안에 쓰러졌습니다. 내가 관통한 스크린을 뒤쪽에서 바라보니 그곳은 도로와 접한 창이 없는 벽이었고, 피땀을 흘린 달이 흔들거리며 하늘로 오르고 있었습니다.

그는 꿈을 꾸고 있는 것일까요? 아니면 정말로 그림자가 되어 버린 것일까요? 어딘가 먼 곳에 있는 공장에서 사이렌이 울리다 멎었고 이상하게 공간이 일그러졌습니다. 겁에 질린 강아지의 비명이 그 일그러짐을 더욱 뒤틀리게 했습니다. 그 뒤틀림에 휩쓸려 그는 황급히 일어서서, 몸을 움직여 양손으로 만져 보고 그의 몸이 예전 그대로인지를 확인했습니다.

화물 열차의 여운이 들려 오고 있었습니다. 한밤중입니다. 건물 안은 물에 잠긴 것처럼 쥐 죽은 듯 고요했습니다.

그는 방안을 휙 둘러보았습니다. 그리고 갑자기 격렬하게 외치더니, 뜻하지 않은 눈물을 머금었습니다.

"벽이 있다!"

"벽이 있다!"

다시 한 번 작은 소리로 반복하더니, 눈앞의 벽이 몽롱한 안개처럼 가슴 가득히 퍼지는 것이었습니다. 그것은 향수와도 비슷한 깊은 감동이었습니다. 그는 잠시 벽을 응시했습니다.

그는 싫증을 내지도 않고 가만히 계속해서 벽을 응시했습니다. 직업 관계상 벽을 보는 건 그의 전문이지만, 이런 식으로 벽을 보는 건 이번이 처음이었습니다. 벽은 위로해 주듯 끝없는 넓이로 그 앞에 서 있었습니다.

벽, 그것은 인간의 오랜 영위라고 그는 생각합니다. 그리고 벽은 실증정신과 회의정신의 모태라고 생각합니다. 그러자 하나의 싯귀가 그의 눈과 입술 사이에서 흘러나오기 시작했습니다.

벽이여!
난 너의 위대한 행위를 찬양한다.
인간을 낳기 위해 인간으로부터 태어나고
인간으로부터 태어나기 위해 인간을 낳고
넌 자연으로부터 인간을 해방시켰다.
난 너를 부른다.
인간의 가설이라고!

문득 벽이 보이지 않았습니다. 물질로부터 형이상학적인 것으로 사라져 버린 것입니다. 그는 계속해서 눈을 깜박거리며 벽을 향해 돌아올 것을 요청했습니다. 벽이 돌아왔습니다. 그러나 그 벽은 돌변하여 어두운 표정을 짓고 있었습니다. 벽은 습기를 머금어 팽창되어 보였습니다. 그것은 먼저 산 사람

들의 생활을, 종이가 물을 흡수하듯 흡수해 버린 또 하나의
벽의 얼굴이었습니다. 불현듯 그는 어두운 저주가 그와 벽 사
이를 가로막고 있는 것을 보았습니다. 벽은 이제 위안 따위가
아니라 견디기 힘든 압박입니다. 그것은 인간을 지켜주는 자
유의 벽이 아니라, 형무소에서부터 연장된 속박의 벽입니다.
벽이 말했습니다.

"난 형무소와 요새로 최고로 발달했다. 네 책임이지."

그래도 그는 벽으로부터 시선을 뗄 수가 없었습니다. 오히
려 그 어둠의 매력에 빠져 더욱 깊숙이 응시하고 있었습니다.
여행하는 사람이 걸으면 걸을수록 지평선에 이끌리듯이, 그
리고 그 여행가의 눈에 지평선이 끊임없이 들어오고 나중에
눈 속에 지평선이 싹 트듯이, 결국엔 벽은 그에게 흡수되어
버렸습니다.

"네 속에서 더 이상 누구에게도 불리지 않는 평범한 돌이
되어 소생하고 싶다!"

벽은 그렇게 말하면서 점차 투명해지더니 사라지고 말았
습니다.

여전히 벽을 바라보고 있었더니…… 그는 머나먼 지평선
을 바라보게 되었습니다. 점차 주위가 어두워져서 창백한 달

이 천장 틈 사이로 굴러 들어갔습니다. 그는 무릎을 감싸고 모래 언덕에 앉아 있었습니다.

눅눅한 모래의 저항을 기분 좋게 느끼면서 모래 언덕을 내려가 지평선 쪽으로 걸어갔습니다. 잠시 가다 보니 언덕이 보이지 않았습니다. 걸음을 멈추지 않고 더 걷다가 그는 달빛에 뭔가 뭉게뭉게 움직이는 것을 보았습니다.

가까이 가보니 뭔가가 지면 틈새로 머리를 쳐들고 있었습니다. 완두콩 싹이라도 나는 거겠지 싶어 그 옆에 앉았습니다. 그러자 그곳에서 나온 것은 식물이 아니라 장방형의 커다란 상자였습니다. 그러나 좀 더 자세히 살펴보니 그것은 상자가 아니라 벽이라는 걸 알았습니다.

벽은 대지의 압력으로 솟아나듯이, 아니면 주위의 공허감에 흡수되듯이 쑥쑥 성장했습니다.

이윽고 벽은 끝없이 펼쳐지는 광야에서 하나의 선을 그으며 탑처럼 우뚝 솟았습니다.

벽 뒤를 돌아보니 검은 칠을 한 대문이 있었습니다. 그 문을 열자 돌계단이 희미한 불빛이 새어 나오는 지하실로 연결되어 있었습니다.

즐거운 듯한 웃음소리와 음악, 그리고 과일 향기가 살아 있는 물체처럼 기어 올라갔습니다. 무언가에 홀리듯이 그는 밑으로 내려갔습니다.

지하실 앞에 또 문이 있어서, 손잡이를 만지자 자연히 문이 열렸습니다. 그가 올 것을 알고 있기라도 하듯이 누군가가 열어준 것 같았습니다. 그러나 이상하게도 안에는 아무도 없었습니다.

안은 작은 술집이었습니다. 벽엔 초상화가 걸려 있었는데, 타이피스트 Y양과 마네킹 인형 Y양을 좌우 반반씩 붙여서 그린 그림입니다. 한쪽은 쓸쓸한 듯이, 한쪽은 즐거운 듯이 미소를 짓고 있습니다. 그 앞에 포터블 축음기가 있어서 그곳에서 음악이 흘러나오고 있었습니다. 레코드판의 노랫소리가 들렸습니다.

즐거운 때나 슬플 때나
나는 웃는다.
센티멘털한 건 싫어.
춤을 춥시다.
....

스탠드 앞에 서자, 앞쪽 선반에서 뭔가 빛나는 것이 그를 목표로 해서 날아왔습니다. 깜짝 놀라 몸을 피하자 그 빛나는 물체가 그의 얼굴 바로 앞에서 딱 정지했다가 바로 밑으로 떨어져 스탠드 위에 멈췄습니다. 컵이었습니다. 바로 그 뒤에서 컵을 쫓아오듯이 술병이 날라 왔습니다. 컵 위에 걸쳐진 병은 저절로 기울여지더니 컵을 한 잔 가득 채우고 있었습니다. 병에는 '카멜레온의 눈물'이라고 적혀 있었습니다.

한 모금 마셔 보았으나, 도저히 마실 기분이 나지 않았습니다. 그래서 휙 둘러보았더니 Y양의 초상화의 반대쪽 벽에 한 장의 광고지가 붙어 있는 걸 발견했습니다.

재판 속보 (제6호)

오전 0시 현재, 사설경찰감시관의 보고에 의하면, 피고는 마침내 세계의 끝으로 도망갈 결심을 하고, 그러한 목적을 달성하기 위해 방의 벽을 흡수했다. 그 때문에 먼저 피고가 흡수한 광야에는 벽이 생기고, 눈부신 성장을 하고 있는 상황임. 피고의 유무죄를 떠나, 과학조사단을 결성하여 그 성장하는 벽을 조사해야 한다는 여론도 있다. 그에 관해 법정 측 대표 법학자 씨는 "피고는 이름을 상실했기 때문에 인권보호법이 적용되지 않으며, 법정으로서도 조사단 결성에 대해 반대할 이유는 없다."라고 발언했다.

세 번을 되풀이해서 읽고 났을 때, 스탠드 쪽에서 요란한 벨소리가 울려 퍼졌습니다. 전화입니다. 아무도 받는 사람이 없어서 그가 받았습니다. 수화기를 귓가에 대자 상대방이 갑자기 소리쳤습니다. 그가 전화를 받을 거라고 미리 알고 있었음에 틀림없었습니다.

"여보세요. 재판 속보 제6호를 읽으셨겠죠. 난 검은 의사의 요청에 의해 결성된 《성장하는 벽 조사단》의 부단장으로 선출된 어번(urban) 교수—콜뷰제 씨의 문하생으로 순수도시주의자입니다. 성장하는 벽, 생명이 있는 벽! 아, 이 얼마나 현대적인 서정시입니까! 더욱이 그것이 세계의 끝인 무인의 광야에 우뚝 솟았다니, 우리 도시주의자들이 원했던 이상적인 꿈이죠! 흥분을 가눌 길이 없습니다. 내 목소리가 떨리고 있죠? 여보세요. 아, 네, 그렇습니다. 감격했습니다. 솔직히 말하겠는데, 난 극히 냉혹한 성격입니다. 자랑은 아닙니다만, 어쨌든 정밀과학대학의 교수입니다. 그런데 이처럼, 아하아…… 떨고 있죠! 정말 이것이야말로 모럴을 초월한 감동이라고밖에 할 수 없습니다. 그래서 말인데요. 여보세요. 우리 조사단 말씀인데요. 겨우 관계부처의 양해를 모두 얻었기 때문에 지금 즉시 출발하려고 합니다. 게다가 당신 형편도 좋은 것 같고,

우린 실로 운이 좋은 조사단입니다. 아니, 그보다 당신도 기뻐하리라 생각합니다. 오래 기다리게 하지는 않겠습니다. 그럼 나중에 만납시다."

정해 놓은 말만 하고 내치듯이 끊어버려, 별로 대답도 하지 못했으나 왠지 기가 막혀 수화기를 놓는 것도 잊고 말았습니다. 그때 타이피스트와 마네킹이 반반씩 합쳐진 Y양이 바로 뒤에 서서 말했습니다.

"생각하는 건 쉬는 것과 마찬가지죠. 자, 수화기를 놓으세요. 춤추면서 잊어버려요."

"아, 당신들은…… 깜짝 놀랐습니다. 난 초상화인 줄로만 알았습니다."

"거짓말하지 마세요. 아깐 빤히 쳐다보셨으면서, 뭘요. 그리고 **당신들**이라니, 이상하군요. 전 혼자예요."

과연, 그러고 보니 어느새 타이피스트 부분은 사라지고 모두 마네킹 인형인 Y양으로 변해 있었습니다.

"자, 우리 함께 춤춰요."

"아니, 그보다 난 당신한테 묻고 싶은 게 있는데요. 거기 의자에 좀 앉지 않겠어요?"

"어머. 앉으라뇨? 지금 자리가 꽉 차 있는데요."

"아니, 저렇게 텅 비어 있지 않습니까."

"어머, 이게 텅 빈 걸로 보이세요. 당신은 의외로 유머 감각이 있군요. 아, 맞아요. 그러고 보니 생각났어요. 당신은 동물원에 있었던 인간 오리죠!"

그는 그만 불끈 화가 나서 엉뚱한 말을 꺼냈습니다.

"텅 비어 있어요. 아무리 봐도 텅 비어 있다구요."

"어머, 자존심이 강하군요. 실례지만 만원사례입니다."

화가 나서 돌아가려 하자, 그는 역시 마네킹 인형의 생각을 인간의 생각으로 헤아리는 건 무리라고 생각했습니다.

"정말 만원이군요. 제가 착각을 한 것 같습니다."

"물론 그래요. 의견이 일치되어서 기뻐요. 난 감상적인 걸 제일 싫어하거든요."

"왜 내가 감상적이죠?"

"왜냐면 감상주의자라고 하는 것은, 자리가 없는 데도 있다고 생각하는 사람을 말하는 게 아닌가요?"

"아뇨."

그렇게 말하고는 다시 황급히 번복했습니다.

"그래요. 난 묻고 싶은 게 있는데요……"

그러자 그녀가 고개를 갸우뚱거리며 대답했습니다.

"글쎄요. 잘 모르겠어요. 난 수수께끼에는 약하거든요."

"아니, 난 아직 아무것도 묻지 않았어요. 게다가 수수께끼는 아닙니다. 당신이라면 알고 있을 겁니다."

"어쩐지 모른다고 생각했어요. 수수께끼라면 자신 있어요."

일일이 대답을 하고 있을 수가 없었습니다.

"Y양은 어디에 있나요? 당신은 알고 있죠?"

내가 묻자 그녀는 거침없이 말했습니다.

"어머, 내가 Y에요."

"아니, 당신이 아닙니다. 조금 전까지 당신의 왼쪽 반을 차지했던 또 한 사람의 Y양……"

문득 그를 바라보고 있던 마네킹 Y양의 표정이 이상하게도 굳어졌습니다.

"이상한 질문을 하는군요. 왜 그런 질문을……"

"왜냐고요. Y양은 내 연인이기 때문이죠. 사랑할 수 있었음에 틀림없었던 유일한 사람입니다. 마지막으로 한 번 만나보고 싶습니다."

"정말인가요. 만일 그것이 정말이라면, 난 아무런 대답도 하지 않아도 될 겁니다."

"왜죠?"

"어머, 이번엔 당신이 왜냐고 묻는군요. 모르시면 됐어요."

마네킹 Y양은 몹시 실망한 모습으로 고개를 숙였습니다. 그 실망이 너무 커서 얼굴이 그대로 몸에서 떨어질 것만 같았습니다. 불현듯 그 얼굴 밑으로 손을 내밀자, 그 손안에서 마네킹 Y양은 진짜 Y양으로 변해 있는 것입니다.

"아, 당신은 Y양. 어떻게 된 거죠? Y양인 줄은 몰랐습니다. 내가 좀 얼이 빠져 있었나 보군요."

기뻐서 끌어안으려 하자 Y양은 휙 떨어져 어깨를 들썩거리며 크게 심호흡을 하더니, 슬픈 듯이 그 큰 눈으로 그를 잠시 응시하면서 천천히 고개를 좌우로 흔들었습니다. 그에겐 그것이 어떤 말보다도 강한 거절처럼 느껴졌습니다. 한 번 고개를 저을 때마다 그는 자신이 사라져 가는 것만 같았습니다. 그러나 실제로는 언제까지나 있어도 사라지지 않기 때문에, 그는 견딜 수가 없어져 그만 문 쪽으로 뛰어가고 말았습니다.

"기다리세요."

상기된 목소리로 외친 건, 그러나 Y양이 아니었습니다. 그가 나가려고 한 문과는 다른 또 하나의 문으로 숨을 헐떡이며 뛰어 들어온 것은 검은 의사였습니다.

"가면 안 됩니다."

왼쪽 겨드랑이에 끼고 있던 거대한 해부용 칼을 오른손에 바꿔 쥐고는 거친 숨을 몰아쉬며 목소리를 가다듬으며 말했습니다.

"《성장하는 벽 조사단》 일행이 도착했습니다. 지금부터 조사를 착수하겠습니다. 제가 이 단체의 지도자입니다."

이쪽에서도 도저히 답례 인사를 하지 않을 수 없을 만큼 정중하게 인사를 하고는, 뒤돌아서 외쳤습니다.

"어서 들어오시오."

역시 거대한 숫돌을 소중하게 받들고 들어온 남자는⋯⋯

"아버지!"

그는 그만 자신도 모르게 외쳤습니다. 그건 분명히 아버지입니다. 그러자 아버지는 무서운 얼굴로 그를 노려보고는 말했습니다.

"아버지가 아니야. 공과 사를 혼동해서는 안 되지. 나는 부단장인 어번 교수로 순수도시주의자일세."

그의 경악 따위엔 눈길도 주지 않고 의사가 말했습니다.

"이것으로 모두 모였군요."

어번 교수라고 자칭하는 아버지가 대답했습니다.

"그런 것 같습니다. 그러나 정확을 기하기 위해 점호를 할까요?"

"그러죠. 정확한 게 중요합니다."

"그럼,"

어번 교수가(아니면 아버지라고 해야 할까요?) 수첩을 꺼내어 큰 소리로 불렀습니다.

"검은 의사 단장님……계시죠. 어번 교수 부단장……그건 저군요. 확실하군요. 전원 두 명, 이상 없습니다."

"전혀 이상 없군요. 수학의 정확성이란 것은 고마운 일이죠."

그리고 두 사람은 서로 얼굴을 마주보며 진지한 표정으로 몇 번인가 고개를 끄덕거렸습니다.

"그럼,"

의사가 말했습니다.

"바로 작업을 착수하겠습니다."

어번 교수는 얼굴을 붉히고 서둘러 숫돌을 뒤집더니 작은 소리로 되풀이했습니다.

"그렇군요. 그렇군요."

그걸 보고 그도 그만 얼굴을 붉혔습니다. 아버지가 아니라 어번 교수인게 다행이라고 생각했습니다.

"영차."

의사가 장단을 맞추며, 숫돌 구석을 양다리로 깔고 앉았습니다(그 정도로 숫돌이 컸습니다). 그리고 이번엔 자신이 그 숫돌 바닥 일면에 퉤퉤 침을 뱉었습니다.

"내 타액은 오히려 정화 작용을 합니다."

두 사람은 얼굴을 마주보고 고개를 끄덕이고는 미소를 지었습니다. 미소를 띄우고는 서로 고개를 끄덕였습니다. 어번 교수가 숫돌 한쪽을 꽉 잡더니 의사가 그 거대한 해부용 칼을 쓱싹 갈기 시작했습니다. 어번 교수가 큰 소리로 그 횟수를 세었습니다. 하나, 둘, 셋……백. 그리고 다시 하나, 둘, 셋…….

갑자기 그는 온몸이 굳어져 가는 것을 또렷이 느꼈습니다. 아니, 바지와 재킷, 그리고 구두가 석고 붕대처럼 그의 몸을 단단히 조였습니다. 물론 동물원과는 달리 똑바로 서 있었기 때문에 인간 **오리**는 되지 않았습니다.

"그럼,"

의사가 말하자 어번 교수도 따라 말했습니다.

"그럼,"

두 사람은 일제히 서서 지금 막 갈아서 번쩍 빛나는 거대한 해부용 칼을 선두로 마치 정글을 발로 헤치며 나갈 듯한 태도로 천천히 그를 향해 다가갔습니다.

"여기 좀……"

의사가 바닥을 가리키며 말하자 어번 교수도 말했습니다.

"이쪽으로 누우시죠."

그러자 그는 자연히 그 방향으로 걷기 시작하였습니다. 도저히 막을 수가 없었습니다. 구두와 옷들이 제멋대로 움직였기 때문에 그렇게 할 수밖에 없었습니다.

자신의 의지와는 달리 그는 두 사람, 의사와 어번 교수의 발밑에 누워 있어야만 했습니다.

그것만으로도 참기가 힘든데, 그때 바지와 재킷이 훌렁 저절로 벗겨져 버렸습니다.

게다가 바지와 구두가 발목을, 재킷이 손목을, 각각 꽉 붙잡고 상하좌우로 힘껏 당겨서 몸을 꿈쩍할 수가 없었습니다. 마치 모든 의식을 유리창이 달린 상자 속에 있어서 다른 사람 앞에 드러내고 있는 듯한 굴욕감이 치솟았습니다. 특히 Y양을 의식하면 그는 온몸에 상상의 **비늘**이 생기는 것 같았습니다.

"내가 흉곽을 베어 가르면……"

의사가 해부용 메스를 들고 말했습니다.

"내가 그 내부를 관찰하지요."

어번 교수가 주머니에서 쌍안경을 꺼내 뒷말을 이었습니다.

"아버지!"

그는 그만 소리치며 일어나려고 했습니다.

"움직이면 안 돼요."

의사가 말하자 어번 교수도 같은 말을 하고 얼굴을 마주 보며 눈으로만 끄덕이며 신호를 보냈습니다.

의사가 노출된 가슴 위에 해부용 메스를 수직으로 쳐들었습다. 어번 교수는 관찰하려는 듯이 쌍안경을 눈에 갖다 댔습니다.

심장이 한 번 휭 하고 커다란 소리를 내며 공전하여 그대로 정지해 버린 듯한 느낌이었습니다. 누군가에게 이끌리듯이 시선을 돌리자 Y양의 얼굴이 보였습니다. 어느새 처음처럼 마네킹과 타이피스트가 반반씩인 Y양이 되어 있었습니다. 마네킹 인형 쪽은 재미있다는 듯 싱글벙글하며 칼이 내려가는 주위를 응시하고 있었습니다. 진짜인 쪽은 눈물을 가득 머금은 채 슬프게 그의 눈에 들어왔습니다.

해부용 메스의 희미한 동요가 번쩍 그의 눈앞에서 빛났습니다. 그는 눈을 감았습니다.

그 순간이었습니다. 수심에 잠긴 듯한 아름다운 목소리로
Y양이 노래를 부르기 시작했습니다. 물론 진짜 Y양 쪽임에
틀림없었습니다.

슬픈 해변의 조가비 속에서
내가 당신을 찾았던 나날
당신은 내 속에서 조가비를 찾고……
불행한 나, 불행한 당신.

"아아. 슬픈 노래다."

의사의 꺼지는 듯한 무거운 한숨 소리가 들렸습니다. 해부
용 칼은 아직 내리치지 않았습니다. 살짝 눈을 떠보니, 의사
는 칼을 겨드랑이에 다시 끼고 신기하게도 직립 부동자세로
고개를 숙이고 있었습니다.

계속해서 같은 목소리로, 그러나 다른 어조로 노래를 불렀
습니다. 이번에는 마네킹 인형 Y양이 틀림없었습니다.

하지만 들어보세요.
내가 좋아하는 사람이 말했죠.

"선을 행하지 않으면 욕심스럽게 악을 저지른다."라고

그래서 인간 오리가 노래하길,

번데기는 나비가 되고 싶지 않다고 했다지요.

꾸구구 꾸구구 꾸구

자, 춤을 춰요, 나를 좋아하는 사람이여.

"낄낄낄."

어번 교수가 참지 못해 웃음을 터뜨렸습니다. 쌍안경을 벗고 손등으로 눈물을 닦아내며 말했습니다.

"하하. 정말 유쾌하군. 뭐라 말해야 좋을지 모르겠네."

"전혀 유쾌하지 않습니다. 난 뭐가 뭔지 모르겠어요."

의사가 화가 난 듯이 말했습니다.

"그럴 리가요.…… 난 오히려 하하…… 먼저 부른 노래가 뭐가 뭔지 모르겠어요."

어번 교수가 웃으면서 항변했습니다.

"아니, 그 반대입니다."

"아니, 그렇지 않습니다."

의사가 말하자, 어번 교수도 지지 않겠다는 듯이 대꾸했습니다.

"그렇다면, 다시 한 번 노래를 들어보도록 합시다."

"좋아요. 유쾌한 노래는 얼마든지 들어도 좋지요."

의사가 제의를 하자 어번 교수도 동의를 했습니다.

"아니, 첫 번째 노래를 계속 듣도록 해요!"

의사가 외쳤습니다.

"아니, 나중 노래야! 나중 노래!"

어번 교수도 외쳐댔습니다.

그러자 양쪽 Y양이 동시에 노래를 부르기 시작했습니다. 하지만 한 입으로 동시에 두 개의 음을 낸다는 건 아무래도 불가능했던지, 전혀 관계없는 노래를 조금씩 교대로 불렀기 때문에 뭐가 뭔지 알 수가 없었습니다.

슬픈 해변의, 어서 오세요, 나……

좋아하는 오해도, 좋은 날

편하게 곁눈질, 슬퍼요

때문에, 떼를 쓰고, 울고 있어요

아침 산책, 하고, 사랑하기도, 사라져, 가고,

간다, 춤추자, 불행한 나.

자, 춤을 춰, 불행한 다, 앙, 신.

"얼마나 유쾌합니까."

어번 교수가 큰 소리를 말했습니다. 그러나 왠지 눈썹을 찡그리며 웃지는 않았습니다.

"역시 멜랑콜리한 것이 바닥에 흐르고 있군요."

의사가 말했습니다. 그러나 어쩐지 석연치 않은 표정으로 히죽거리고 있었습니다. 두 사람은 별로 그 이상 강조하지도 않고 서로 얼굴을 마주보고 있다가, 갑자기 동시에 말했습니다.

"확실히 당신 주장에도 일리가 있군요."

그리고 의사가 고개를 끄덕이며 도저히 참을 수 없다는 듯이 웃기 시작했고, 어번 교수는 머리를 숙인 채 생각에 잠겨 버렸습니다.

다행이었을까, 불행이었을까?

그 사이 그는 점차 침착성을 회복하여 이 위기에서 벗어날 방법을 발견해냈습니다. 의사가 한 차례 웃고 난 순간을 잘 포착하여 그는 재빨리 말했습니다.

"의사 선생님과 아버지…… 아니, 어번 교수님. 여러분의 목적이 단지 성장하는 벽을 조사하는 거라면, 이런 번거로운 일을 하지 않으셔도 됩니다. 만일 칼을 사용해서 가슴의 압력에 급격한 변동이라도 발생해서 그 때문에 벽이 파괴될 수도 있지 않을까요? 제가 직접 성장하는 벽 바로 옆까지 안내해 드리겠습니다."

두 사람은 얼굴을 마주보며 아랫입술을 깨물었습니다.

"일리가 있군요."

의사가 낮은 목소리로 말했습니다.

"확실히 생각해 볼 만한 문제로군."

어번 교수가 좀 더 큰 소리로 말했습니다.

"만일 그것이 과학적인 근거 있는 논리라면 우리는 적의 의견일지라도 받아들여야만 합니다."

의사가 상당히 큰 소리로 말했습니다. 어번 교수는 목에서 딱딱 소리가 날 정도로 세게 끄덕였습니다.

"자, 그럼, 안내하시오."

두 사람이 소리를 맞추어 말했습니다.

"자, 그럼, 너희들은 날 풀어줘."

그가 바지와 재킷에게 말하자 그들이 한마디씩 했습니다.

재킷이 말했습니다.

"어떻게 하지?"

바지가 말했습니다.

"생각해 볼 필요가 있어."

구두도 한마디 했습니다.

"깊이 고려해야만 되지 않을까?"

"이 상태로는 아무래도 안내를 할 수 없겠지?"

의사는 그가 당황하고 있을 때 미심쩍다는 듯 말했습니다.

"도대체 당신은 뭐라고 혼잣말을 하는 거지요?"

바지가 거들었습니다.

"신경 쓰지 마. 기술자라는 것은 본질적인 문제에 관해선 언제나 꽉 막혀있는 법이니까."

그러자 구두가 날카롭게 말했습니다.

"기술자는 우리 편은 아니지만, 우리의 적도 아니야. 그렇게 적과 허물없이 말하는 건 삼가도록 하게."

"하지만 풀어줘도 상관없지 않을까."

재킷이 말했습니다.

"그럴지도 모르겠군."

구두가 수긍하며 말했습니다.

"우리 여기서 한잔하는 건 어떨까?"

"좋지."

바지가 말했습니다.

"우리들의 Y양도 있으니까."

"좋지."

모두 일제히 외쳐댔습니다.

"그럼, 여기서 현안의 유혹능력심사협의회를 개최하도록 합시다."

소지품들이 일제히 그로부터 떨어져 나와 스탠드 쪽으로 날아갔습니다. 그는 자유로운 몸이 되어 일어났습니다. 하지만 그는 맨발로 반나체였습니다. Y양이나 의사가 쳐다보고 있다는 것을 의식했지만, 도저히 소지품들과 격투할 기력이 나지 않았습니다.

"자, 빨리 안내해 주게."

의사가 그의 팔을 쿡 찔렀습니다.

"어디지?"

어번 교수가 그의 목덜미를 꼬집었습니다.

"저 문입니다. 문으로 나가 계단을 오르면 벽입니다."

"안녕히 가세요."

슬픈 듯한 Y양의 목소리가 뒤쫓아 왔습니다. 뒤돌아보았지만 미처 Y양과 시선이 닿기도 전에 무자비하게 문밖으로 떠밀려 나가, 그만 그것이 마지막 이별이 되고 말았습니다.

"자, 어느 쪽으로 가는 거지?"

"이봐, 어디냐고?"

아무리 재촉을 당해도 그는 그저 멍하니 서 있을 수밖에 없었습니다. 아까 막 내려온 계단이 어디론가 사라지고, 그들이 문을 나오자마자 그의 방으로 와 있는 것이었습니다.

"이상하군요. 계단이 어디로 가버렸지? ······ 알 수가 없네요."

"알 수 없는 건 이쪽입니다."

의사가 잔뜩 골이 나서 말했습니다.

"조사단 일행이 감쪽같이 속았군."

숨결도 거칠게 어번 교수가 말했습니다.

"아차, 그만 숫돌과 해부용 칼을 갖고 오는 걸 잊어버렸네."

의사가 외치자, 어번 교수가 울음 섞인 목소리로 말했습니다.

"더 이상 문은 열리지 않아."

"어떻게 하지······"

의사가 손가락으로 머리카락을 긁다가 쥐어뜯었습니다. 어번 교수는 잠자코 양손에 얼굴을 묻고 웅크리고 앉았습니다.

"과학적······정밀하고······논리적이고······"

그런 말이 두 사람의 입술 사이로 투덜투덜 새어 나오고 있었습니다.

"아!"

돌연 어번 교수가 펄쩍 뛰었습니다.

"왜 그래요, 뭔가 발견했나요?"

의사가 불안한 듯 교수의 얼굴을 쳐다보았다.

"발견, 발견!"

어번 교수는 손뼉을 쳤습니다.

"그래, 어떤 방법이죠?"

의사가 들뜬 목소리로 물었습니다. 어번 교수는 너무 웃고 있었기 때문에 주름투성이가 되었습니다.

"결국…… 잘 들으세요. 현재 우리의 타개책은 단 하나, 방법을 찾아내는 겁니다. 안 그런가요?"

"방법! 그래, 방법이다!"

의사도 손뼉을 치며 외쳤습니다.

마침 두 사람의 시선이 마주쳤습니다. 그러자 동시에 두 사람의 얼굴에서 웃음이 사라지고 말았습니다. 의사가 작은 소리로 물었습니다.

"그런데, 어떤 방법이죠?"

어번 교수는 한마디도 하지 않고 다시 얼굴을 양손에 묻었습니다. 다시 한동안 침묵이 흐르고 흘렀습니다.

"이번엔 틀림없다!"

의사가 천장을 향해 양손을 벌렸습니다. 어번 교수도 흠칫하며 일어섰습니다.

"아, 신의 은총이라고 할 수밖에 없군요. 하느님이시여!"

의사가 그렇게 외치자, 어번 교수는 당황하여 양쪽 귀를 손으로 틀어막았습니다.

"그만 하세요. 이 무슨 미친 짓이요. 유물론자가 신이라는 둥 은총이라는 둥 도저히 참혹해서 듣고 있을 수가 없군요."

"아닙니다. 어번씨."

의사가 목소리를 가다듬고 말했습니다.

"내 얘기를 들으시면 당신도 분명히 나와 같은 기분이 될 것입니다. 과학의 한계, 그리고 거기에 모순이 없는 신앙의 세계가 있습니다."

"닥터!"

"가만, 더 들어보세요. 바로 여기에 신에 의해 계시된 우리의 방법이 있는 겁니다. 아시겠죠. 성경 중에……낙타가 바늘구멍을 통과하는 것은 부자가 천국으로 가는 것보다 쉽다고 했죠. 그럼, 이제 아시겠습니까?"

"글쎄요. 알 것도 같고 모를 것도 같고……"

"꽤 둔하군요. 결국 이 말은 낙타가 어떻게 바늘구멍처럼 작은 구멍을 빠져나갈 수 있는가 하는 것을 증명하면 되는 것입니다."

"과연 그렇군요. 부자가 천국에 들어가는 것보다 쉽다면 그 정도 쉬운 일은 다시 없겠군요."

"그렇습니다. 과연 어번씨군요. 그래서 생각할 수 있는 게, 피고 즉 우리의 실험 대상물이 낙타를 절도한 사실입니다. 그것도 눈으로 낙타를 흡수하려 했던 그 사실 말입니다."

"아아."

어번 교수가 신음 소리를 냈습니다.

"아, 이것이야말로 신…… 닥터, 나도 과학의 한계를……"

두 사람은 잠시 어깨를 부둥켜안고 서로의 가슴에 얼굴을 묻고 감동의 눈물에 젖었습니다.

"그럼,"

의사가 얼굴을 들었습니다.

"그럼,"

어번 교수도 팔을 내렸습니다.

"즉시 낙타를 데려오도록 합시다."

"그렇게 합시다."

"무선전화로?"

"네. 무선전화로."

두 사람은 다시 글썽해진 눈을 마주보며 크게 고개를 끄덕이더니 자못 행복한 듯 웃었습니다. 어번씨가 주머니에서 소형 무선전화기를 꺼냈습니다.

"여보세요. 국립동물원이죠? 여보세요. 여긴 《성장하는 벽 조사단》입니다. 네. 여보세요. 그렇습니다. 지금 당장 낙타 한 마리를, 그렇습니다. 한 마리입니다. 지금 곧, 빨리, 여기는, 네, 그렇습니다. 1초 이내로. 네, 감사합니다. 그럼 부탁합니다. 네네,…… 그럼 이만."

뚝 하고 전화가 끊김과 거의 동시에 노크 소리가 들리고, 문을 열자 낙타가 쓰윽 콧등을 내밀었습니다. 자신을 인정해 주자 기쁜 듯이 콧소리를 냈습니다.

"음. 벌써 왔군. 과연 무선전화기다."

의사가 말하자, 어번 교수도 한마디.

"혼자 왔나? 그런 것 같군. 과연 국립동물원의 낙타답군."

"아니. 분명 제 가슴속의 광야의 냄새를 맡고 찾아온 겁니다."

갑자기 그가 말을 꺼냈습니다.

"시끄러워. 실험물은 잠자코 있는 게 예의야."

의사가 쏘아붙였습니다. 그러자 어번 교수도 한마디 거들었습니다.

"벌거벗은 주제에 어른 같은 말을 하는군."

"그럼. 즉시 시작하죠."

"그럽시다."

"자, 그럼 먼저 하시죠."

"아니, 당신이 먼저 하시죠."

"그럼, 가위 바위 보로 결정할까요."

"네. 그렇게 합시다."

두 사람은 양다리를 힘껏 벌리고 대담한 기세로 가위 바위 보를 했습니다.

"아니. 능글맞군."

"뭐가 어때서요. 어번씨."

"이런. 자, 그럼 다시 한 번."

"좋아요."

"아, 닥터, 당신이 이겼습니다."

"뭘요. 진 쪽도 편하지만은 않습니다."

"왜죠?"

"진 사람은 확대경으로 이긴 사람의 행동을 샅샅이 살펴, 상세하게 무선전화기로 학회에 보고해야만 합니다."

"예? 그건 비겁하군요. 그것도 이긴 사람이 하는 역할입니다."

"뭘, 그렇게 겸손해 하지 않아도 됩니다. 제가 남아서 하겠습니다."

"천만예요. 저야말로 제가 나중에 하겠어요."

"신의 은총이 당신에게……"

"다시 한 번 가위 바위 보를 하는 게 어떨까요?"

그가 차마 보다 못해 참견을 했습니다.

"시끄러워!!"

두 사람이 일제히 소리를 질러댔습니다.

"자, 그럼 닥터, 이번엔 이긴 사람이……"

"낙타를 타는 겁니다."

"좋습니다."

결국 어번 교수가 낙타를 타게 되었습니다. 잔뜩 골을 내어 투덜거리더니 몸을 떨면서 낙타 위에 올라탔습니다.

"생명보험에⋯⋯이러쿵저러쿵."

"낙타가 들어가기 쉽도록 옆으로 누우시오."

의사 말대로 낙타에 밀착되어 엎드리자, 낙타는 어번 교수
와 함께 순식간에 축소되어 갔습니다.

"과연, 이건 신의 말대로 매우 쉽군."

의사가 말을 끝내기도 전에 낙타는 그의 눈 속으로 깊숙
이 들어갔습니다.

의사는 곧 반사경과 렌즈로 그의 눈 속을 바라보았습니다.
한 손으로는 무선전화기를 입에 대고 어번씨의 탐험 여행 실
황 방송을 시작했습니다.

"위풍당당하게 쌍봉낙타 등에 채찍질을 하며 우리《성장
하는 벽 조사단》의 정예인 어번 교수는 바야흐로 세계의 끝
으로 첫발을 내딛었습니다. 멀리 성장하는 벽을 향해 어번 교
수는 한 걸음 한 걸음 다가가고 있습니다. 가끔 뒤를 돌아보
는 창백한 얼굴⋯⋯ 아니, 결코 공포 때문이 아닙니다. 긴장
때문입니다. 위대한 긴장입니다. 그 300미크론 어깨 폭, 아
니 작다는 표현이 아닙니다. 상대적으로 매우 당당하다는 것
을 기억해야만 합니다. 자, 어번 교수는 어떤 큰 강에 다다랐

습니다. 세상에서 흔히 말하는 눈물의 강입니다. 의학적으로는 누선의 연장. 이것이 세계의 끝을 구획 짓는 강입니다. 아앗, 범람이다! 홍수다! 여보게. 울어선 안 되네. 아니, 이건 방송이 아닙니다. 실험물에게 말하는 겁니다. 여보게 자네, 정말로 낙타도 어번 교수도 빠져 죽게 된다네. 정말로 울면 안 된다고 하는데…… 아, 어번 교수는―이건 방송입니다―밀려오는 파도를 피해 쏜살같이 뛰고 있습니다. 오른쪽으로, 왼쪽으로, 정말 그 용감한 질주…… 아, 뭔가 방향을 정한 것 같습니다. 질주, 또 질주! 목표물이 나타났습니다. 나타났습니다. 그건 어번 교수의 질주가 노린 목표였습니다만…… 아, 알겠습니다. 사각 배, 방주입니다. 그곳에 깃발이 펄럭이고 있습니다. 뭔가 적혀 있습니다. 노아의 방주. 일어섰습니다. 미이라입니다. 그 방주 위에 일어선 것입니다. 누구냐고요? 물론 노아의 미이라입니다. 노아는 어번씨를 향해 끊임없이 손을 흔들고 있습니다. 아, 아니. 부르고 있는 것이 아닙니다. 오지 말라고 하는 것입니다. 이 배는 낡았고 승객은 한정되어 있다고 손짓으로 그렇게 말하고 있는 겁니다. 괘씸한 노아! 그러나 보십시오. 우리 어번씨! 어번 교수는 노아의 그 어떤 거부에도 끄떡없이 지금 단호히 낙타와 함께 방주 위에 펄쩍 뛰어올랐습니다. 노아는 절망감에 가슴을 쥐어뜯고 있습니다. 꼴 좋게 됐군! 앗! 방주가 부서졌습니다. 부서졌습니다. 흥, 정말 거지 같은 배! 여하튼 승객이 미이라가 됐을 정도로 형편없는 물건이니까, 거의 대부분 썩어버리고만 것입니다. 아. 분노하는 파도…… 그 뒤에 새까맣게 소용돌이치는 파도…… 방주도 사라지고, 노아도 사라지고, 낙타도 사라지고…… 우리 어번 교수는…… 노아 따위는 죽어도 상관없지만, 아, 우리의 동지 어번 교수는…… 스스로 이 어려운 일을 떠맡은 어번 교수는…… 앗, 나타났습니다! 소용돌이 속을 뚫고 필사적으로 헤엄치고 있습니다. 힘내십시오. 어번 교수는 이 새로운 노아의 홍수를 방주도 없이 극복할 수 있을까요? 아, 이거야말로 유물론자의 승리인가 패배인가를 결정하는 위대한 시련일 것입니다. 신이시여…… 아니, 이건 굉장한 아이러니입니다. 아, 그렇다. 또다시 은총을! 여보게, 여보게, 이건 방송이 아닙니다. 자네, 코를, 코를 이 손수건으로 코를 풀도록 하게. 자 빨리(킁!) 방금 전의 소리는 실험물이 코를 푼 소리입니다. 성과는…… 훌륭합니다. 아, 우리 어번 교수는 무사했습니다. 콧물과 함께 이 손수건 속에…… 손수건의 점액 속에서 부스스 일어섰습니다. 그리고 새파랗게 질려 있습니다. 온몸에 묻은 점액, 즉 콧물을 닦으면서 어번 교수는 지금 내 앞에, 이미 당당한 어른 크기로 되돌아와서 서 있습니다. 아, 이 얼마나 운이 좋을까요. 그럼 이것으로 보고 방송을 마치겠습니다. 이상입니다."

휴우 하고 한숨을 쉬고, 죽은 사람처럼 창백한 어번 교수의 얼굴을 보는 의사의 얼굴도 점차 창백해져 갔습니다. 두 사람은 언제까지나 말없이 서로의 얼굴을 마주보고 있었습니다. 의사가 고개를 끄덕이자, 어번 교수도 끄덕였습니다.

"음, 과연."

"음."

"어떻게 생각하십니까?"

의사가 말하자 어번 교수는 고개를 갸우뚱하고 눈을 내리깔았습니다. 갑자기 두 사람이 약속이나 한 듯 입을 열었습니다.

"난……"

두 사람은 깜짝 놀라 입을 다물었습니다. 잠시 후 다시 두 사람이 동시에 말했습니다.

"이제, 지긋지긋해졌소."

그렇게 말한 것을 계기로, 해방된 것처럼 두 사람은 누가 뭐라고 했는지 분간할 수 없을 만큼 흥분해서 이야기를 했습니다.

"위험해요."

"악의에 찬 흉계로군요."

"과학의 한계."

"신의, 신의……"

"무의미해요."

"낙타 배상금."

"생명보험."

"인정하기 어렵습니다."

"철수합시다."

"그래요, 돌아갑시다."

"우리 집으로!"

"우리 집으로!"

두 사람은 팔짱을 끼고, 뒤도 돌아보지도 않고 나가버렸습니다.

그는 혼자 남겨졌습니다. 그는 지친 몸을 일으키려고 했습니다. 그러자 온몸에 뭐라 형용할 수 없는 기묘한 팽창감을 느꼈습니다. 뭔가 딱딱한 것이 몸의 안쪽에서부터 당기는 듯

했습니다.

그는 바로 그것이 가슴속의 광야에서 성장하고 있는 벽 때문이라는 것을 깨달았습니다. 벽이 커져서 몸 가득히 차버린 게 틀림없었습니다. 고개를 들자 유리창에 자신의 모습이 비춰졌습니다. 이미 인간의 모습이 아니라, 사각형의 두꺼운 판자에 손발과 목이 뿔뿔이 제각기 다른 방향에서 쑥쑥 내밀고 있었습니다.

이윽고 그나마 남아 있던 손과 발, 그리고 목도 판자에 붙여진 토끼 가죽처럼 잡아당겨져, 결국엔 그의 온몸이 한 장의 벽, 그 자체로 변형되어 버린 것입니다.

끝없이 펼쳐져 있는 광야입니다.

나는 그 속에서 끝없이 성장해 가는 벽이 된 것입니다.

(1951. 2)

『붉은 누에고치』

●

날이 저물고 있었다. 사람들은 서둘러 보금자리를 찾아가지만, 내겐 돌아갈 집이 없다. 거리에 이렇게 많은 집들이 즐비하게 늘어서 있는데, 내 집이 한 채도 없는 건 왜일까? 나는 수없이 되새긴 의문을 다시 되풀이하면서, 집들 사이의 좁은 틈바구니를 천천히 걷고 있다.

전봇대에 기대어 소변을 보는데, 그곳에 마침 새끼줄 자투리가 떨어져 있어서 내 목을 매고 싶어졌다. 새끼줄은 곁눈질로 내 목을 노려보면서, 형제여, 내 안에 쉬거라 하고 손짓했다. 정말 나도 쉬고 싶다. 하지만 쉴 수가 없다. 난 새끼줄과 형제가 아니며, 게다가 아직 왜 내 집이 없는지 납득할 만한 이유를 찾지 못했다.

밤은 매일 찾아온다. 밤이 오면 쉬어야만 한다. 쉬기 위해서는 집이 필요하다. 그렇다면 내 집이 없을 리가 없지 않은가.

문득 어떤 생각이 떠올랐다. 어쩌면 난 뭔가 중대한 착각을 하고 있는지도 모른다고. 집이 없는 게 아니라 단순히 잊어버리고 만 것인지도 모른다. 그래, 있을 수 있는 일이야. 예를 들면…… 말이야, 우연히 지나는 길에 어느 집 앞에서 발을 멈추고, 이게 내 집이 아닐까 하고 생각할 수도 있다. 물론 다른 집과 비교해서 특별히 그럴 만한 가능성을 암시하는 특징이 있는 건 아니지만, 그건 어느 집에 대해서나 마찬가지이며, 또 그것은 내 집이 아니라는 것을 증명하는 아무런 증거도 될 수 없다. 용기를 내어, 자, 문을 두들겨 보자.

다행히도 반쯤 열린 창으로 친절해 보이는 여자가 내다보며 웃었다. 희망의 기운이 심장 가까이 스며들어, 내 심장은 평평하게 넓어지다 못해 깃발이 되어 펄럭이고 있다. 나도 웃으며 신사답게 인사를 했다.

"잠시 말씀 좀 여쭙겠는데요, 여기가 제 집이 아닌가요?"

여자의 얼굴이 갑자기 굳어졌다. "어머, 댁은 누구신가요?"

난 설명을 하려고 했지만 그만 말문이 막혔다. 내가 누구인지가 지금 별 문제가 아니라는 걸 그녀에게 어떻게 납득시켜야만 할까? 난 다소 자포자기적인 기분으로 말했다.

"어쨌든 여기가 제 집이 아니라면, 그걸 증명해 주셨으면 합니다."

"어머머……"

그녀의 얼굴이 겁에 질렸다. 그게 내 신경을 건드린다.

"증거가 없다면, 제 집이라고 생각해도 괜찮겠군요."

"하지만 여긴 제 집이에요."

"그게 어쨌다는 건가요? 당신 집이라고 해서 제 집이 아니라고는 할 수 없지요. 그렇죠!"

대답 대신 여자의 얼굴이 벽으로 변하여 창문을 가로막았다. 아, 이게 바로 여자의 웃는 얼굴의 정체인 것이다. 누군가의 소유라는 것은 내 소유가 아니라고 하는, 알아들을 수 없는 논리를 갖다 대는 정체가 바로 언제나 그랬듯이 이러한 식의 변신이다.

하지만 왜…… 왜 모든 것이 누군가의 것이며 내 것은 아닌 것일까? 아니, 내 것이 아니더라도 최소한 누구의 소유도 아닌 것이 하나쯤 있어도 괜찮지 않을까? 또 나는 착각을 했다. 공사장이나 재료 창고의 도관이 내 집이라고. 그러나 그것들은 이미 누군가의 소유가 되어가고 있으며, 이윽고 누군가의 소유가 되기 위해 내 의지나 관심과는 무관하게 그곳에서부터 사라지고 말았다. 혹은 명백히 내 집이 아닌 것으로 변형되고 말았다.

그럼 공원의 벤치는 어떤가. 물론, 좋지. 만일 곤봉을 든 그가 와서 내쫓지만 않는다면…… 그것이 정말로 내 집일 것이다. 확실히 이건 모두의 것이며 누구의 것도 아니다. 하지만 그는 말한다.

"이봐. 일어나. 여긴 모두의 것이고, 누구의 것도 아냐. 하물며 네 것일 리가 없잖아. 자, 빨리 가란 말이다. 그것이 싫으면 법률의 문을 통해 지하 감옥으로 가든가. 그 외의 장소에서 발을 멈추면 그곳이 어디든지 간에 그것만으로도 넌 죄를 짓게 되는 거야."

유랑하는 유대인이란, 그렇다면 날 두고 한 말인가?

날이 저물고 있다. 난 계속 걷고 있다.

집……. 사라지지도 않고 변형되지도 않고, 지면에 서서 움직이지 않는 집들. 그들 사이의 어느 것 하나 정해진 얼굴을 갖지 않고 계속 변해만 가는 균열. 길, 비 오는 날에는 솔처럼 일어나고, 눈 오는 날에는 차바퀴 자국 폭만큼 좁아지고, 바람 부는 날에는 벨트처럼 흐르는 길. 난 계속 걷고 있다. 내 집이 없는 이유를 이해할 수 없기 때문에, 목을 맬 수도 없다.

이게, 누구야. 내 발에 휘감기는 게? 목을 맬 새끼줄이라면, 그리 성급하게 굴지 마라. 그렇게 보채지 말라. 아니, 그게 아닌데. 이건 탄력 있는 명주실이군. 당겨보니 그 끄트머리가 구두의 해진 틈 속에서 끊임없이 주르르 풀려 나온다. 이건 참 묘하다는 생각에 이끌려 자꾸 끌어당기자 더욱 기묘한 일이 생겼다. 점차 몸이 한쪽으로 기울어 더 이상 지면과 직각으로 몸을 지탱할 수 없게 되었다. 지축이 기울고 인력의 방향이 바뀐 것일까?

탁탁 소리를 내며 구두가 발에서 벗겨져 지면에 떨어지자, 난 사태를 이해하게 되었다. 지축이 뒤흔들린 게 아니라 내 한쪽 발이 짧아진 것이었다. 실을 잡아당김에 따라 내 발이 점점 짧아져 가고 있었다. 닳아 떨어진 재킷 팔꿈치가 터지듯이 내 발이 풀려나가고 있다. 그 실은 수세미 섬유처럼 분해된 내 발인 것이다.

이제 더 이상 한 걸음도 걸을 수가 없다. 망연자실하여 내내 서 있자, 이번에는 손안에서 명주실로 변형된 발이 어찌할 바를 모르고 혼자 움직이기 시작했다. 스르르 기어 나와서는 전혀 내 손을 빌리지도 않고 저절로 풀려나가 뱀처럼 몸을 휘감기 시작했다. 왼발이 전부 풀려 버리자, 실은 자연히 오른발로 옮겨졌다. 실은 이윽고 내 온몸을 봉지처럼 감쌌지만, 그래도 여전히 풀려 허리에서 가슴으로, 가슴에서 어깨로 차례로 풀려나갔다. 그렇게 풀린 실은 봉지 안쪽에서부터 단단히 굳어졌다. 그리고 끝내 난 소멸했다.

거기엔 커다란 텅 빈 누에고치만이 남았다.

아아, 이제야말로 쉴 수가 있다. 석양이 누에고치를 붉게 물들이고 있었다. 이것만은 누구에게도 방해받지 않는 내 집이다. 하지만 집이 생겼어도 이번엔 돌아갈 내가 없다.

누에고치 안에서 시간이 멈추었다. 밖은 어두워졌지만, 누에고치 안은 언제나 황혼으로, 안쪽에서 비춰지는 저녁노을 색으로 붉게 빛나고 있었다.

이 두드러진 특징이 그의 눈에 띄지 않을 리가 없었다. 그는 누에고치가 된 나를 철로 건널목과 레일 사이에서 발견했다. 처음엔 화를 냈지만, 곧 신기한 물건을 주웠다고 생각했는지 호주머니 속에 집어넣었다. 잠시 그 안에서 데굴데굴 구른 후, 그의 아들 장난감 상자 속으로 옮겨졌다.

(1950. 12)

『홍수』

●

가난하지만 성실한 한 철학자가 우주의 법칙을 탐색하기 위해, 옥상의 평평한 곳에 망원경을 설치하고 천체의 운행을 살피고 있었다. 늘 그랬듯이 몇 개의 무의미한 유성과 규칙적인 별의 위치밖에 발견할 수 없었다. 그래서 물론 따분했던 것은 아니지만, 무심코 망원경을 지상으로 돌려보았다. 물구나무선 한 줄기의 도로가 코밑에 축 늘어져 있다. 마찬가지로 한 노동자가 거꾸로 서서 걸어가는 게 보였다. 의식적으로 그들의 형상을 역전시켜 렌즈를 조정하여 정상 관계로 돌려 노동자의 뒤를 쫓기로 했다. 구경(口徑)이 큰 렌즈 앞에 노동자의 작은 머릿속이 훤히 보였다. 왜냐면 그는 지금 공장에서 야간 작업을 끝내고 돌아가는 길인데, 피로한 나머지 그만 머릿속이 텅 비어 있었기 때문이다.

참을성 많은 철학자는 거기서 렌즈를 딴 곳으로 돌리지 않고 여전히 그의 뒤를 계속 따라갔다. 그러자 그가 인내한 보람이 있기라도 한 듯이, 노동자에게서 다음과 같은 변화가 생긴 것이다.

갑자기 신체의 윤곽이 흐릿해지더니, 서서히 발 쪽에서부터 녹아내려 풀썩 주저앉아버렸다. 그는 옷과 모자, 그리고 신발만을 남기고 두툼한 점액 덩어리가 되어 버린 것이다. 끝내는 완전히 액체로 변하여 평평하게 지면에 펼쳐졌다.

액체로 변한 노동자는 조용히 낮은 곳으로 흐르기 시작했다. 흘러가다 움푹 패인 곳이 있자 그곳으로 흘러 들어갔다. 그리고는 기어 나오듯이 나왔다. 이 유체역학법칙에 어긋난 액체 노동자의 운동은 잡고 있던 망원경을 그만 떨어뜨릴 뻔할 정도로 철학자를 놀라게 했다. 그뿐만이 아니었다. 점점 흘러가 길가의 벽에 부딪치자 이번엔 마치 피막이 있는 생물처럼 기어올라 담을 넘어버려 시야에서 사라져갔다. 철학자는 망원경에서 눈을 떼고 무거운 한숨을 내쉬었다. 다음 날 그는 세계를 향해 대홍수의 도래를 예언했다.

사실, 세계 여기저기에서 이미 노동자나 가난한 사람들의 액화가 시작되었다. 특히 두드러진 현상은 집단적인 액화였다. 대규모 공장에서 기계 운전이 갑자기 정지되었다. 노동자들이 일제히 액화되어 한 덩어리의 액체가 되어 작은 시냇물을 이루었다. 이들은 문 틈새로 흘러나가기도 하고 벽을 기어올라 창문으로 흘러나가기도 했다. 또 어떤 곳에서는 순서가 뒤바뀌어 노동자들이 액화가 되어 버린 뒤, 무인공장에서 기계만이 뒤죽박죽 움직이다가 나중엔 통째로 붕괴해 버린 경우도 있었다. 이밖에 형무소에서 죄수들의 집단 액화가 진행되어 모두 도망쳐 버린 사건이나, 한 마을의 농민 전체가 액화가 되어 작은 홍수가 일어났다는 등의 사건이 잇따라 신문에 보도되었다.

인간의 액화는 단순히 이러한 현상의 이변에만 그치지 않고, 여러 방면에서 혼란을 불러일으켰다. 특히 범인들이 액화를 하게 되면서 완전범죄가 급격히 증가하게 되어 치안에 혼란을 초래했다. 이에 경찰은 비밀리에 물리학자들을 동원하여 그 물질을 규명하기에 나섰다. 그러나 그 액체는 완전히 유체과학법칙을 무시하였기 때문에 물리학자들을 심한 혼란에 빠뜨리게 할 뿐이었다.

손으로 만져 보면 보통 물과 조금도 다름이 없었다. 그러나 경우에 따라선 수은처럼 강한 표면장력이 나타나 아메바처럼 자기 자신의 윤곽을 보존할 수 있었다. 그렇기 때문에 아까 말한 것처럼 낮은 곳에서 높은 곳으로 기어 올라갈 수 있었다. 뿐만 아니라, 이들 액체들은 자기네들끼리나, 아니면 보통 액체 속에 한 번 완전히 뭉쳤다가 다시 어느 순간에 원상태의 양을 유지하면서 분리되기도 하는 것이었다. 이와 반대로 알코올처럼 약한 표면장력을 나타낼 때도 있었다. 그럴 때는 모든 고체에 대해 이상하게 강한 침투력을 나타냈다. 동질의 종이에 대해서도 경우에 따라서 아마도 그 용도의 차이 등에 따라 무반응을 보이기도 하고 화학약품과 같은 융해력을 갖기도 했다.

또 액체인간은 동결하거나 증발할 수도 있었다. 그 빙점이나 기화점은 제각기 달랐다. 그래서 두꺼운 빙판 위를 달리고 있는 썰매가 갑자기 녹아 버린 얼음물에 말과 함께 빠져버리기도 하고, 스케이트 경기에서 선두를 달리고 있던 선수가 갑자기 사라지기도 했다. 또 한여름에 풀장이 갑자기 얼어붙어 수영을 하고 있던 아가씨들이 그대로 얼음 속에 감금당한 일도 있었다.

액체인간은 산을 기어올라 강물에 섞여 바다를 만나, 증발하여 구름이 되어 비가 되어 내리기도 했다. 그러므로 순식간에 세계 각지에 확산되어 언제 어디서 어떤 사태가 발생할지 조금도 방심할 수가 없었다. 화학실험은 거의 불가능한 상태에 빠졌다. 증기기관차도 액체인간의 침입으로 전혀 쓸모가 없게 되었다. 아무리 열을 가해도 압력이 나오지 않거나, 그러다가 돌연 급격히 팽창하여 관을 파열시키기거나 했다. 물과 관련이 많은 어류나 식물 쪽은 언어로는 무어라 표현할 수 없을 정도로 큰 혼란을 야기시켰다. 여하한 생물학일지라도 측정할 수 없는 변화와 소멸이 시작되었다. 노래를 부르며 데굴데굴 구르는 사과, 불꽃처럼 소리를 내며 파열하는 벼이삭 등이 나타났다. 그중에서도 특히 더 중대한 것은 바로 아직 액화되지 않은 인간—특히 부유한 사람들에 대한 작용이었다.

어느 날 아침 공장 주인이 커피를 마시려고 입술을 댄 순간, 불과 그 한 잔의 커피 속에 빠져 죽기도 하고, 유리잔에 가득 찬 위스키에 빠져 죽기도 했다. 심지어는 안약 한 방울에 빠져 죽어버린 예도 있었다. 도저히 믿을 수 없는 일이었지만 모두 사실이다.

이런 일들이 보도되자 많은 부유한 사람들은 그 즉시 말 그대로 물 공포증에 걸렸다. 한 정부의 고관은 이렇게 고백했다.

"난 물을 마실 때 컵 속의 물을 보고 그것이 더 이상 물이라는 생각이 들지 않는다. 그것은 액체 상태의 광물로 소화불능을 일으키는 유해한 물질이며, 입에 대면 즉시 병에 걸릴거라는 생각이 들어 참담하기 이를 데가 없다."

설령 삼켜서 경련이 일어나지 않는다 해도 이건 분명히 물 공포증이다. 물을 본 것만으로 기절한 노부인의 사례 등은 각지에서 볼 수 있었다. 광견병균 예방조차 아무런 효력이 없었다.

이미 세계의 끝에서 끝으로, 눈에 보이지 않는 목소리가 교차하여 대홍수의 도래를 예고하고 있었다. 그러나 신문은 처음에 다음과 같은 이유를 들어 그 소문을 끊임없이 부정하려고 했다.

첫째, 올해 1년간 세계 각지의 강우량 분포 및 그 총계는 예년의 평균치를 밑돌고 있다는 점.

둘째, 범람을 알리는 하천 모두가 단순히 예년의 계절적 변화 범위를 벗어나지 않았다는 점

셋째, 기타 여하한 기상 혹은 지질상의 변화도 인정할 수 없다는 점.

그것도 사실이었다. 그러나 홍수가 이미 시작된 것도 사실

이었다. 이 모순은 일반적으로 사회에 불안을 불러일으켰다. 이것이 단순한 홍수가 아니라는 건 이미 누가 봐도 분명했다. 이윽고 신문도 홍수를 인정하지 않을 수 없게 되었다. 그러나 여전히 낙관적인 태도로 이것은 어딘가 천체 이변에 의한 것이며 일시적인 것에 불과하니 곧 자연히 종식될 것이라고 계속 반복했다. 하지만 홍수는 나날이 확산되어 몇 개의 시골 마을이 침수되어 몰락했고, 몇 개의 평야와 언덕이 액체인간에게 뒤덮여, 지위가 높은 사람이나 부유한 사람들은 고원으로 혹은 산으로 앞다투어 대피하기 시작했다. 벽까지 기어오르는 액체인간에 대해 그런 짓은 쓸데없는 짓이라는 것을 알면서도 달리 어찌할 방도가 없었다.

드디어 국왕이나 원로들도 사태의 급박함을 인정했다. 인류를 홍수로 인한 멸망으로부터 구제하기 위해 모든 정신과 물질을 동원하여 대규모의 제방을 구축해야 한다는 성명을 발표했다. 몇십만이나 되는 노동자가 그 때문에 강제 노동에 동원되었다. 그러자 신문도 급히 태도를 바꾸어 그 성명에 맞춰 의무와 정의를 칭송했다. 하지만 이미 대부분의 사람들이 국왕이나 원로 자신들조차도 그 성명이 성명을 위한 성명에 불과하다는 것을 알고 있었다. 액체인간을 막기 위한 제방 따위는 양자역학에 대한 뉴턴의 역학에 불과했으며 아무런 효과도 없었다. 오히려 제방 구축을 하고 있던 노동자들이 제방 이쪽에서 점점 액화되어 가고 말았다.

신문 제4면은 시민들의 행방불명을 알리는 기사로 가득 차 있었다. 그러나 신문은 신문의 성격상 그 원인이 액체인간에 의한 홍수가 아니라, 단순한 결과로만 취급되었다. 이 홍수가 갖는 모순된 성격이나 그 본질적 원인에 대해선 굳게 입을 다문 채, 결코 언급하려고 하지 않았다.

그때, 원자 에너지로 이 지구를 뒤덮고 있는 액체를 증발시켜야만 한다고 주장한 한 과학자가 있었다. 정부는 즉시 찬성의 뜻을 표하고 전면적으로 지원을 하겠다고 성명을 했다. 그러나 실제로 착수해 보니, 여러 가지로 곤란이 많았다. 아니 거의 불가능하다는 것을 깨닫게 되었다. 기하급수적으로 불어나는 인간 액화 현상 때문에 노동자의 보충이 제때에 이루어지지 않았다. 액화는 이미 과학자들 신상에까지 큰 영향을 미치고 있었다. 또한 부품공장이 차례로 파괴되어 강 밑에 매몰되고 말았다. 그 복구 및 신설에 쫓겨, 언제 중요한 원자력 장치를 제작할 수 있을지 예상할 수도 없는 상황이었다.

불안과 고통이 세계를 덮쳤다. 모두가 수분 부족으로 인해 미이라가 되어, 호흡할 때마다 사각사각 소리를 내며 숨을 헐떡거렸다.

그 가운데 단 한 사람만이 태연하게 이 현상을 즐기고 있는 자가 있었다. 다름 아닌 낙천적이고 교활한 노아였다. 노아는 이전의 대홍수를 겪은 경험이 있어서 서두르거나 당황하지도 않고 차근차근 방주 제작에 힘을 쓰고 있었다. 인류의 미래가 자기 일가의 수중에 맡겨져 있다는 것을 생각하며, 오히려 종교적 희열에 잠기기까지 했다.

이윽고 그가 사는 근처까지 홍수가 밀려오자 노아는 가족과 가축을 거느리고 방주에 올라탔다. 그러자 즉시 액체인간이 배 가장자리를 기어오르려고 했다. 노아는 큰 소리로 질타했다.

"이봐, 이게 누구의 방주라고 업신여기느냐. 난 노아다. 그리고 이건 노아의 방주다. 착각해선 안 된다. 자, 나가라!"

하지만 이미 인간이 아닌 액체가 노아의 말을 이해할 거라고 생각한 것은 확실히 그의 계산 착오였다. 액체는 액체의 문제가 있을 뿐이었다. 방주는 액체로 가득 찼으며 생물들은 익사하고 말았다. 무인 방주는 바람 부는 대로 표류할 뿐이었다.

이렇게 해서 제2의 대홍수로 인류는 멸망했다.

그런데 이미 조용해진 강 밑에 잠겼던 마을 길모퉁이나 나무 그늘을 잘 살펴보니, 뭔가 반짝이는 물질이 생기기 시작했다. 아마도 포화상태 속에서 눈에 보이지 않는 심장을 중심으로 뭉쳐서 빛나고 있는지도.

(1950. 12)

壁

『마법의 분필』

●

비가 새고 요리에서 나는 김으로 끈적끈적해진 변두리 아파
트의 화장실 옆에 가난한 화가 아르곤씨가 살고 있었다.

사방 3미터의 작은 방이 어울리지 않게 넓어 보이는 건,
벽 쪽에 바싹댄 의자가 하나 있을 뿐 달리 아무것도 없었기
때문이다. 책도 책장도 그림물감이나 이젤조차도 팔아서 빵
으로 바꿔 먹었다. 지금 남아 있는 것은 그 의자와 아르곤씨
뿐이다. 하지만 이 두 가지도 언제까지 남아 있을 수 있을지
모른다.

저녁 식사 시간이 다가왔다. 얼마나 코가 민감해졌을까 하
고 아르곤씨는 생각한다. 그는 복잡한 냄새의 복합을 원근(遠
近)과 색채로 구별하여 말할 수가 있다. 아, 전차길 옆 정육점에

서 튀기고 있는 돼지고기의 옐로 오커. 과일상점 앞에서 흘러나온 남국풍의 에메랄드 그린. 제과점에서 흘러나오는 감동적인 크림 옐로. 아랫방 아주머니가 굽고 있는 고등어 생선.

아, 그러고 보니 아르곤씨는 아직 아침부터 아무것도 먹질 못했다.

창백한 얼굴, 이마의 주름살, 오르락내리락하는 목의 울대뼈, 휘어진 등, 움푹 들어간 배, 떨리는 무릎관절. 아르곤씨는 주머니에 양손을 처박고 좀 구린 선하품을 세 번이나 잇달아 했다.

뭔가 나무처럼 단단한 물질이 손가락에 닿았다. 응, 이게 뭘까? 빨간 분필이다. 기억이 없는데. 손가락 사이로 가지고 놀면서 다시 한 번 크게 선하품을 했다. 아, 뭔가 먹고 싶다.

무심결에 아르곤씨는 그 분필로 벽에 낙서를 하기 시작했다. 처음 그린 사과 그림. 한 입 먹으면 배가 부른 것 같은 큰 녀석이다. 금새 먹을 수 있도록 그 옆에는 과일용 칼도 그리며 꿀꺽 군침을 삼키고 말았다. 이어서 이번엔 복도와 창에서 들어오는 냄새를 근거로 빵을 그렸다. 야구공 같은 쨈이 들은 빵. 버터가 들은 롤빵. 그리고 어른 머리 크기만한 식빵. 반들반들 윤기가 흐르게 구운 빵이 눈에 선했다. 터질 듯 부풀어

오른 빵, 취할 것 같은 이스트 향내. 내친 김에 그 옆에 기왓장만한 버터 덩어리도 그렸다. 그리고 커피도 그려 넣을까. 막 끓여낸 김이 모락모락 나는 따끈한 커피로. 맥주잔 크기만한 컵. 받침 접시엔 성냥통만한 각설탕이 세 개.

아아, 빌어먹을! 이를 갈며 양손에 얼굴을 묻었다. 정말 뭔가 먹고 싶다!

점차 의식이 어둠 속에 박혀 창밖에는 빵 과자 정글, 통조림 산, 우유 바다, 설탕 해변, 쇠고기와 치즈 과수원…… 여기저기 뛰어 돌아다니던 중, 그는 피곤해서 그만 꾸벅꾸벅 졸고 말았다.

뭔가 묵직한 것이 바닥에 떨어지는 소리와 사기그릇이 깨지는 소리에 눈을 떠보니, 날은 이미 저물어 캄캄했다. 무슨 일일까. 소리가 난 쪽을 돌아보고는 숨을 죽였다. 깨진 것은 대형 컵이었다. 그 주변에 흘러넘쳐 아직 김이 나고 있는 건 확실히 커피였다. 게다가 그 부근 일대에 사과, 빵, 버터, 각설탕, 스푼, 나이프, 그리고 운 좋게 깨지지 않은 접시받침도 있었다. 그리고 벽에 분필로 그린 그림은 지워져 있었다.

설마…… 갑자기 온몸의 혈관이 눈을 뜨고 울리기 시작해 아르곤씨는 살금살금 다가갔다. 거짓말이야, 거짓말이야, 이런 일은 있을 수 없어. 하지만 사실이야. 목이 메일 것 같은 이 커피 향이 어떻게 가짜란 말인가. 저 빵 껍질을 스친 이 손가락의 감촉, 한 번 먹어볼까⋯⋯? 이 혀에 닿는 감촉. 아르곤 씨, 이래도 믿을 수 없다는 건가요? 아니. 사실이야. 믿고말고. 하지만 무섭다. 믿는다는 게 무섭다.

무섭지만 사실이다. 먹을 수가 있는 것들이다.

사과는 사과 맛(이건 아오모리현에서 생산되는 최고의 사과다), 빵은 빵 맛(미국산 밀가루), 버터는 버터 맛(포장 상표와 같은 내용물로 절대 마가린은 아니다), 설탕은 설탕 맛(달다), 아, 전부 진짜 맛이다. 나이프는 빛이 나서 얼굴이 비쳐 보일 정도다.

정신을 차려보니, 어느새 전부 먹어 치우고 아르곤씨는 안도의 숨을 내쉬었다. 하지만 왜 안도의 숨을 내쉬었는지 그 이유를 생각해 내고는 갑자기 다시 당황했다. 아까 그 빨간 분필을 손에 쥐고 찬찬히 관찰해 본다. 아무리 살펴봐도 알 수 없는 건 알 수가 없었다. 확인해 보는 방법은 다시 한 번 반복해 보는 것뿐이다. 두 번 반복해서 성공하면 그건 현실이라고 할 수 있을 것이다. 뭔가 다른 걸로 시험해 보려고 생각했지만, 너무 초조해져서 다시 한 번 그려보기로 했다. 우선 그리기 쉬운 사과를⋯⋯ 다 그렸다고 생각함과 동시에 사과가 툭 하고 벽에서 떨어져 굴러다녔다. 역시 사실이었다. 이건 되풀이할 수 있는 사실인 것이다.

갑자기 환희에 차서 온몸이 떨렸다. 말단 신경이 피부를 뚫고 우주 가득히 퍼져나가 사각사각 낙엽처럼 울렸다. 그리고는 갑자기 긴장이 풀어져 바닥에 풀썩 주저앉았다. 숨을 헐떡이는 금붕어처럼 웃어댔다.

우주의 법칙이 변한 것이다. 운명이 변하여 불행은 사라진 것이다. 아, 배부른 시대, 욕망이 현실이 되는 세계…… 하느님이시여! 그때 졸음이 몰려왔다.

그럼, 침대를 그려볼까. 지금 분필은 생명과 같은 귀중한 것이지만, 침대라고 하는 것은 배가 부르면 다시 필요할 것이고, 별로 분필이 닳은 염려도 없으니까 너무 인색하게 굴 필요는 없다.

아, 태어나서 처음으로 갖는 행복한 잠자리. 한쪽 눈은 곧 잠들었지만, 한쪽 눈은 쉽사리 잠들 수가 없다. 그건 오늘의 만족함을 비교할 때, 아직 시험해 보지 않은 내일에 대한 근심 때문일 것이다. 그러나 그 한쪽 눈도 이윽고 잠들고 말았다. 엇갈린 양쪽 눈으로 밤새 흐리멍텅한 꿈을 꾸었다.

한편, 근심에 찬 다음 날 아침은 다음과 같이 밝았다.

맹수에게 쫓겨 다리에서 떨어진 꿈. 침대에서 떨어진 것이었다…… 아니다. 눈을 떠보니 침대 같은 건 아무 데도 없었다. 여전히 있는 건 의자 하나뿐이었다. 그럼 어젯밤 일은? 아르곤씨는 주뼛주뼛 벽을 둘러보고 고개를 갸웃거린다.

방 안에는 빨간 분필로 그린 컵(그건 깨져 있었다!)과 스푼과 나이프, 그리고 사과 껍질과 씨, 그리고 버터 포장지 등이 있었다. 그 밑에 침대가 있었는데, 분명히 그가 그곳에서 떨어졌던 침대가 있었다.

어젯밤에 그린 것 중에 먹지 못하는 것만 다시 그림이 되어 벽으로 돌아간 셈이다. 갑자기 허리와 어깨에 통증이 느껴졌다. 침대에서 떨어졌다면 느낄 수 있을 그런 통증이다. 침대 그림에서 흐트러진 이불 주위에 손을 살짝 대어보니, 희미한 온기가 다른 차가운 부분과는 확실히 구별되었다.

나이프 그림의 칼날 부분을 손가락으로 문지르자, 그건 확실히 분필 흔적에 불과해 아무 저항도 없고 허연 것만 묻어나고는 이내 사라져버렸다. 시험 삼아 새로 사과를 하나 그려보았다. 그러나 그건 실물의 사과가 되어 굴러떨어지기는커녕, 벗기려고 해도 벗겨지지도 않고, 문지른 손바닥 사이로 원상태로 벽 표면으로 사라지고 말았다.

기쁨은 하룻밤의 꿈에 불과했단 말인가? 모든 것이 끝나고 아무것도 일어나지 않았던 전과 다를 바가 없었다. 그럴까? 아니다. 슬픔은 다섯 배나 되어 돌아왔다. 그리고 공복감도 다섯 배나 되어 덮쳤다. 아아, 먹은 음식이 뱃속에서 벽의 성분과 분필 가루로 환원되어 버린 게 틀림없다.

공용 수도에서 손바닥으로 물을 받아 연달아 1리터나 마시고 나서, 아직 안개에 싸여 채 날이 새지 않은 한적한 거리로 나왔다. 100미터가량 앞에 있는 식당 취사장에서 쏟아내고 있는 하수도 쪽에 몸을 굽혀 끈적끈적한 타르 같은 더러운 물에 손을 집어넣고, 뭔가를 끄집어냈다. 철망 바구니였다. 그걸 근처의 시냇물에 가서 씻어 내자, 먹을 수 있는 것이 남았다. 특히 쌀 같은 것이 그 반을 차지하고 있는 게 마음 든든했다. 그곳에 철망 바구니를 놓아두면 하루에 한끼의 식량을 얻을 수 있다는 사실을, 최근 아파트에 사는 노인에게서 들어 알고 있었다. 노인은 마침 한 달가량 전부터 그 분량만큼 비지를 살 수 있는 신분이 되어 식당 하수도를 그에게 양보해 준 것이다.

어젯밤의 성찬을 생각하면 얼마나 냄새가 나고 형편없는 것인가. 하지만 마법이 아니라 실제로 요기가 된다는 건 다시 없는 중요한 일이었기 때문에 거부할 수가 없다. 한 입 먹을 때마다 목구멍의 상태를 의식해야 할 만큼 형편없지만, 먹지 않을 수가 없다. 이게 바로 현실이라고 하는 것이다.

점심 시간이 조금 안 되어서 거리로 나가 은행에 다니고 있는 친구에게 들렀다. 친구는 쓴웃음을 지며 말했다.

"오늘은 내 차례인가!"

아르곤씨는 굳어진 무표정한 얼굴로 끄덕이고, 늘 그런 것처럼 도시락을 반 나눠 먹고 자동적으로 깊이 머리를 숙인 채 밖으로 나갔다.

그리고 아르곤씨는 반나절 내내 생각했다.

분필을 꽉 쥐고 의자에 기대어 마법에 관한 공상에 열중했다. 그러면 그 강렬한 소망은 서서히 고개를 내밀어, 점차 기대가 결정체가 되고, 이윽고 다시 해질녘이 가까웠을 무렵, 일몰과 함께 그 마법이 다시 효력을 발휘할지도 모른다고 예상했다. 그런데 그 예상은 거의 확실한 것으로 변해갔다.

어디선가 소란스러운 라디오가 5시를 알렸다. 그는 일어서서 빵과 버터와 통조림과 그리고 커피를 그렸다. 그리고 잊지 않고 그 밑에 테이블을 그려 넣었다. 어젯밤처럼 떨어져 깨지는 일이 없도록 말이다. 그리고는 기다렸다.

이윽고 어둠이 방 안 구석에서부터 벽을 따라 기어 올라가기 시작했다. 그는 마법이 행해지는 과정을 확인하고 싶어서 불을 켰다. 어젯밤에 이미 전등 불빛이 마법에 대해 해가 안 된다는 것을 확인했다.

하루 해가 저물었다. 눈이 혼동을 일으키듯이 벽에 있던 그림이 조금씩 옅게 그 모습을 드러내기 시작했다. 마치 벽과 눈 사이에 안개가 가로막고 있는 것 같았다. 벽에 그림이 점차 형태를 드러내기 시작하자 안개는 점차 짙어져 갔다. 이윽고 그 안개가 농축되어 물질의 형태를 취할 거라고 생각했을 때였다. (성공이다!) 홀연히 그림이 실체가 되어 나타났다.

커피는 알알이 김을 내면서 맛있어 보였다. 빵은 갓 구워졌는지 아직 따끈따끈했다. 아, 깡통 따개를 잊고 있었다. 왼손으로 떨어지지 않도록 받치면서 그려 나가자, 그리자마자 실체가 되어 나타났다. 정말로 신기하게도 그리면 나오는 것이다.

불현듯 뭔가에 걸려 넘어졌다. 어젯밤에 그려낸 침대가 다시 그곳이 있는 것이었다. 게다가 바닥에는 손잡이만 남은 나이프(칼날 부분을 손가락으로 지워 버렸기 때문에)와 버터 포장지, 그리고 깨진 컵이 뒹굴고 있었다.

공복감이 채워지자 아르곤씨는 침대에 누워 이제부터 무엇을 어떻게 해야 좋을지 궁리를 했다. 지금으로선 이 마법이 태양 광선 앞에서 효력이 없는 것이 명료하므로, 내일 날이 밝으면 다시 곤경에 처하게 된다. 어떻게 해서든 이 곤경에서 벗어날 방도는 없단 말인가? 문득 생각이 떠올랐다. 명안이다! 창문을 닫고 어둠 속에 틀어박히자.

그 계획을 실행하기 위해선 얼마간의 돈이 필요했다. 태양을 막아야만 한다. 태양으로 인해 실체를 상실하지 않게 하는 것이 필요했다. 그러나 돈을 그리는 건 좀 어렵다. 그래서 지혜를 짜내어 가득 부풀어 오른 지갑을 그렸더니…… 열어보니, 일은 잘 되었다. 필요한 만큼의 지폐가 가득 차 있었다.

태양빛 아래서는 나뭇잎처럼 쓸모없이 되어 버리는 돈. 하지만 나뭇잎처럼 흔적을 남기지 않아서 우선 다행이다. 그래도 일단 신중을 기해야 한다. 그래서 일부러 먼 거리까지 나가서 쇼핑을 했다. 두툼한 모포 두 장, 검정색 벽지 다섯 장, 펠트 판 한 장, 못 한 상자, 각목 네 자루, 그리고 도중에 헌책방에 들러서 눈에 띈 요리 전집을 한 질 샀다. 남은 돈으론 커피를 한 잔 사서 마셨다. 그 커피는 벽에서 그려낸 커피와 비교할 때 특별히 이렇다 할 뛰어난 점이 없었다. 그것이 왠지 그를 의기양양하게 만들었다. 마지막으로 신문을 샀다.

우선 문을 꼭 잠그고 못을 박은 후, 그 위에 검은 벽지 두 장과 모포를 붙이고, 나머지 재료로 창을 가리고 각목으로 테두리를 고정시켰다. 안전하다는 생각을 함과 동시에 엄습해 온 영원함의 무게로 인해 아르곤씨는 나른해져 침대에 엎드려 얼마 동안 잠이 들어버렸다:

잠은 환희를 조금도 약화시키지 않았으며 중화도 되지 않았다. 눈을 떠보니, 온몸에 강철 용수철이 장치되어 있어 펄떡펄떡 튀어 올라와 어찌할 바를 몰랐다. 아, 새로운 날의 시작, 새로운 시간의 시작…… 황금 입자로 구성된 빛나는 안개에 싸인 내일이, 그리고 내일의 내일이, 내일뿐만이 아니다. 더 미래의 내일이, 안을 수 없을 만큼 더 많은 내일이 주저함 없이 기다리고 있는 것이다. 아르곤씨는 한동안 주체할 수 없는 행복에 겨워 얼굴 가득히 미소를 띠었다. 지금 이 순간은 그 무엇에도 방해받지 않고 모든 가능성을 안고, 그의 손에 의해 창조되기만을 고대하고 있는 시간이다. 그런데 어딘가 가슴 깊숙한 곳에서 희미하게 느껴지는 비애는 무엇이란 말인가. 아마도 천지창조를 하기 직전에 조물주가 느꼈을 그 비애임에 틀림없다. 미소 짓는 근육 옆에서 작은 근육이 아주

미세하게 전율했다.

아르곤씨는 커다란 벽시계를 그렸다. 떨리는 손으로 바늘을 정각 12시에 맞추었다. 그 순간을 새로운 운명의 날의 최초의 시간으로 정했다.

조금 숨이 막힐 것 같아 복도로 접한 벽에 창문을 그렸다. 아니, 그런데 어떻게 된 일일까. 벽에 그린 창문은 언제까지나 그림인 채로 남아, 진짜 창이 되지 않는 것이다. 순간 어찌할 바를 몰랐다. 곰곰이 생각해 보니, 이 창문은 (밖의) 세계가 설정되어 있지 않았기 때문에, 즉 창으로서 충분한 조건을 제대로 갖추지 못했기 때문에 실체를 획득할 수가 없다는 걸 깨달았다. 자, 그럼 창밖 풍경을 그려볼까? 어떤 경치가 좋을까? 알프스와 같은 산으로 할까, 나폴리와 같은 바다로 할까? 아니면 조용한 전원풍경도 나쁘지는 않겠지. 시베리아의 원시림도 괜찮을 것 같은데…… 그럼 엽서나 여행 안내서에서 본 아름다운 풍경이 어른거리며 정신없이 지나갔다. 하지만 그중에 하나를 선택해야만 하고, 하나밖에 선택할 수 없다고 생각하자 좀처럼 결정하기가 힘들었다. 좌우지간 이 기대되는 즐거움은 잠시 뒤로 하기로 하고, 그래, 위스키와 치즈를 그려서 홀짝홀짝 마시면서 천천히 생각하기로 하자.

그러나 생각하면 생각할수록 알 수가 없다. 아무래도 이건 그리 간단한 일이 아님에 틀림이 없다. 어쩌면 내가 지금까지 그린, 아니 인류가 일찍이 시도한 그 어떠한 구상보다도 대규모의 업적이 될지도 모른다. 과연, 잘 생각해 보니, 바다나 산이나 시냇물, 과수원 등과 같은, 그렇게 단순히 눈을 즐겁게 해주는 것을 그리는 것만으로는 안 된다. 설령 산을 그렸다고 하자. 그러나 내가 그린 산은 단순한 산이 아닐 것이다. 그 산의 건너편은 어떨까? 마을이 있을까. 아니면 바다가 있을까. 그것도 아니면 사막이 있을까. 그리고 어떤 인간이 살고 있으며, 어떤 짐승이 살고 있을까? 자신도 모르는 사이에 난 그들을 결정해 버리고 마는 셈이다.

이 작업은 창을 창으로 만들기 위한 부속적인 일이 아니다. 세계를 창조하는 것과 관계가 있는 일이다. 나의 붓놀림 하나로 세계가 결정되는 것이다. 그런데 이런 우연이라고 하면 상당한 우연에 불과한데, 세계를 창조하는 일을 떠맡아도 괜찮은 것일까? 그렇다. 함부로 창문에 (외부)세계를 부여해서는 안 된다. 난 누구도 그린 적이 없는 그런 그림을 그려야 한다. 아르곤씨는 생각에 잠겼다.

최초의 일주일간, 그는 이 무한성이 내포된 세계를 설계하며 번민의 날을 보냈다. 밤엔 다시 캔버스가 세워졌고, 유액 냄새가 자욱했다. 몇십 장이나 되는 밑그림이 쌓여 올라갔다. 그러나 생각하면 할수록 문제는 끝없이 확대되어, 결국엔 그의 손으로는 감당할 수 없게 되었다. 과감하게 우연에 맡겨 보려고도 했지만, 그렇게 하면 모처럼 새로운 세계를 얻는 의미가 사라질 것이다. 부분적인 사실을 필연으로 정확하게 포착하는 것만으로는 그들 상호간의 모순은 결국 그를 다시 과거의 세계로 되돌려버려 기아에 허덕이게 할지도 모른다. 게다가 분필도 수명이 있다. 새로운 세계를 포착해야만 한다.

그러다가 또 일주일은 술과 포식으로 달아나고 말았다.

셋째 주는 광기와도 비슷한 절망 속에서 보냈다. 다시 캔버스는 먼지투성이가 되었고 기름 냄새는 옅어졌다.

넷째 주, 드디어 아르곤씨는 결심했다. 거의 자포자기와도 같은 결과였다. 이젠 더 이상 기다릴 수가 없었다. 창문에 자기 손으로 (외부)세계를 부여하는 책임에서 벗어나기 위해 만사를 우연에 맡기는 대모험을 시도해 보기로 했다. 벽에 문을 그리고 문밖에 있는 그것으로 자연적으로 (외부)세계를 결정하자. 만일 그것이 완전 실패로 끝나는 한이 있어도, 예를 들어 원상태인 아파트 풍경이 있다고 해도, 창밖 세계를 책임지는 일보다는 훨씬 나을 것이다. 뭐든 상관없다. 도망치면 되니까.

아르곤씨는 오랜만에 재킷을 입었다. 세계를 결정하는 의식이므로 그다지 과장되지는 않지만 나름대로 엄숙해졌다. 딱딱한 손짓으로 운명의 분필을 내리그었다. 창문, 그림…… 숨이 거칠어진다. 무리가 아니다. 여하튼 미지의 '바깥 세계'를 본다는 것은, 인간이 감당할 수 있는 최대의 기대일지도 모른다. 그 대가로 죽음이 기다리고 있을지도 모른다.

손잡이를 잡았다. 한 발자국 뒤로 물러서서 문을 열었다.

눈 속으로 다이너마이트가 파고들었다. 작렬한 태양…… 좀 지나서 조심조심 눈을 떠보니 무서운 듯한 광야가 반짝반짝 정오의 태양에 빛나고 있었다. 끝없이 펼쳐지는 지평선 이외엔 그림자도 하나 없다. 하늘은 구름 한 점 없이 검은 빛을 띠었다. 바싹 마른 열풍이 모래바람을 일으켰다. 아, 이건 마치 구도를 정하기 위해 그린 수평선이 그대로 경치가 되어 버린 것은 아닐까. 아아……

분필은 결국 아무것도 해결할 수 없었다. 역시 모든 걸 처음부터 창조해야만 했다. 산을 그리고, 물을 그리고, 구름을 그리고, 초목을 그리고, 새나 동물을 그리고, 물고기 등을 그려서 이 광야에 부여해야만 한다. 그리고 무엇보다도 다시 세계를 그려야만 한다. 절망한 아르곤씨는 침대에 쓰러졌다. 하염없이 눈물이 흘러넘쳐 멈추지 않았다.

주머니 속에서 뭔가 바스락 소리가 났다. 첫날 저녁에 사둔 채 잊고 있던 신문이었다. 제1면은 큰 표제로 「38도선 돌파!」, 제2면에는 더 크게 미스 재팬의 사진이 실려 있었다. 그 밑에는 작은 글씨로 「U공장 대량 해고」라고 적혀 있다.

아르곤씨는 그 반나체에 가까운 미스 재팬을 지그시 바라보았다. 이 얼마나 격렬한 향수인가. 이 얼마나 투명한 육체인가. 유리와도 같은 육체다. 그러고 보니 잊고 있던 것이 있다. 다른 사건 따위는 아무래도 좋다. 모든 걸 아담과 이브에서부터 시작해야만 할 때다. 이브를 그리자!

몇십 분 후, 전라의 이브가 아르곤씨 앞에 나타났다. 이브는 깜짝 놀라 주위를 돌아보고 말했다.

"어머나, 당신은 누구세요? 이게 어떻게 된 거죠? 어머, 전 나체네요."

"전 아담입니다. 그러니까 당신은 이브입니다."

아르곤씨는 부끄러워 얼굴이 붉어졌다.

"제가 이브라뇨? 아아, 그래서 나체군요. 그런데 당신은 왜 양복을 입고 있는 거죠? 양복을 입은 아담이라니 어울리지 않아요.”

“거짓말이죠! 전 이브가 아니에요. 전 미스 재팬이예요.”

“당신은 이브입니다. 정말로 이브입니다.”

“양복을 입고 이렇게 더러운 아파트에 사는 아담이 하는 말 따위는 전 신용할 수 없어요. 빨리 옷을 돌려줘요. 그런데 이상하네요. 제가 왜 이런 곳에 있죠. 지금부터 사진경시대회 모델로 특별 출연해야 돼요.”

“난처하게 됐군요. 당신은 착각하고 있는 겁니다. 정말로 이브입니다.”

“끈질기군요. 그럼 지혜의 열매는 어디에 있죠? 이게 에덴의 동산이라는 건가요? 흥, 웃기지 말아요. 자, 빨리 옷을 돌려주세요.”

“좌우지간 거기 앉아서 제 말을 들어보세요. 그럼 만사가 새롭게 시작됩니다…… 그런데 뭔가 드시겠습니까?”

“그래요. 먹기는 먹겠어요. 하지만 옷을 빨리 돌려주세요. 제 몸은 비싸단 말이에요.”

“뭐가 좋겠습니까? 이 요리 전집 중에서 좋아하는 걸 고르시죠.”

“어머, 굉장하군요. 정말인가요? 이런 지저분한 아파트에 사는 주제에 당신은 꽤 돈이 많은 사람인가 보군요. 다시 봤어요. 당신은 정말로 아담일지도 모르겠군요. 직업은 뭐죠? 강도인가요?"

"아닙니다. 아담입니다. 아담 겸 화가 겸 세계 설계가."

"무슨 말인지 모르겠어요."

"저도 잘 모르겠어요. 그래서 절망하고 있답니다."

그렇게 말하는 사이에 아르곤씨가 재빨리 그려낸 요리가 나왔다. 이브가 외쳤다.

"어머, 굉장하네요. 굉장해. 정말로 에덴의 동산이군요. 믿겠어요. 그 분필은 그런 식으로 그리면 뭐든지 만들어 낼 수가 있나요? 흥분되어서 참을 수가 없군요. 자, 그럼 좋아요. 전 이브가 되겠어요. 이브가 되어도 좋아요. 우리는 틀림없이 부자가 되겠죠."

"나의 이브, 그럼 들어주세요."

그리고 아르곤씨는 슬픈 듯한 목소리로 자초지종을 얘기하고 나서 마지막에 한마디 더 첨가했다.

"…… 그렇게 된 겁니다. 난 당신과 협력하여 함께 새로운 세계를 설계해야 합니다. 돈 따위는 문제가 되지 않습니다. 우리는 일체를 처음부터 시작하지 않으면 안 됩니다."

미스 재팬은 어이없다는 듯이 말했다.

"어머, 돈이 문제가 아니라고요? 모르겠어요. 정말 모르겠어요."

"그럼 이 창밖을 한 번 보십시오."

미스 재팬은 아르곤씨가 반쯤 열어둔 창문으로 살짝 내다보더니 소리를 질렀다.

"어머, 싫어요."

내팽개치듯 창문을 닫고는 아르곤씨를 노려보다가, 모포에 싸여 있는 진짜 문을 가리키며 말했다.

"하지만, 이쪽 창문은…… 다르겠죠."

"안 됩니다. 그쪽은 안 돼요. 원래 존재해 있는 세계는 새로운 세계를 모두 지워버리고 맙니다. 그 요리도 책상도 침대도, 그리고 당신 자신까지도 없애버릴 겁니다. 당신은 지금 새로운 세계의 이브입니다. 우리는 이 새로운 세계를 창조하는 조물주가 되어야만 합니다."

"어머, 싫어요. 전 산아제한주의자예요. 왜냐면 귀찮거든요. 그런데 전 사라지고 싶지 않아요."

"사라질 겁니다."

"사라지지 않아요. 자기 일은 자신이 가장 잘 아는 법이에요. 제가, 제가 사라진다니, 당신은 정말 이상한 말을 하는 사람이군요."

"나의 이브. 당신은 모릅니다. 세계를 다시 창조하지 않으면 결국 우리를 기다리고 있는 건 굶주림입니다."

"어머, 이상한 말 하지 말아요. 아무튼 실례예요. 제가 굶어죽다뇨? 참 기가 막혀서. 제 몸은 비싸다구요."

"아니 당신의 육체는 제 분필과 같습니다. 세계를 획득하지 않으면 결국은 가공의 존재일 뿐입니다. 없는 거나 마찬가지입니다."

"횡설수설한 이야기는 이제 그만해요. 자, 빨리 옷을 돌려줘요. 전 이제 돌아가겠어요. 아무리 생각해도 제가 이곳에 있다는 게 이상해요. 이런 곳에 있을 리가 없어요. 당신은 정말 수단이 좋군요. 자, 빨리요. 분명히 매니저가 기다리다 지쳤을 거예요. 하지만 전 가끔 당신의 이브가 되어 줄 수도 있어요. 그래요, 갖고 싶은 거를 분필로 그려내 준다면."

"바보 같은 소리! 그렇게 할 수는 없어요."

아르곤씨의 갑작스런 격한 어조에 이브는 깜짝 놀라 그의 얼굴을 바라보았다. 두 사람은 잠시 서로 마주본 채 아무 말 하지 않았다. 이윽고 무슨 생각을 했는지 이브가 온화한 어조로 말했다.

"좋아요. 전 이곳에 있겠어요. 그 대신 조건이 있는데 들어주겠어요?"

"어떤 건데요? 당신이 진정 이곳에 있어만 준다면 무슨 일이든지 들어주겠어요."

"전 당신이 갖고 있는 분필의 반을 갖고 싶어요."

"그건 무리예요. 왜냐면 당신은 그림을 못 그리잖아요. 그러면 아무 쓸모도 없어요."

"그릴 수 있어요. 이래 봐도 전 원래 디자이너였어요. 전 당연히 남녀가 동등한 권리를 갖기를 원해요."

아르곤씨는 한순간 고개를 갸웃했지만, 단호히 말했다.

"좋아요. 당신을 믿겠소."

그리고는 분필을 주의 깊게 반으로 자르고 나서 한쪽을 이브에게 건네주었다. 이브는 그것을 받아 들더니 바로 벽을 향해 뭔가 그리기 시작했다.

권총이었다.

"그만두세요. 그런 걸로 뭘 하겠다는 거죠."

"죽음…… 죽음을 만드는 거예요. 새로운 세계를 만들기 위해선 우선 사물을 정리하는 것이 중요하겠죠."

"안 돼! 그건 끝장이야. 그만둬요. 그건 가장 필요 없는 물건이야."

하지만 이미 늦었다. 이브의 손에는 소형 권총이 쥐어져 있었다. 이브는 그 권총을 들어 올려 아르곤씨의 가슴을 정확하게 겨냥하고 있었다.

"움직이면 쏘겠어요. 손을 들어요. 바보 같은 아담. 맹세는 거짓말의 시작이라는 걸 모르는군요. 제게 거짓말을 하도록 만든 건 바로 당신이에요."

"아니, 또 뭘 그리려는 거지?"

"망치예요. 문을 쳐부숴야겠어요."

"안 돼!"

"움직이면 쏠 거예요."

이때 아르곤씨가 덤벼드는 것과 동시에 총소리가 났다. 아르곤씨는 가슴을 누르며 무릎을 꿇고 바닥에 쓰러졌다. 이상하게도 피는 나지 않았다.

"바보 같은 아담!"

이브는 웃었다. 그리고 망치로 문을 부수었다.

휙 하고 빛이 스며들었다. 그다지 강하지는 않았지만, 그건 진짜 빛이었다. 태양으로부터 나는 진짜 빛이었다. 이브의 모습은 그 빛 속으로 안개처럼 흡수되고 말았다. 책상도 침대도 프랑스 요리도 모두 사라졌다. 아르곤씨와 바닥에 뒹굴고 있던 요리 전집과 의자를 제외한 일체가 모두 벽의 그림으로 환원되고 말았다.

아르곤씨는 휘청거리며 일어섰다. 가슴의 상처는 어느새 아물어 있었다. 하지만 죽음보다도 강하게 누군가가 그를 부르고 있었다. 강제로 끌려가는 듯했다. ― 벽. 벽이 부르고 있었다. 4주 동안 벽에서 나온 그림만 먹은 그의 육체는 대부분 벽의 성분으로 환원되어 가고 있었던 것이다. 이미 어떤 저항도 불가능하다. 아르곤씨는 벽을 향해 비틀거렸다. 그리고 이브 위에 겹치듯이 흡수되어 갔다.

총성과 문을 부수는 소리를 들은 아파트 사람들이 달려왔을 때는 아르곤씨는 이미 벽 속에 끼어 하나의 그림이 되어 있었다. 사람들의 눈에는 의자와 요리 전집 외에 벽의 낙서밖에 보이지 않았다. 그림이 되어 이브 위에 겹쳐진 아르곤씨를 보고 누군가가 말했다.

"화가 양반, 꽤 여자한테 굶주려 있었군."

"아르곤씨, 정말 진짜처럼 그렸군 그래."

다른 누군가가 말했다.

"무슨 짓을 한 거지. 문을 부수다니! 게다가 벽엔 낙서투성이잖아. 음. 그냥 두지 않겠어. 도대체 어디로 사라져 버린 거야. 이 삼류 화가 녀석!"

혼자서 투덜거리고 있는 건 아파트 관리인이었다.

사람들이 나가 버린 후, 벽 속에서 중얼거림이 들렸다.

"세계를 재창조할 수 있는 건 분필이 아니었어."

그리고 벽 위에 한 방울의 눈물이 솟아났다. 바로 그림이 된 아르곤씨의 눈 주위에서 흘러내렸다.

(1950. 12)

壁

『바벨탑의 너구리』

●

1. 나는 공상을 하고 계획을 세운다.

나에 관한 얘기를 하겠습니다.

난 가난한 시인입니다.

난 곧잘 P공원에 있는 벤치에 앉아 공상을 하고 여러 가지 계획을 세웁니다. 뿐만 아니라, 시를 짓기로 하고 과학적인 발명에 대해서도 생각합니다. 수학 문제를 푸는 것은 시를 짓는 것 못지않게 즐겁습니다. 하지만 무엇보다도 가장 즐거운 것은 벤치에 앉아 지나다니는 여자들의 다리를 바라보는 일입니다. 여자들 다리는 그야말로 전율의 곡선입니다. 그녀가 떠나고 나면 남는 것은 전율 방정식뿐입니다. 난 벤치에 온몸의 무게를 기대고 그 방정식을 푸는 데 몰두합니다. 그 방정식에서 각종 공상과 계획이 생겨납니다.

예를 들어, 메두사의 머리를 생각합니다. 메두사의 머리를 본 사람은 돌이 되고 만다는 것은 논리적으로 이상하다고 생각되지 않나요? 만일 그것이 사실이라면, 살아 있는 인간 중에서 메두사를 본 사람이 없는 셈이므로, 메두사의 존재를 알고 있는 사람은 있을 수가 없습니다. 그러나 이 수수께끼도 좀 달리 생각하면 풀립니다. 메두사의 머리를 보고 돌이 된다고 하는 것은 뭔가 특별한 이유가 있어서이고, 그 이유만 제거하면 돌이 되지 않을 것입니다. 여기서 난 이런 결론을 내리죠. 메두사는 상당한 미인일 것입니다. 그녀의 아름다움을 미의 여신 비너스와 경쟁했기 때문에 그 벌로 머리가 뱀으로 변했다고 할 정도니까, 대단한 미인이었음에 틀림없을 것입니다. 그러니까 그 아름다움에 넋을 잃고 보다가 스탕달이 말하는 연애의 결정작용 때문에 돌로 변하고 마는 것이지요. 따라서 메두사의 미에 동요되지 않을 만큼의 차가운 마음의 소유자는 돌이 될 위험이 없을 것입니다. 아마도 페르세우스는 그런 남자였음이 틀림없습니다. 나도 그런 남자가 되고 싶습니다.

모든 것에 민감하면서도 모든 것에 동요되지 않는 그런

냉정한 마음의 소유자야말로 시인이라고 말할 수 있는 자격을 가진 인간입니다. '냉정한 마음, 냉정한 마음……' 난 몇 번이고 반복하여 그 언어의 효과를 확인했습니다. 그 후로 그 문구는 여자들의 다리를 볼 때마다, 또는 거리를 걸을 때마다 일종의 주문이 되어 버렸습니다. 그 주문을 외우고 있으면 여자 다리가 갖는 의미를 한층 잘 알 것 같은 느낌이 듭니다.

2. 이상한 동물이 나타나 내 그림자를 물고 도망간 일.

그런데 그날 아침, 공원에는 아직 아무런 인기척이 없는 시각이었습니다. 난 수첩을 펴고 메모해 둔 공상과 계획을 골똘히 바라보고 있었습니다. 그 메모 하나하나가 나한테 강한 인상을 부여한 여자 다리를 연상케 합니다.

처음 메모인 '한 직사각형을 서로 다른 수십 개의 정사각형으로 메울 수가 있을까?'라는 질문에 대해서 38개 이내로는 불가능하다는 조건부 해답을 기록해 두었습니다. 이때는 발육이 정지되기 바로 전의 날씬한 소녀의 맨발을 생각합니다.

다음은 트럼프 마술에서 착상한 것으로 '2진법을 응용한 자동계산기'에 관한 두세 개의 아이디어였습니다. 그때는 갈색 실크 스타킹에 깔끔히 싸여 있는 기녀의 발이 연상되었습니다.

그리고 '식용쥐', '입체현미경사진', '액체렌즈', '시간조각기', '서 있기만 하면 넘어가는 교수대', '인간계산도표' 등의 메모가 있습니다.

마지막으로 한 권의 서적이 암흑의 우주 속을 날아간다고 하는 시가 쓰여져 있습니다. 하지만 어느 것 하나 완결된 것은 없습니다. 요컨대 모든 게 공상이며 계획에 불과합니다. 그래서 난 이 수첩을 **아직 잡지는 않았지만 앞으로 잡을 너구리 가죽으로 만든 수첩**이라고 불렀습니다.[3]

그때 문득 고개를 들어보니 이상한 짐승이 앞에 보였습니다. 고양이치고는 털이 길고, 개라고 하기에는 꼬리가 너무 굵고, 여우도 아니고 이리도 아닙니다. 물론 쥐도 호랑이도 아닌 아주 낯선 동물이었습니다.

그 녀석은 아카시아 수풀 아래 가만히 앉아 이쪽을 보고 있었습니다. 내가 매섭게 노려보아도 좀처럼 눈을 피하지 않고, 빛나는 커다란 눈으로 한층 강하게 보고 있었습니다. 난 불안해졌습니다. 인육에 굶주린 맹수라고는 생각되지 않지

---

3) 왜냐하면 떡 줄 사람은 생각하지도 않은데 김칫국물부터 마시는 격으로, 아직 너구리를 잡지도 않았는데 앞으로 너구리를 잡아 그 가죽으로 만들겠다는 이야기다. 이것은 속담에서 인용한 관용구로 공상이나 계획은 비록 실현되지 않더라도 마음대로 생각할 수 있다는 데서 그렇게 이름 붙여진 것이다.—옮긴이 주

만, 동물원에서 막 도망쳐 나온 동물로 인간에게 원한을 품고 있을지도 모른다는 생각이 들었습니다. 쉿하고 작은 소리로 쫓아 보았지만 도망갈 낌새는커녕 조용히 일어나 이쪽을 향해 걸어오고 있습니다. 순간 난 당황했습니다. 그러나 잘 보니 별로 해를 줄 것 같지는 않아 동정을 살피기로 했습니다. 만일의 경우에 대비해서 주머니 속에서 해군용 칼날을 세웠습니다.

동물은 시치미를 뗀 얼굴로 천천히 다가왔습니다. 내게서 다섯 발자국 정도의 위치에서 섰습니다. 즉 아침햇살에 길게 늘어난 내 그림자의 머리 부분에 서 있었습니다. 그러다가 갑자기 그 동물이 격렬히 몸을 움직였습니다. 이를 드러내고 지면에 달라붙는 것이었습니다.

뭔가를 입에 물고 질질 끌어올렸습니다. 그건 내 그림자였습니다. 그 동물은 내 그림자를 지면으로부터 벗겨낸 것입니다. 그래서인지, 그때 그림자가 희미하게 비명을 지르며 도움을 요청하듯 몸부림쳤다는 걸 느꼈습니다. 지나치게 예민한 탓일까요.

난 동물과 함께 사라지는 내 그림자를 향해 덤벼들었습니다. 하지만 나보다 빨리 동물이 몸을 날려 나무숲 속으로 도망쳤습니다. 야생동물의 민첩함. 그 뒤를 쫓는 건 시간 낭비였습니다.

난 그저 멍하니 선 채로 꼼짝할 수 없었습니다…… 아니, 그 모습을 여기서 깊이 파고들어 얘기하는 것은 오히려 진실을 놓쳐버리는 일일 것입니다. 상상해 보세요. 잠시 동안 나는 뇌의 반을 깎아내린 것 같은 공백감에 그저 멍하니 서 있을 뿐입니다.

3. 아파트로 돌아갈 때까지의 사건.
투명인간이 되어 거리를 질주한 일.
경찰이 출동한 일.

내가 있는 쪽으로 다가오는 발소리가 들렸습니다. 젊은 남녀의 얘기 소리도 들렸습니다.

난 서둘러 그늘로 들어갔습니다. 그리고 생각했습니다. 생각하기에 따라선 행운아라고 해야 할지도 모릅니다. 만일 잃어버린 게 그림자가 아니라 코나 귀나 얼굴이었다면 어떻게 되었을까요. 절대로 속일 수가 없는 일입니다. 하지만 내가 잃어버린 건 그림자입니다. 이렇게 응달에 있기만 하면 누구도 알아차리지 못할 것입니다. 게다가 그림자라는 게 무슨 소용이 있을까요. 애들이라면 그림자밟기 놀이에 필요하겠지만 요컨대 난 어른입니다. 사실, 그림자 따위는 무용지물입니다.

남자와 여자는 연인 사이인 것 같습니다. 두 사람은 제각기 무언가 생각에 몰두해 있었습니다. 사무실에서 막 뛰쳐나온 것처럼 보였습니다. 오전 10시, 잘 어울리는 연인들, 두 사람은 불꽃처럼 빛났습니다.

냉정한 마음, 냉정한 마음…… 되풀이하면서 난 어느새 여자 다리에 시선이 가 있었습니다. 그렇게 하면 그림자가 없다는 사실을 잊을 수 있을지도 모른다고 생각했습니다. 여자의 다리는 언제나 나를 여자의 내부로 한 걸음 깊숙이 파고들게 하여 원초적인 결합 속에서 자신의 존재를 확실히 해줍니다. 아름다운 다리는 아름답게, 미운 다리는 미운 대로 내 삶의 (존재) 방정식이었습니다. 그런데 어찌된 걸까요. 좀 다리가 짧다고 생각한 후로는 난 그 다리 속으로 들어갈 수가 없었습니다. 다리는 내게 있어서 돌보다도 무의미했습니다. 어느새 난 한 쌍의 두 사람의 긴 그림자에 매달리듯이 넋을 잃고 바라보았습니다.

내 눈과 그 여자의 눈이 흘낏 마주쳤습니다. 여자는 갑자기 격렬하게 어깨를 떨며 숨을 들이쉬었습니다. 그 숨이 목구멍 안까지 늘어가 낮은 절규로 변해 핏기가 가시더니 남자 어깨로 쓰러지듯 기댔습니다. 동시에 남자가 얼굴을 들어 나를 바라보았습니다. 남자도 괴성을 지르며 여자와 함께 지면에 털썩 주저앉고 말았습니다.

예기치 않은 일이 벌어진 만큼, 두 사람의 괴성으로 자신을 방어하기 위해 손으로 얼굴을 가리려고 했습니다. 그런데 그 손이 투명하다는 걸 발견했습니다. 당황해서 다른 한쪽도 살펴보니, 그 손 역시 투명하여 없는 것처럼 보였습니다. 난 보이지 않는 양손을 가지런히 쭉 바라보았습니다. 유리보다도 투명하여 맞은편 풍경이 그대로 비쳐 보이는 것입니다. 서로 비벼보자 손은 확실히 거기에 있다는 걸 알 수 있었습니다. 다시 한 번 손을 나란히 쳐다보자 공포가 그 보이지 않는 손안에서 점점 퍼져 가는 걸 느꼈습니다.

셔츠 소매를 걷어 올려보니 팔도 완전히 투명했습니다. 가슴을 벌려보자 가슴도 투명했습니다. 바지를 걷어 올려보니 다리도 투명했습니다. 얼굴은 볼 수 없었지만, 아마 얼굴도 투명해져 있음이 틀림없을 것입니다.

난 투명인간이 된 것입니다!

생각해 보건대 난 그림자를 잃어버렸습니다. 그림자가 없는 한, 그림자의 원인인 육체가 사라지는 것은 당연하겠지요. 원인과 결과가 반대인 것 같은 생각도 들었지만, 그런 탐색을 할 여유는 없었습니다. 잃어버린 게 아무 쓸모없는 그림자뿐이어서 얼마나 낙관적으로 안심을 하고 있었던가. 그림자와 함께 그림자의 원인도 잃어버리고 만 것입니다. 아니 빼앗겨버리고 만 것입니다. 그늘도, 밤도 더 이상 나를 숨겨주지 못합니다. 난 절규하고 말았습니다. 뜻밖에도 원시림의 원숭이와 같은 긴 부르짖음이었습니다.

그 절규에 두 연인은 의식을 되찾고 앞을 다투어 도망쳤습니다.

난 즉시 옷을 벗고 알몸이 되었습니다. 이렇게 하면 누구의 눈에도 띄지 않을 것입니다. 하지만 벗은 옷을 어떻게 갖고 돌아가는가가 걱정이었습니다. 둘둘 말은 옷 뭉치가 하늘을 날고 있는 걸 보면 사람들은 어떻게 생각할까요. 그렇다고 버리고 갈 수도 없는 일입니다. 단 한 벌뿐인 여름 양복입니다. 마음이 초조해지자 좋은 아이디어도 떠오르지 않았습니다. 그저 상황에 맞게 해결하기로 했습니다. 막상 해보면 생각보다 쉬운 법이니까요. 잽싸게 옷과 구두를 뭉쳐서 겨드랑이에 끼고 뒷골목을 향해 뛰어갔습니다.

마침 러시아워가 끝난 시각입니다. 다행이었습니다. 특히 이 시각에 사람의 왕래가 없는 거리가 있다는 것이 생각났습니다. 나는 비교적 거리의 구석구석까지 잘 알고 있습니다. 어느 거리로 가면 사람을 만나지 않을 수 있을지 바로바로 떠올랐습니다. 그러나 그건 불과 몇 분에 지나지 않습니다. 자, 서두릅시다. 아파트까지는 아무리 달려도 30분은 걸립니다.

빌딩 골짜기를 쏜살같이 달렸습니다. 도시를 따라 이어지는 공장지대를 필사적으로 달려갔습니다. P거리를 지나 W거리를 지났습니다.

앞으로 세 블록만 지나면 됩니다. 그런데 길모퉁이에서 맞은편에서 오는 한 무리의 소년들과 마주치고 말았습니다. 난 서둘러 옷을 지면에 내려놓고 소년들이 지나가길 기다렸습니다. 소년들은 옷 뭉치를 발견하자 지나가려다가 멈추었습니다. 아차, 망했구나! 그 순간 한 소년이 손을 내밀었습니다. 난 당황하여 옷 뭉치를 조금 치워 놓았습니다. 소년이 깜짝 놀라 뒷걸음질쳤습니다.

"아니, 이 옷이 움직였어."

"뭐, 움직였다고? 바보 같은 소리 하지 마."

다른 소년이 옆에서 손을 내밀었습니다. 할 수 없이 난 다시 옷을 잡아끌었습니다.

소년들이 황당하다는 듯 몰려들어 옷 뭉치를 에워쌌습니다. 대담한 녀석 하나가 결심한 듯 다가왔습니다. 난 갑자기 옷 뭉치를 휘둘러 보였습니다.

소년들의 놀란 표정은 이루 다 말할 수 없을 정도였습니다.

그때 한 소년이 앗 하고 소리를 지르며 손으로 내 얼굴 쪽을 가리켰습니다. 확실히 내 얼굴 쪽이었습니다. 소년들은 동시에 제각기 외마디 소리를 내면서 미친 듯이 도망갔습니다.

왜 그랬을까? 뭔가 내 얼굴에 아직 사라지지 않고 남아 있는 것이 있는 걸까?

미심쩍었지만, 마냥 주저하고 있을 때가 아니어서 난 서둘러 그 자리를 떠났습니다.

L거리 모퉁이까지 왔습니다.

단골가게인 담배 가게가 보였습니다. 쇼윈도에 얼굴을 비춰 보았습니다. 난 하마터면 큰 소리를 지를 뻔했습니다. 내 얼굴에서 사라지지 않고 남아 소년들을 놀라게 한 것은 바로 눈알입니다. 박물관에 있는 표본처럼 투명한 얼굴 속에서 눈알만이 공중에 떠 있는 것입니다.

안쪽에서 문이 열리고 아가씨가 나왔습니다. 그 아가씨

는 나를 좋아하고 있어서 밤에는 시를 배우러 와서는 밤늦게까지 시를 배우고 돌아가곤 했습니다. 그 대가로 난 아가씨의 다리를 넋을 잃고 볼 수가 있었습니다. 다행히 아가씨의 다리는 아름다워서 내 마음에 들었습니다.

한순간 그녀의 눈과 내 눈이 마주쳤습니다. 그녀의 몸이 돌처럼 굳어졌습니다. 그리고 좌우로 가볍게 흔들었습니다. 그리곤 행복한 미소가 그녀의 눈 주위를 에워쌌습니다. 난 그녀가 언제나 미치광이가 되고 싶어 했던 걸 떠올리며 서둘러 그곳을 떠났습니다.

여기서부터 아파트까지는 길만 좋으면 충분히 1분 이내로 갈 수 있는 거리입니다. 그런데 공교롭게도 도로 공사가 한창이라 도로 가득히 돌멩이가 깔려 있어 맨발로 걷기 힘든 조건이었습니다. 간신히 반 정도 왔을 때 저쪽에서 개를 데리고 오는 아주머니가 보였습니다. 재수 없는 날이라 생각했습니다. 난 근처의 집안으로 대피할 모양으로 주위를 돌아보자, 뒤에선 몇 명의 경찰들과 함께 있는 소년들이 보였습니다. 그 때 얼마나 간담이 서늘해졌는지 모르겠습니다.

옷 같은 건 이제 아무래도 좋습니다. 내버리고 도망치려고 했습니다. 그러나 개가 나를 발견하고 말았습니다. 난 자포자기한 듯 옷을 휘두르고 돌을 주워 내던졌습니다. 그 아주머니는 그만 기절해 버리고 말았습니다.

경찰들이 나를 발견하자 날카로운 호루라기 소리가 울려퍼졌습니다.

난 발바닥이 까지는 것도 상관하지 않고 뛰었습니다. 개는 겁이 많아서 멀리 떨어져서 짖고 있을 뿐입니다. 그러다가 얼마간 뒤쫓아 오다가, 기절한 아주머니 쪽으로 돌아갔습니다. 난 일부러 아파트 옆을 지나 옆쪽 담을 넘어 뒷문으로 들어갔습니다. 운 좋게 방에 들어갈 때까지 그 누구에게도 발각되지 않았습니다.

밖에선 호루라기 소리가 연거푸 들려왔고, 경찰차까지 동원된 모양입니다. 그러나 나를 찾아내는 건 힘들 것입니다. 두 마리 등에와 같은 눈알만이 단서가 될 테니까요.

끝까지 숨어 있을 자신이 있었기 때문에 조금도 두렵지 않았습니다. 그 대신 보이지 않는 몸을 침대에 내던지자 공중에 뜬 눈알에서 끝없이 눈물이 흘러내렸습니다. 난 이대로 눈알이 녹아버리면 좋을 텐데 하고 생각하면서, 눈물이 흐르도록 놔두었습니다. 겨우 눈물이 마를 즈음에 경찰들도 철수한 듯 밖은 조용했습니다.

4. 그림자에 관한 고찰. 기계를 조종하는 천사들.

밤은 점차 나를 안정시켜 주었습니다. 사라져버린 나의 윤곽 대신 벽이 피부의 역할을 해 주었습니다.

좀 진정이 되자, 난 이들 사건을 논리적으로 고찰하고 판단하여, 앞으로의 해결 방침을 세워야 한다는 생각이 들었습니다.

우선, 그 동물의 정체를 밝혀내야만 합니다. 그런데 그림자를 먹는 동물이 이 세상에 존재한다는 건 실로 놀라울 일이 아닐 수 없습니다. 도저히 나만의 추리로는 해결할 수 없어서, 누군가 저명한 동물학자에게 문의하려고 합니다. 하지만 만일 그가 그 존재를 부정하면 어떻게 하죠? 실제로 있을 수 있는 일입니다.

흔한 동물이 아님은 분명합니다. 웃음거리가 될 가능성도 있습니다. 왜냐면 그림자는 물질의 결과에 불과한 것이며, 물질 그 자체는 아닙니다. 그걸 먹는다고 하는 건 물질계의 법칙에 위배되는 것이며 과학자들에겐 인정할 수 없는 일임에 틀림없기 때문입니다…… 하지만 이 사실은 법칙 이상으로 물질적이지 않은가요. 그렇습니다. 사실 난 그 동물의 피해자로서 여기에 존재하는 것입니다. 이건 아주 가망이 없다고는 할 수 없습니다. 나는 그들이 인정하지 않으면 전체 동물학계에 대해 항의를 할 것입니다. 동물도감에 이 새로운 동물의 이름을 등록할 것을 요구하고(물론 내가 명명하는 것이죠. 즉시 도서관에 가서 라틴어 사전을 찾아볼 겁니다!), 그리고 동물학의 근본 개념을 개선하지 않으면 안 될 것입니다.

하지만 이건 단순히 동물학의 문제만은 아닐지도 모릅니다. 이 사실은 물질 개념의 혁신이 아닐 수 없습니다. 그리고 나아가 물질의 인과 관계의 혁신일 것입니다.

문득 짚이는 데가 있습니다. 어쩌면 난 새로운 우주 법칙을 몸소 체험한 사람임에 틀림없습니다. 난 새로운 우주 이론의 발견자일 것입니다.

한순간 나는 정복자의 위치에 서서 거대한 파노라마를 내려다보자 심장이 두근거리며 응결되어 지구가 된 것처럼 느껴졌습니다.

그러나 난 그 영웅적인 자기 자신의 모습을 상상할 수 없어서 실망했습니다. 자신이 투명인간이라는 사실을 떠올렸기 때문입니다.

어떻게든 해야만 한다고 생각했습니다. 그 동물은 도대체 어디로 도망쳤을까? 공원 안에 있는 숲속 어딘가에 숨어 있

을까, 아니면 거리로 나갔을까? 어느 쪽이든 간에 대도시에서
는 머지않아 누군가에게 잡혀 사람들의 입에 오르내릴 것이
분명합니다. 걱정이 되는 건 그 맹수가 내 그림자를 물어가
버리기만 했는지, 아니면 먹어 치워 버렸는지 하는 문제입니
다. 물어가 버린 것만이라면, 어딘가에 내버려 두지만 않았다
면, 동물만 잡으면 바로 찾을 수 있을 게 틀림없습니다.

　하지만 먹어치웠다고 한다면…… 잠깐, 이 경우도 역시 문
제는 두 가지입니다. 하나는 그림자가 소화되지 않고 그대로
내장에 남아 있는 경우와 또 하나는 벌써 소화된 경우입니다.
나중의 경우는 문제가 됩니다…… 좋습니다. 그 경우에도 해
결 불가능한 건 아닙니다. 생물학적으로 혹은 심리학적으로
그 동물을 연구하면 그림자의 소화 과정을 알 수 있을 것입니
다. 그러면 그 과정을 역으로 거슬러 올라가 그림자의 합성,
혹은 추출 또한 가능하지 않을까요.

　그래요, 이건 발견입니다! 우주 법칙보다 우수한 발견일지
도 모릅니다. 그림자의 구조나 성분, 성질이 해명된다면 인간
은 자유롭게 그림자를 떼었다 붙였다 할 수 있게 됩니다. 그
러니까 자기 마음대로 투명해지거나 다시 원상태로 되돌아올
수도 있게 되는 셈입니다. 원상태로 돌아올 수 있다면 투명해

지는 건 전혀 불편하지 않을 겁니다. 오히려 흥미로운 일입니다. 즐거운 일입니다.

그러나…… 이 생각엔 한 가지 걱정이 있다는 걸 깨달았습니다. 떨어진 것이 다시 원상태로 달라붙는다는 보장은 없습니다. 깨진 유리나 사기그릇이 다시 붙는 걸 보았는가 말입니다! 난 몹시 불안해졌습니다. 설마 풀로 붙이거나 납땜질을 하거나 호치키스로 박을 수 없는 것일까요? 하지만 그 문제도 해결이 간단하다는 걸 깨닫고 안심했습니다. 별것 아닙니다. 깨진 유리가 왜 붙지 않는지 논리적으로 생각하면 쉽게 이해할 수 있습니다. 그건 분자 간의 인력의 범주에 들어가는 문제가 아닌 것입니다. 따라서 열을 가함으로써 그 범위를 넓히면 붙일 수 있습니다. 그림자에게 열을 가하면 됩니다. 열로 안 되면 그것을 대신하는 물리적 혹은 화학적 방법을 틀림없이 발견할 수 있을 것입니다.

무엇보다도 그렇게 해서 얻어진 그림자가 완전히 이전 상태의 그림자가 아니라는 것도 충분히 납득할 수 있습니다. 그 경우 얼마간 변형된 그림자로부터 재형성된 육체는 역시 원래의 것과는 조금 다를지도 모릅니다. 그 관계를 논리적으로 파악할 수 있다면, 우리는 자유롭게 자신이 희망하는 대로 새로운 육체를 획득할 수 있지 않을까요……(이 생각은 나를 다시 몰두하게 만들었습니다.)

굉장합니다! 그렇게 되면 세계의 유행은 이제 복장 따위가 아니라 육체 그 자체의 스타일입니다. 난 커다란 공장을 차리겠습니다. 그곳에서 취향에 맞는 육체를 새롭게 재형성합니다. 그렇게 된다면 전 세계에 있는 인간이 모조리 천사처럼 아름다워질 것입니다. 이 얼마나 황홀한 꿈일까요.

게다가 문제는 그것만으로 끝나지 않습니다. 인간의 육체가 가변적이라면 그것에 부수되는 각종 인간 관계도 가변적이 됩니다. 따라서 소유권이라는 것도 소멸하게 되고 개인의 관념이라는 것도 소멸되고 맙니다. 이 얼마나 놀랄 만한 세계입니까. 완전한 자유입니다. 완전한 그리고 영원한 재분배입니다. 평등한 사회에 천사와 같은 인간!

문득 나는 프라 안젤리코의 천사들이 공장에서 그들 자신의 눈에 보이는 후광과도 같은 노래를 부르면서 기계를 조작하고 있는 장면을 그려보았습니다. 너무 행복한 나머지 숨이 막힐 것 같습니다.

제정신이 들자 난 그림자 연구를 하기 시작했습니다. 그림자의 본질만 규정되면 굳이 그 동물에 구애받지 않고 합성법에 의해 해결할 수 있다고 생각했기 때문입니다. 게다가 이런 기쁨이 눈앞에 있는데 번거로운 일을 할 기분이 들지 않았습니다.

난 먼저 책상 그림자를 대상으로 시험해 보았습니다. 어떻게든 그것을 벗겨내려 했습니다. 깎아내기도 하고, 물에 적셔보기도 하고, 문지르고, 잡아보기도 하면서 각종 방법을 시도했습니다. 바보같이 보일지도 모르지만 의외로 그런 곳, 그러니까 남들이 하려고도 하지 않는 일에 문제의 해결책이 있을지도 모릅니다. 그리고 난 그것을 믿습니다. 하지만 역시 헛수고였습니다. 손가락이 붉게 부어올랐고…… 아니, 그건 거짓말입니다. 내 손가락은 투명하여 빨갛게 부어오를 리가 없습니다. 하지만 투명하지 않았다면 틀림없이 그랬을 거라는 생각이 들었습니다. 그리고 손톱이 벗겨질 뻔했던 것도 그랬습니다.

낙담이 컸습니다. 그런 연금술적인 신념에 사로잡힌 걸 스스로 조소하였습니다. 역시 그림자를 벗겨내기 위해선 독자적인 방법 즉, 그림자의 본질에 맞는 방법이 필요하다는 것을 뼈저리게 깨달았습니다. 결국 다시 원상태로 돌아와 그 방법을 실천한 그 동물을 잡는 것 외에는 달리 방도가 없다고 생각했습니다.

난 갑자기 초조해지기 시작했습니다. 어떻게 잡아야만 할지, 만일 어딘가에서 잡혔다면 그걸 잡은 사람과는 어떻게 연락을 해야 좋을지 모르겠더군요.

그때, 관리인 안주인이 계단 입구에서 건물 안까지 모두들릴 수 있도록 외치는 소리가 들렸습니다.

"잠깐 여러분, 투명인간이 이 근처로 도망쳤다고 합니다. 눈알만 보인다고 합니다. 경찰 두 사람이 아래서 망을 보고 있으니까, 뭔가 일이 생기면 즉시 연락해 주십시오."

동시에 두세 개의 문이 열리고 안주인을 둘러싸고 수군수군하며 모여들어 호기심에 상기된 얼굴로 내 소문을 전하느라 들떠 있었습니다.

이때 과감하게 내 신분을 밝힌다면 어떨까요? 여러분, 실은 내가 바로 투명인간입니다. 실은 여차여차한 사정으로 이렇게 된 겁니다. 내가 난폭하지 않다는 것은 여러분이 여러해 동안 사귀어 왔으니 잘 아실 겁니다. 그런 건 전적으로 오해와 추측에 불과합니다. 제발 내 증인이 되어 나를 습격한 짐승을 잡는 일에 협력해 주십시오.

그래요. 이게 타당한 방법일지도 모릅니다. 한순간의 수치심이 결국 이 세계를 천사의 세계로 만들게 됩니다. 난 과감히 문손잡이를 잡았습니다.

동시에 세 발의 총소리가 났고, 계속해서 사람들이 뛰어가는 소리, 잠시 후 안주인의 날카로운 목소리가 들렸습니다.

"경찰이 등에가 날고 있는 것을 보고, 투명인간의 눈알로 착각을 했다는군요. 하지만 착각이든 뭐든 상관없으니까, 그런 생각이 들면 사살해 버렸으면 좋겠어요. 없어지기 전까지는 걱정이 되어 일도 손에 잡히지 않아요. 정말 무서워요. 무서워."

난 방에서 나갈 용기를 잃고 말았습니다. 그리고 나 자신까지도 투명한 자신의 육체에 대해 섬뜩한 공포를 느끼기 시작했습니다. 그렇습니다. 난 기괴한 존재입니다. 노트르담의 괴물보다도, 외눈박이 녀석보다도, 달리의 인간 기구보다도 더 공포에 찬 존재인 것입니다. 사람들은 내 호소도 듣기 전에, 본 것만으로도 기절하거나 발광할 것입니다. 안 됩니다. 나서서는 안 됩니다. 다른 방법을 생각해 내야만 합니다……

난 몹시 애가 타서 창가에 섰습니다. 거리엔 경찰 두 사람이 사거리에 서서, 한 사람은 담배를 물고, 또 한 사람은 불을 붙이려 하고 있었습니다. 하지만 웬일인지 불이 붙지 않는 것입니다. 경찰들은 거의 침착성을 잃었습니다.

난 그것을 보자 한층 마음이 무거웠습니다. 나의 이 우주적이라고 해도 좋을 커다란 체험도 속물들의 손에 걸리면 저렇게 보기 흉한 동물적인 공포로 변해 버리다니요! 난 역사가 말하는 많은 시인이나 예언자에 대한 박해를 떠올렸습니다. 진리에 대해선 대중은 언제나 완고한 벽이었습니다.

문득 생각이 나서 광석(鑛石)라디오의 리시버를 귀에 대보았습니다. 이런 상황에서 광석라디오라니……하고 비웃을 분도 있겠지만, 어쨌든 시인은 뭐든 시대에 뒤떨어진 것에, 아니 그것이 당초에 갖고 있던 경이와 신선함을 잊지 못하고 언제까지나 집착과 매력을 느끼는 법입니다. 그래서 모든 진정한 시인이 아직껏 광석라디오를 처분하지 못한 이유입니다. 라디오에서는 마침 마라토흐의 유령이라는 음악이 흘러나오고 있었습니다. 광석에서는 저음부가 완전히 지워져 버리기 때문에, 그것은 마치 죽은 어머니가 히스테리 발작 후 흐느껴 우는 소리 같았습니다. 잠시 후 벨이 울리자 음악이 멎고 예기했던 임시 뉴스가 들어왔습니다.

──임시 뉴스를 보도하겠습니다. 임시 뉴스를 보도하겠습니다. 조금 전에 전해 드린 바와 같이 투명인간의 출현은 온

거리에 화제가 되고 있습니다만, 이에 대해 당국 관계자가 각 방면의 전문가에게 자문을 구한 의견을 종합해서 전해드리겠습니다. 우선 국립대학교수이며 세계생물학회 회장인 H박사의 말에 의하면, 이 투명인간은 화성인 내지는 목성인으로 우리들을 습격해 올 가능성이 상당히 농후하다고 합니다. 그러나 그 이상은 현재 아직 공식 발표 단계에 이르지 않았다는 의견이었습니다. 다음으로 공중위생학의 권위자인 U박사의 의견입니다. U박사는 투명인간은 실존하는 것이 아니라 투명인간 과대망상증이라고 할 만한 일종의 정신적인 전염병이라고 생각할 수도 있다는 것입니다. 마지막으로 국무장관 N씨의 의견으로는 각종 정보를 종합해 보건대, 이건 S국의 침략임이 거의 확정적이라는 것입니다. 이미 수개월 전, S국에선 투명인간 제작을 완성했다고 하는 정보를 입수한 적이 있습니다. 또한 최근 현저히 증가한 미궁에 빠진 흉악무도한 사건도 이와 같은 맥락에서 생각해 본다면 해결될 것이라는 의견이었습니다. 당국에선 특히 N씨의 의견을 중시하고, 팔방으로 탐색의 손을 뻗치고 있지만, 시민 여러분도 자진하여 이에 협력해 주셨으면 합니다. 또 문단속을 엄중히 하여 만일의 경우를 대비하여 경계를 게을리 하지 않도록 주의하시기 바랍니다. 마지막으로 방금 들어온 뉴스를 전해 드리겠습니다. 오후 4시 40분에 S거리에 있는 화약 창고에서 큰 폭발이 일어났습니다. 피해 상황은 아직 정확히 알 수 없습니다만, 상당히 광범위하게 퍼질 것으로 보이며, 현재 200여명의 특수대원이 편성되어 출동하였습니다. 그쪽 관계자에 의하면 투명인간에 의한 계획적인 범행일 가능성이 있다고 보고 있는 것 같습니다. 이상으로 임시뉴스를 마치겠습니다. 계속해서 마라토흐의 유령을 보내드리겠습니다.

아나운서의 목소리가 끝나고 다시 히스테릭한 울음소리가 들렸습니다.

아아, 이 얼마나 빈약한 상상력인가. 이것이 소위 세간에 존경받는 지식인이라고 불리는 자들의 사고의 한계입니다. 내가 꿈꾸는 신체 개조와 비교하면 얼마나 큰 차이가 나는지 알 것입니다. 도대체 이런 사람들에게 어떤 협력과 무슨 이해를 기대할 수가 있겠습니까.

난 절망한 나머지 조금도 과장됨이 없이 말 그대로 죽어버리고 싶어졌습니다. 의지할 수 있는 건 나 자신뿐입니다. 그러나 이 넓은 세상에서 나 혼자서 어떻게 그 짐승을 찾는단 말인가요. 난 자포자기하여 리시버를 잡아떼어 바닥에 내동

댕이쳤습니다. 라디오 같은 건 두 번 다시 듣지 않겠다고 다
짐하면서 발에 상처가 나는 것도 상관없이 밟아 부쉈습니다.

기계를 조정하는 천사들의 그림은 어느새 천사를 박해하
고 있는 그림으로 변해버렸습니다.

5. 꿈

거리는 온통 불바다입니다.

그 불꽃은 풀과 꽃, 그리고 서리 모양을 한 빨간 결정체로,
집의 창문과 벽 사이의 갈라진 틈에서 솟아 나오고 있었습니
다. 뿐만 아닙니다. 우왕좌왕 기어 돌아다니는 인간의 코와
입, 눈에서도 종기처럼 돋아나 한들한들 흔들리고 있습니다.

그 위를 수많은 내가 날아다니고 있습니다. 왼손엔 횃불을,
오른손엔 칼을 쥐고 악마처럼 큰 소리로 울부짖고 있습니다.

그러나 그건 진짜 내가 아니었습니다. 가짜였습니다.

진짜 나는 그 사이사이를 한 장의 소장(訴狀)이 되어 나풀나
풀 날고 있습니다. 지금까지 일어났던 모든 사건의 경위와 그
것에 대한 내 의견이 상세하게 적혀 있었습니다. 그런데 어찌
된 일인지, 그 소장은 백지였습니다.

가짜인 내가 진짜인 나를 알아보았습니다. 그리고는 내 위

에 '사형'이라고 썼습니다. 이어서 다른 가짜 한 사람이 똑같이 '사형'이라고 썼습니다. 그러자 차례로 전달되어 결국엔 난 '사형'이라는 글자로 새까맣게 빈틈없이 칠해지고 말았습니다.

그때 어디선가 그 동물이 나타나 나를 먹어치워 버렸습니다.

6. 웃는 너구리. 하늘을 나는 관.

땀에 흠뻑 젖은 채 눈을 떴습니다.

몇 시인지 분간할 수 없었지만 밤이었습니다. 쥐 죽은 듯 고요했지만, 단순한 고요함이 아니라 이상하게 불안해지는 고요함입니다. 창밖에는 달이 떠 있습니다. 보름달입니다. 그 둥근 보름달도 둥근 정도는 단순한 둥근 것이 아니라 왠지 불안해 보였습니다. 모든 게 불안했습니다.

난 어둠 속에 서서 나도 모르게 중얼거렸습니다.

"가야 할 길은 단 하나다. 짐승 찾아 삼만리!"

갑자기 견디기 힘든 고독감에 휩싸여 빙글빙글 방안을 돌아다니면서 이번엔 이렇게 외쳤습니다.

"죽어라. 죽어라. 죽어라……"

그러자 육체를 잃어버렸다고 하는 실감이 격렬하게 내 심장을 꽉 조였으며, 그 압력이 콕콕하고 코로 와서 강하게 눈물샘을 자극했습니다. 그러나 눈물은 흐르지 않고, 그 대신 커다란 재채기가 나왔습니다.

난 선반에서 망원경을 꺼냈습니다. 시인이라면 누구나 갖고 있는 수제품 천체 망원경입니다. 마음을 진정시키는 데는 최상의 기계입니다. 이걸로 별을 바라보고 구름을 보고 특히 거리를 지나가는 여자들의 다리를 쳐다보는 건 신나는 일입니다. 염라대왕의 모자를 쓴 페르세우스처럼 상대방이 눈치채지 않도록 살짝 옆에 가서 깜짝 놀라게 하려는 모습을 손바닥 보듯이 바라보는 것은 묘한 흥분조차 수반되는 기쁨입니다.

아무것도 볼 대상이 없을 때도 담장 사이로 갈라진 틈이나 길가에 나 있는 마른 풀, 바람에 날리는 휴지 따위를 시간이 가는 것도 잊어버리고 바라보곤 했습니다. 시선만이 존재한다는 해방감을 맛보는 일은 공원 벤치에서 떡 줄 사람은 생각하지도 않는데 김칫국을 들이키는 것과 같이 헛물을 켜는 일과 함께 빠뜨릴 수 없는 매일매일의 습관 중 하나입니다.

육체가 상실됐다는 불안함에서 벗어나기 위해 무의식중으로 육체를 지워버리고 기쁨을 느끼려는 그 습관을 생각해

냈음에 틀림없습니다.

별이 보입니다.

차츰 불안함과 슬픔이 누그러져 가는 것만 같았습니다. 난 언제까지나 계속해서 바라보고 있었습니다.

문득 별들 사이에서 점차 이쪽으로 다가오고 있는 물체를 발견했습니다. 혜성치고는 너무 빨랐고 유성치고는 너무 느렸습니다. 이윽고 그게 별이 아니라, 지구에서 그리 멀지 않은 곳을 날고 있는 물체임을 확인했습니다.

그것은 똑바로 내 쪽을 향해 날아왔습니다. 그것은 상자입니다. 장방형의 잠수함 크기 만한 상자였습니다.

위에 누군가가 올라타고 있습니다.

더욱 가까워졌을 때, 그것이 다름 아닌 그 짐승이라는 사실에 놀랐습니다. 그 녀석이 말을 타듯이 상자에 걸터앉아 정면에서 내 쪽을 보면서 히죽히죽 웃고 있었습니다. 더부룩한 갈기수염이 바람에 나부껴 지옥을 상징하는 요괴처럼 보였습니다. 특히 그 웃음은 나를 기분 나쁘게 만들었습니다. 이상한 나라의 앨리스는 고양이가 웃는 걸 보고 놀랐습니다만, 다윈은 짐승이 웃는 걸 증명했습니다. 그러므로 생각하기에 따라서 이상하지 않을 수도 있었지만, 역시 좋은 기분은 아니었습니다.

난 가슴이 불규칙적으로 울렁거려 숨이 답답해졌습니다. 짐승이 나타났다고 하는 안도감과 함께 짐승을 붙잡을 수 있다는 희망, 그리고 그 짐승이 도중에 방향을 바꿔 다시 어디론가 가 버릴지도 모른다는 불안감에 정신이 이상해질 것만 같았습니다. 이미 놀라움이라는 감각에는 마비되어 버렸는지 상자가 날고 있다는 사실과 이상한 짐승이 그 상자에 타고 있다는 동화적인 사건에는 이미 아무런 느낌도 갖지 못했습니다. 단지 상자가 방향을 바꾸지 않고 똑바로 내 쪽으로 날아와 주기만을 바랄 뿐이었습니다.

뭔가 상자에 글자가 새겨져 있는 게 보였습니다.

K. Anten's coffee

안텐의 커피? 뭐, 내 커피라니?

난 그만 놀라고 말았습니다. 도대체 뭐라는 거지. 내 커피라고 하기엔 상당히 많은 커피입니다. 대충 어림잡아도 500 파운드, 값으로 친다면 4,000만원 정도 상당입니다. 그런데 이걸 어쩌자는 걸까요? 그림자를 물어간 보상으로 주기라도 할 작정일까요? 아무리 그래도 그건 너무 지나칩니다. 설령 전 세계의 커피를 모두 갖고 와도 커피는 커피에 불과할 뿐입니다. 한 잔의 차와 전 세계를 바꾸어도 좋다고 누군가가 말했지만, 물론 그것도 좋을 것입니다. 하지만, 그건 전 세계이지 자신의 육체는 아닙니다. 난 그런 거래에 응할 마음은 손톱만큼도 없습니다. 하지만…… 곰곰이 생각했습니다. 절대로 싫은 내색은 하지 말자. 기꺼이 응하는 것처럼 행동하자. 그리고 방심한 틈을 타서 불시에 잡는 거야.

하지만 다음 순간, 난 상자에 쓰인 글씨를 잘못 읽었다는 사실을 깨달았습니다. 마지막 두 글자는 ee가 아니라 in인 것입니다. 따라서—

K. Anten's coffin (K. 안텐安天의 관)

"개자식, 커피는커녕! 안텐의 관이라고? 저 녀석은 영구차를 타고 나를 데리러 온 거야. 모욕도 한도라는 게 있지. 저걸 어떻게 해치우지. 누가 탈 줄 알아. 바보 취급하지 마라."

난 그만 흥분해서 소리를 질렀습니다.

그러나 동시에 마음 한구석에서 또 다른 생각이 일었습니다.

(그림자가 엷다고 하는 것은 죽음이 가까워졌다고 하는 의미다. 그렇다면 그림자가 없다는 건 죽었다는 것이 아닌가. 그렇다면 난 이미 죽은 것과 다름없네. 그래서 영구차를 타고 데리러 온 것인가. 날 바보 취급은 했지만, 하지만 꽤 합리적이다.)

"매우 합리적이지."

그건 분명 상자 위에 있던 짐승이 한 말입니다. 상자는 바로 가까이 와서 그곳에서 정지한 채 공중에 떠 있습니다. 짐승이 말을 하는 것도 신기했지만, 그보다 더 이상한 것은 망원경을 통해서라면 상자와 나의 거리는 보통 대화를 나눌 수 있을 정도로 가까운데, 망원경을 떼면 상자는 먼 하늘에 따로 떠 있는 한 점에 불과한 것입니다.

"넌 도대체 누구냐?"

난 불현듯 되물었습니다.

"난 네가 길러준 **잡지 않은 너구리**야."

짐승은 태연하게 말했습니다.

"그림자를 먹고 나니 어른이 되었어. 말도 할 수 있게 되었고, 봐라, 손톱이 자라서 물건을 집을 수도 있게 되었어. 감사하고 있지. 정말 기쁘군. 난 너의 충실한 하인이 될 작정이다. 약속대로 뭐든지 네가 원하는 대로 할 작정이야."

"내 희망은 그림자를 돌려주고, 네가 사라져 주는 거야."

난 격렬한 어조로 대꾸를 했습니다.

"말도 안 돼."

너구리가 소리 내어 웃었습니다.

"히히히. 네 희망은 지금부터 관을 타고 바벨탑으로 가는 거겠지."

그 웃음은 꿈속에 나타난 또 다른 가짜 나의 웃음과 똑같았습니다. 그 일치는 불쾌했습니다. 내 자신이 그런 웃음을 짓는다는 걸 지금까지 모르고 있었던 것 같은 느낌이 들었습니다.

"말도 안 되는 건 이쪽이 하고 싶은 말이야. 무슨 말을 하는 건지 전혀 짐작도 가질 않아. 이제 내 그림자를 돌려줘."

"쓸데없는 말은 하지 말고, 가자. 내 행동이나 말은 모두 네가 원했던 것이 구체화된 것뿐이야. 네 자신의 기분보다도 내 말이 너 자체라고 할까. 나를 믿어라. 넌 정말로 바벨탑에 가길 바라고 있었지. 넌 모를지도 모르지만, 지금 네 신상에서 일어난 모든 사건은 모조리 용의주도한 네 공상이 그대로 실현된 것뿐이야. 말하자면, 네 노력의 결정체인 셈이지. 넌 나를 만들었고 키웠어. 네 수첩은 내 이름이 되었고, 그리고 그건 내 성장의 기록이기도 해. 결국 난 어른이 되어 독립하여 자기 자신의 의지와 행동을 갖기에 이르렀어. 난 네 그림자를 먹고 소화하여 너 이상으로 너 자신이 된 거야. 지금 난 여기에 존재한다. 또 육체를 갖고 그림자를 갖고 있어. 난 너의 의지며, 행동이며, 욕망이며, 존재의 이유이기도 해."

"그건 말장난이야."

"그렇지. 하지만 넌 말장난이 현실로 되는 것을 바라고 있었으니까……"

"그건 이론일 뿐이야. 난 분명히 언어유희에 빠져 있었지. 하지만 이 지경이 되리라고는 생각하지 못했어. 난 정말 몰랐어. 부탁한다. 정말로 몰랐단 말야."

"이상하군. 왜 이제 와서…… 내 생각으론 넌 지금 상태를 전혀 후회할 필요가 없다고 생각해. 투명해졌다는 것은 신나는 일이잖아. 일반적으로 저 사람은 그림자가 없는 사람이라고 말할 때, 뭘 의미할까? 맑고 순수한 성격의 소유자라는 뜻이 아닐까?"

"하지만 그건 **비유**일 뿐이야."

난 점점 애매한 기분이 된 자신을 북돋우며 정신 차리고, 한편으로는 불안한 나머지 아양을 떠는 어조가 되고 말았습니다.

"만일 그림자가 정말로 없다면……"

"그거야말로 바랄 수 있는 최고의 상태라고 할 수 있지. 아주 완벽한, 게다가 성격을 초월한 천사와도 같은 맑음이라고 할 수 있지."

"하지만 그림자가 엷다고 하는 표현도 있지 않은가."

"뭐, 그건 속물들의 비뚤어진 근성이지. 추접스럽다는 말을 들으면 살아 있다는 것이 추접스러운 거라고 맞장구치는 그런 심리지. 문제 삼을 거리가 못 되는 거야. 철학자 이솝이 말했어. 한 여우가 **꼬리**를 잃고 동료들에게 이렇게 말하고 다녔지. 꼬리가 없다는 것은 실로 기품 있고 더욱이 여우에게 잘 어울린다고. 그러자 동료가 말을 되받았지. 네가 **꼬리**를 잃어버리지 않았다면 그런 말은 하지 않았을 거라고……"

"넌 도대체 어느 쪽이야, 여우 편을 들려고 그 우화를 꺼낸 거지?"

"물론 **꼬리**를 잃은 여우지."

"난 그렇게 생각하지 않아."

"궤변을 지껄이는 건 그만두자. 난 하나의 사상이야. 물질화된 사상 그 자체인 것이지. 너의 일시적인 착상 따위에 일일이 상대하고 있을 수 없어. 그러나, 굳이 바란다면 다른 설명도 해주지. 잘 생각해 봐. 투명한 시인이라고 하는 말은 무엇을 의미하는지. 훌륭한 시인이라는 다른 표현이 아닌가. 예를 들어, 릴케나 발레리…… 그들이 투명했다는 것은 모든 비평가의 일치된 의견이잖아. 그뿐만 아니야. 네가 투명해지길 원했던 증거는 이밖에도 많지. 넌 페르세우스와 같은 남자가 되고 싶다고 원한 적도 있었어. 염라대왕의 모자를 쓰고 투명인간이 되어 메두사를 퇴치하러 간 페르세우스와 같은 남자가 되길 원했었지. 넌 이제 뽐내며 메두사를 퇴치하러 갈 수 있게 되었어. 틀림없이 메두사는 바벨탑에서 네가 퇴치하러 오길 기다리고 있을 거야. 또, 너는 망원경으로 무엇을 보았지? 여자가 네 앞에서 무방비 상태에서 옷을 모두 벗어버리는 것을 보고 싶어 했지? 결국 이런 식으로, 네가 투명해지고자 했던 증거는 무수히 많아. 그리고 무엇보다도 그림자에 대한 내 식욕이 네 욕망의 증명인 셈이지. 왜냐면 네 욕망이야말로 내 성장의 이유였으니까. 그래서 넌 무슨 일이 있어도 바벨탑에 가야만 해. 넌 바벨탑의 영웅이고, 내겐 너를 탑으로 안내할 의무가 있어. 자, 가자."

"하지만 내가 바라고 있다는 구체적인 증거는 어디에도 없잖아?"

그 와중에도 이러한 비합리적인 논리에 자신이 극도로 작게 느껴졌습니다. 그 불안으로 인해 난 소리까지 작아져 버렸습니다.

"구체적인 증거라고? 히히히. 이상한 말을 하는군. 내가 이곳에 와 있다는 것 자체가 확고한 증거가 아니고 뭘까. 게다가 네 경우는 증거가 없다고 생각하는 그것조차도 하나의 유력한 증거야. 그건 바로 이러한 우리들의 대화 내용이나 순서는 실로 필연적이고 네가 발견한 '인간 계산도표'로 정확하게 산출되거든."

"난 그런 것을 발견한 적이 없어."

"농담하지 마라. 너의 그 너구리 가죽에 정확하게 메모해 두지 않았나. 그것이 바벨탑에서 즉시 채용되어 실제로 사용되고 있으며 매우 쓸모도 있지. 덕택에 난 체중이 한 번에 한 근이나 늘었고, 게다가 공로상까지 받았다. 물론 네 이름으로 부여한 것으로 되어 있지만 말이야. 의심스럽다고 생각되면 바벨탑에 가서 자료실로 안내할게. 네가 무의식중에 한 말은 바벨탑에 있는 생활기록부에 전부 있어. 네 미래 전반에 걸쳐서까지 상세하게 기록되어 있지."

난 정말 낭패하여 흥분된 목소리로 물었습니다.

"나중에 난 그림자를 되돌려 받을 수 있는 거겠지?"

"천만에. 히히히."

"정말 나와 함께 바벨탑 같은 곳에 가지는 않겠지?"

"갈 거야. 가고 말고. 넌 아직도 고집을 피우고 있는 것 같은데, 결국은 가게 될 거야. 어쨌든 너 자신이 그걸 원하고 있으니까, 어쩔 도리가 없어. 요즘은 너도 바벨탑에선 유명 인사다. 그것 봐. 신경이 쓰이는 모양이지. 그건 당연하지. 네 희망은 내가 가장 잘 알고 있어. 너의 위대한 꿈, 즉 나의 존재와 네 육체적 존재와의 모순은 그저 몰이해와 오해와 적의와 공포로 받아들여질 뿐이야. 넌 알고 있니? 넌 앞으로 이 지상에 머물게 되면 그 사회적 책임을 지지 않으면 안 된다. 네 존재는 다시 말해서 투명인간의 출현을 핑계 삼아 그것을 어디까지나 S국의 침략으로 날조하여 우익이 쿠데타를 일으키도록 노리고 있는 거야. 네 공상과 계획의 객관적인 결과이지. 이것이 네가 살아야만 하는 세계일까. 그와는 반대로 바벨탑에서는 꿈은 즉 현실이야. 네 공상과 계획은 그것만으로도 구체적인 재산인 셈이야. 네 모든 꿈이 그곳에서 실현되고 있어. 네가 그곳에 가지 않을 이유가 없단 말이다."

너구리는 인간과 같이, 아니 적어도 원숭이 손가락 같은 손을 단단히 쥐고 쾅 하고 관을 격렬하게 쳤습니다.

"그럼, 그림자는 이제 도저히 찾을 가망이 없는 거야?"

"끈질기군."

"난 그림자에 관해 굉장한 발견을 했지. 그래서 몹시 집착하고 있어. 그림자를 분석해보려고 생각해."

"알고 있어. 그러나 그것은 바벨탑에서 받아들일 수 없는 너만의 계획일 뿐이야. 왜냐면 그것은 내 탄생을 부정하는 것이고, 따라서 네 자신의 존재 이유를 모욕하는 것이니까. 결국 그 계획은 자살적인 계획이다. 자신을 실현하기 위해선 자신을 죽여야 한다. 유감스럽지만."

"난, 육체를 원하고 있어. 생활을 바꾸고 싶지 않아."

"참 바보로군. 자기 자신을 알도록 해라. 모든 게 네 거짓없는 소망임을 알려고 노력하지 않으면 안 된다. 자, 결심해라."

그것은 매우 단정적이고 확신에 찬 어조였습니다. 난 조금 흔들렸습니다. 이성이 애매한 것으로 보이고, 자신의 판단도 신용할 수 없을 것 같은 느낌이 들고 말았습니다.

"3분간 생각할 수 있는 여유를 줄 수 있겠는가?"

"좋지."

너구리는 의외로 기분 좋게 대답했습니다.

"네가 그렇게 말할 줄 알았어. 3분간 생각해야 결국 네가 납득한다고 하는 순서는 처음부터 알고 있었지. 대답은 예스로 정해져 있으니까. 나도 별로 트집을 잡지 않고 기꺼이 기다리겠다. 하지만 3분이 지난 후, 넌 단 한가지 의문을 제출할 거다. 그것은 이 사건이 모두 왠지 반대 순서로 행해지고 있는 것 같은 느낌이 든다는 것이다. 귀찮으니까, 지금 먼저 대답해 버리겠다. 나중이든 먼저든 그리 대수로운 일은 아니니까. 귀찮은 일은 빨리 끝내 버리는 게 좋지……그래서 너의 그 의문 말인데, 무리는 아니라고 생각해. 결국 만사에 있어서, 결과가 원인보다 앞서게 되지. 이렇게 생각해 봐. 예를 들어 육체의 결과인 그림자가 먼저 없어지고 나중에 육체가 소멸한다. 또 관 속에서 소멸해야 할 육체는 먼저 사라지고, 나중에 이런 식으로 관이 죽은 사람을 맞이하러 온다. 이 순서대로라면 결과적으로 다음에 강요되는 소망의 구체화란 것은 결국 죽음이 아닐까? 바벨탑이란 묘지를 말하는 게 아닌가 하고, 너는 의심을 하겠지. 하지만 이 인과 관계의 순서에 관해 말한다면 그건 이렇다. 네 발명 중에 '시간 조각기'라는 것이 있었지. 바로 그거야. 그 발명으로 인해 바야흐로 시간은 **가역적**이 된다. 즉 시간은 이미 감당할 수 없는 것이 아니라, 자유자재로 조절할 수 있는 실로 편리한 도구라는 거지. 여기서 잠시 생각을 해 보자. 왜 이와 같이 먼저 그림자를 소멸하는 것에서부터 거꾸로 시간을 더듬어 가는 테크닉이 필요했었을까? 네게 죽음을 부여하기 위해서였을까? 천만에, 그런 거라면 그냥 놔두어도 자연의 인과 법칙은 너를 죽이고 말았을 거야. 우리의 의도는 플러스적인 인과를 더듬어 시간을 초월하고, 이번엔 마이너스적인 인과를 더듬어 죽음의 공백으로 한정시키는 것, 바꿔 말하면 죽음을 정지시켜, 죽음다운 기능을 없애는 데 있었다. 정지한 죽음은 영원히 죽지 않는 것이다. 이런 식으로 내 탄생은 결국 그림자를 먹음으로써 영원을 위한 목적과 필연적으로 결부되어 있는 것이다. 이제, 알겠지? 네 공상과 계획이 얼마나 **주도면밀**하고 합리적으로 설계되고 구체화되어 갔는지를. 네 의지가 아니라고는 도저히 말할 수 없을 것이다. 넌 자신의 위대한 꿈에 긍지를 지녀야만 해……그럼. 3분간 여유를 주겠어. 무엇이든 생각을 해라. 그것도 일종의 순서니까. 히히히……"

내 마음을 훤히 꿰뚫어 보면서, 아직 말로 표현하지 않은 의문까지 앞질러 꺼낸 것은 나를 결정적으로 흔들리게 했습니다.

힘없이 망원경으로부터 눈을 뗐습니다. 너무 오랫동안 바라보았기 때문에 눈이 부어오른 것처럼 오싹오싹 통증이 느껴졌습니다. 잠시 누르고 있다가 손을 떼자, 수정체의 초점이 빗나가 아무것도 보이질 않았습니다. 눈의 피로는 풀렸지만, 밤하늘은 끝없이 펼쳐지고 별이 빛나고 있을 뿐, 관도 너구리도 보이지 않았습니다. 희미하게 외따로 검은 점이 있는 것처럼 보이는 데, 굳이 그렇게 생각하면 그제서야 느껴지는 정도였습니다.

창 밑에는 예의 경찰들이 완전히 지쳐서 권총을 쥐고 눈에는 핏발이 선 채 담장에 기대어 있었습니다. 소방차의 사이렌이 새까만 밤에 벽에 피투성이가 된 발톱을 세우고 있는 고양이처럼 외치고 있었습니다. 집들의 창은 겁먹은 듯 검은 커튼으로 드리워져 있었으며, 가끔 임시뉴스를 전하는 것 같은 라디오 신호가 그 틈새로 화석이 된 시커먼 마을에 흘러 다니고 있었습니다.

생각하면 할수록 내 머리는 생각이라는 것과 멀어져 가는 것만 같았습니다. 단지 내 머리 속에는 쓰레기통을 기어 다니는 벌레가 웅성거리는 것은 같은 소리가 나서 힘없이 귀를 기울이고 있었습니다. 끔찍하고도 허탈한 상태입니다. 밤하늘에 네 번째 유성이 미끄러져 떨어지는 걸 보았을 때 왠지 약속한 3분이 지난 것을 알았습니다.

난 다시 망원경을 보았습니다. 분명히 전보다 더 가깝게 관과 짐승이 보였습니다.

"어때?"

너구리는 안면 가득히 히죽히죽 웃음을 띠며 말했습니다.

"네 희망 이외의 희망은 있을 수 없다는 걸 잘 알았겠지."

그리고 내가 아무 말도 하지 않았는데도, 너구리는 혼자 속단하고는 말했습니다.

"너도 이제 납득을 했을 테니까, 그만 가자."

"난 아직 아무 말도 하지 않았어."

"상관없어. 난 그런 형식에 구애받지 않으니까. 우리는 본질만을 문제 삼지. 네가 예스라고 말할 건 움직일 수 없는 사실이니까."

사실이라니 어떤 사실…… 그렇게 말하려다가 황급히 입을 다물었습니다. 이런 뻔뻔스러운 입씨름을 견뎌낼 기력도 더 이상 없었고, 게다가 이상하게도 난 예스라고 대답한 것 같은 느낌이 들기 시작했던 것입니다. 그러자 상대는 내 마음을 간파하고는 말했습니다.

"그래, 그걸로 충분해."

그리고 요술처럼 한 장의 종잇조각을 어디선가 끄집어내
더니 내게 내밀었습니다.

"이거 알고 있겠지?"

그건 꿈에서 본 나, 바로 나의 소장이었습니다. 난 나도 모
르게 끄덕이고 말았습니다.

"백지 위임장이야. 너의 모든 것이 내게 일임되어 있어."

"내가 수긍한 건 그런 뜻이 아니야. 난 꿈에서 보았기 때문
에 그런 뜻이었어."

"사형이라고 쓰여 있었지. 마찬가지야. 이런 식으로……"

너구리는 종잇조각을 둥글게 말더니, 홱 하고 입에 처넣었
습니다.

"삼켜버렸지. 히히히. 마찬가지야. 난 초현실주의자이니
까. 자, 가자!"

관이 공중에서 창문턱까지 다가왔습니다.

"타라!"

난 자신의 의지가 이제 아무 소용이 없게 된 걸 느꼈습니
다. 몽유병 환자처럼 기계인형처럼 상대방 말 그대로 내 근육

을 지배하고 있다는 걸 느꼈습니다. 이렇게 된 이상, 자진해서 바벨탑으로 가는 쪽이 틀림없이 정신 건강을 위해선 바람직할 것입니다.

난 관에 올라탈 작정으로 망원경으로부터 떨어졌습니다. 그러나 육안으로는 관은 역시 별들 사이에 있는 검은 한 점에 불과했습니다. 서둘러 다시 망원경을 바라보고 말했습니다.

"어떻게 타는 거지?"

"어떻게라니?"

너구리가 불쾌한 듯이 말했습니다.

"망원경으로부터 떨어지면 안 돼. 그대로 타면 된다."

"하지만 네가 바로 옆에 있는 것처럼 보이는 건 단지 보일 뿐이며, 물리적으로는……"

"물리적이라고? 넌 도대체 네 자신을 물리적으로 무엇이라고 생각하는 거지. 투명하고 굴절률이 제로고, 더구나 유기물이며 시인이라고 칭하고 있어. 그런 걸 생각하면서 부끄럽지도 않나."

"네 철학적 논리는 전부 인정할게. 하지만 아무리 그래도 이건 무리야. 난 추락해서 밑에 있는 경찰에게 붙잡히고 말거야."

"백지 위임장을 떠올려 보는 거야. 네 이론은 마치 공산주의자가 자기 태생은 천민이라고 말하는 것과 같아. 손을 이리 내밀어 봐. 망원경에서 떨어지지 말고. 자, 그것 봐, 닿았잖아."

정말로 난 너구리 손과 닿아, 그 손에 인도되어 관에 닿을 수가 있었습니다.

"자, 어서 올라와라. 망원경을 놓지 않도록…… 나를 믿는 게 너 자신을 믿는 것이나 마찬가지야."

난 한 손으로 망원경을 꽉 잡고, 또 한 손으로 관에 매달려 너구리의 도움을 받으면서 조심조심 관으로 기어 올라갔습니다.

그 순간 아래쪽에서 예리한 비명소리가 들리고, 이어서 여러 발의 총포와 호루라기 소리가 들렸습니다. 총알이 귓가를 스쳐 지나갔습니다. 난 그만 망원경을 떨어뜨리고 말았습니다.

"히히히, 괜찮아."

갑자기 아래 세상에서 술렁거리는 것이 멀어지면서 희미한 나뭇잎 소리처럼 변했습니다. 내려다보니 거리는 이미 멀어져 육안으로 본 영구차의 거리에 와 있었습니다.

"자. 출발!"

관이 흔들리고 바람이 일어 하늘을 날고 있다는 것을 실감했습니다. 거리는 점차 어둠에 휩싸여 상하 구별은 별과 달의 위치로 판단할 수 있을 뿐이었습니다.

"네가 마지막으로 메모한 시를 기억하나?"

너구리가 자못 친절한 어조로 말을 걸었습니다.

"새까만 우주를 한 권의 서적이 날아간다고 하는 시(詩). 지금 우리가 꼭 그런 것 같지? 그 시는 예언이었어. 우리는 서적이고. 그리고 지구에 대립하는 하나의 별인 것이지. 그것 봐라, 내 말대로 하면 즉시 계획이 구체화되고 말지?"

7. 바벨탑에 들어가기 위해선
초현실주의 방법에 의존해야만 한다.

관은 점차 속도를 내는 것 같았습니다. 난 아직 완전히 물리학으로부터 벗어나지 못한 듯 격심한 내압과 외압의 차이로 호흡이 정지되고 말았습니다. 몸이 파열할 것 같은 순간이 지나고, 그것을 정점으로 이번엔 점차 속도가 떨어지기 시작했습니다.

"바벨탑이다."

너구리가 들뜬 목소리로 말했습니다.

훈제 오징어 같은 틈뿐인 구름 속을 달리고 있습니다. 새빨간 달 옆에 하늘을 지탱하는 기둥처럼 거대한 탑이 새까만 하늘을 푹 찌르고 있었습니다.

관은 한층 속도를 떨어뜨려 탑을 스칠 듯 그 주위를 나선형으로 돌면서 밑으로 밑으로 내려갔습니다.

이윽고 지상이 보이기 시작했습니다. 꽤 밝은 밤이어서 지면은 하얗게 빛나고 있습니다. 가까워짐에 따라 개와 비슷하지만 개는 아닌 것이, 더 애절하고 나약한 짐승의 짖는 소리가 일제히 들려왔습니다. 점점 더 가까워지자 그 짖는 소리는 히히히…… 하고 들렸습니다. 1만 마리나 되는 너구리가 소리를 맞춰 웃고 있는 것 같았습니다.

지면의 모습이 보였습니다. 표적이 될 만한 것은 아무것도 없는 끝없이 펼쳐진 그저 밋밋한 들판입니다. 바벨탑은 그 중심에 큰 나무처럼 솟아 있습니다.

"바벨탑 주변에 어슬렁거리고 있는 건,"

너구리가 말했습니다.

"모두 내 동료들이다. 인간은 누구나 각자의 자기 너구리를 갖고 있지. 그들이 전부 이곳에서 자라고 있어. 그러니까 전 세계 인구와 같은 숫자가 있는 거지. 큰 것, 작은 것, 각양

각색이지만 그건 나이와는 관계가 없고, 그 인간이 갖는 공상의 양과 질에 의해 정해지는 거야. 팔십 노인인 너구리도 아기처럼 작은 게 있고, 열 살 정도의 소년 너구리라도 이미 늙은 것도 있어. 모처럼 성장한 게 다시 거꾸로 어려지는 경우도 있는가 하면, 태아였던 너구리가 몇 시간 만에 어른이 되는 경우도 있어. 재미있지. 꿈의 양과 질로 결정되는 세계야. 그리고 어느 정도까지 축적되어 너구리로서 충분히 성숙하면, 내 경우처럼 인간세계로 나가 자기 주인인 인간의 그림자를 먹을 수 있는 능력을 획득하게 되지. 그림자를 먹고 나면 독립된 존재가 되어 탑 속에 들어갈 수 있어. 이건 꽤 어려운 일이라서 들어가기만 하면 상당한 명예이기도 하지. 아래로 도착하면 알겠지만, 네가 알고 있는 사람들의 너구리를 보면 정말로 웃음이 날 거야.”

그러나 그럴듯한 얼굴은 좀처럼 발견되지 않았습니다. 그리곤 빈틈이 없을 만큼 군집하여 그것들이 꿈틀거리고 있다는 걸 알았습니다.

관이 내려가자, 너구리들이 한바탕 웃고(혹은 울고?) 나서 우리를 위해 좁다란 길을 열어 주었습니다.

무수한 호기심 어린 시선이 내게 집중되었습니다. 난 자신의 이 기묘한 운명이나 투명한 육체를 이론상으로는 전혀 부끄러워할 필요가 없다고 생각하면서도 역시 얼굴을 들 용기가 없었습니다.

"널 부러워하고 있어."

내 너구리가 유쾌한 듯이 말했습니다.

"저기, 저쪽에 있는 꼬마가 누군지 알겠어?"

가리키는 쪽을 조심스럽게 쳐다보니, 정말로 가련한 꼬마가 다른 동료에게 짓밟혀 부서질 듯 비틀거리는 게 보였습니다. 모태에서 막 나왔는지 빨갛고 꺼칠한 피부에 솜털이 듬성듬성 나 있었습니다. 그리고 그 얼굴을 보았을 때, 그만 푸후하고 웃음이 터질 것만 같았습니다. 왜냐면 그 얼굴은 아파트 안주인 얼굴이 분명했기 때문입니다.

"어때, 유쾌하지? 너와 관계있는 일당들의 너구리는 대개 이 부근에 모여 있지."

난 용기를 내어 둘러보았습니다. 정말로 그 어느 얼굴도 그 누군가를 선명하게 떠올리게 했습니다. 문득 이상한 녀석을 발견했습니다. 그것은 두 마리가 나란히 묘하게 두리번거리며 크게 부풀었다가 다시 반 정도로 줄어들었다가, 때로는 거의 보이지 않게 되는 것입니다.

"저 녀석들은 너를 감시하고 있던 경찰들이야. 네게 현상금이 걸려있었기 때문에, 그 꿈으로 부풀었다가 다시 공포로 수축되는 거지. 우스꽝스럽군."

다음으로 눈에 뜨인 것은 큰 체격인데 유난히 말라서 목이 껑충하게 긴 녀석이었습니다. 자못 영양실조에 걸린 듯한 상태로, 서 있는 것도 힘든지 휘청거리고 있었습니다. 그 얼굴은 틀림없는 시인 H씨의 얼굴입니다. H씨는 오로지 원고료밖에 꿈꾸지 않는 남자였음을 생각해 냈습니다. 내가 쳐다보는 걸 눈치채자 H씨의 너구리는 창피한 듯 고개를 숙이고 살금살금 도망갔습니다.

그밖에도 여러 너구리를 발견했지만, 그걸 여기에서 쓰는 건 생략하겠습니다. 각자의 명예에 관한 일이니까. 결국 나는 자신의 불행을 잊고 실컷 웃었다는 것을 첨가해 두고자 합니다.

그 웃음으로 용기를 얻어 내 너구리가 내 어깨를 툭 치고 말했을 때, 난 거의 적극적으로 찬성의 뜻을 표했을 정도였습니다.

"자, 안으로 들어가자."

관은 모여 있는 너구리들을 좌우로 밀어 헤치듯이 공중에서 미끄러지듯 내려와, 탑의 벽에 정확하게 갖다 대었습니다.

그러나 어디에도 입구 같은 건 보이지 않았습니다.

"자, 이쪽으로……"

나를 밀어 넣으려고 했지만, 그저 평범한 벽이었습니다.

"입구가 아니잖아."

"여기선 괜찮아. 쉽게 밖에서 식별되면, 인간도 아닌 아귀들이 너도나도 물밀듯이 들어올 게 아닌가. 탑의 권위를 지키기 위해서도 보이지 않는 게 당연해."

그리고는 나를 벽에 대고 더욱 밀어 넣으려고 했습니다.

"어떻게 하면 되는 거지?"

"빠져나가는 거야. 외견상으론 불가능해 보이지만 우리 방식대로 하면 가능하지. 즉 초현실주의 방법을 사용하는 거다. 자, 여기를 봐라!"

별로 대수롭지 않은 돌벽의 한 점을 가리켰습니다. 무심코 얼굴을 가까이 대고 살펴보려고 하는 순간, 갑자기 너구리가 내 뒤로 달려들어 내 머리를 벽에 내리쳤습니다. 확 하고 보라색 빛이 빤짝빤짝 빛나더니,

히 히 히 히 히

커다란 웃음소리가 점차 멀어져가고 달라붙은 벽이 흔들리고 지면이 솟아올라 탑이 거꾸로 됐다고 생각한 순간, 난 기절해 버리고 말았습니다.

☆

의식을 되찾았을 때는 난 이미 탑 속에 들어와 있었습니다.

커다란 방입니다. 어디선가 푸른빛이 감돌아 공기의 입자 하나하나는 스스로 빛을 내는 것처럼 보였습니다. 난 중앙에 있는 침대 위에서 자고 있었습니다.

방은 울퉁불퉁한 돌로 에워싸여 여기저기 돌기나 움푹 패인 곳이 겹쳐져 있어 도처에 입구나 이상한 장치가 숨겨져 있는 것 같았습니다.

너구리가 침대 앞에 앞발을 걸치고 히죽히죽 웃으면서 내 얼굴을 내려다보고 있었습니다.

"정신이 들었군. 잘 끝났지. 언짢게 생각 말게. 무사히 탑에 들어올 수 있었으니까."

"무사히라고!"

"제발 진정하게. 그건 규칙이니까 도리가 없다. 그래서 예고를 했잖아. 초현실주의 방법이라고. 즉, 탑 입구는 통과하고자 하는 인간의 어두운 의식이지. 하부 의식세계가 통로인 셈이야. 그러나 이 통로가 발견되기 이전에는 말야. 이 정도가 아니었다고 하지. 천재만이 끝없는 고행 끝에 겨우 들어갔었다고 한다. 그것이 프로이트 박사의 발견과 브르통 선생의 연구로, 이 대중적인 통로가 발견된 셈이지. 말하자면 이전에는 우연적이었던 것이 현재는 의식적으로 변했다고 할 수 있어. 고마운 일이지. 우리도 자칫 잘못하면 샤미소처럼[4] 그림자와 육체의 분리라고 하는 행복을 불행으로 잘못 해석하여 절망 속을 방황하여 몸을 망친다는 처지가 될 수밖에 없었다. 19세기에 태어나지 않은 게 행운이지."

난 보이지 않는 손으로 보이지 않는 이마를 만지면서 말했습니다.

"하지만 난 끔찍한 혹이 생기고 말았어. 잘못 부딪쳤으면 죽을 뻔했다고."

"걱정하지 마. 어차피 보이지 않으니까 신경 쓸 것 없잖아. 그런데 넌 3＋5는 얼마지?"

"무슨 말을 하는 거야!"

"화났군. 그럼 됐어. 네 머리는 무사한 것 같군. 하긴 이상

---

4) 샤미소(Chamisso). 프랑스 출신의 독일 시인. 소설 『그림자를 잃어버린 남자』(1814)에서 주인공이 자신의 그림자와 행운의 금 봉투(언제든지 금화를 꺼낼 수 있다)와 교환해서 벌어지는 내용이 담겨 있다.—옮긴이 주

해졌으면 치료해 주려고 했는데, 로보트미라는 미치광이의[5] 새로운 치료법을 너도 신문에서 읽어서 기억하고 있겠지. 머리의 어느 적당한 부위에 구멍을 뚫고 수술 나이프를 처박고 휘젓기만 하면 된다더군. 상당히 상징적이지. 난 하고 싶어서 미칠 지경이었어."

"바보 같은! 너야말로 어지간히 그 로보트미를 받을 자격이 있는 것 같아."

"꽤 말을 잘하는군. 하지만 난 언젠가 실력을 발휘해 보고 싶다는 생각을 떨쳐버릴 수가 없어."

"실력이라니. 넌 뭔가 알고 있기라도 한 거야."

"알고 있고 말고. 난 신문기사를 줄줄 암기하고 있거든."

여기서 내가 왜 대답을 하지 않았는지는 굳이 설명할 필요도 없습니다. 침대에서 내려 잠시 생각한 후, 꼭 물어보고 싶은 질문 중 가장 중요하다고 생각되는 문제를 꺼냈습니다.

"그런데 이제부터 어떻게 하는 거지?"

8. 입탑식(入塔式). 브르통 선생의 일장연설
엄숙한 어조로 너구리가 대답했습니다.

---

5) 대뇌의 전두엽을 수술하는 일로 매우 위험한 치료법이다.—옮긴이 주

"물론 넌 희망대로 절대 자유인 천국을 향해 상승하게 되는데, 그 전에 몇 가지 해야 할 일이 있다. 우선 맨 먼저 바벨탑 입탑식이 있다. 바벨탑의 역대 영웅들이 참석하여 우리의 입탑을 축하해주는 거야. 그러면 우리는 정식 바벨탑원으로 인정받고, 탑 생활에 참가할 수 있지."

"영웅들이라니, 어떤 사람이 있나?"

"응. 꽤 여러 사람들이 있어. 네가 보면 깜짝 놀랄 만한 사람도 있지. 그러나 네가 전혀 모르는 사람도 있고, 오히려 모르는 사람 중에 중요한 사람이 있을 거야. 진정한 영웅은 예를 들어 너처럼 지구에서 오히려 무능력자 취급을 받으니까."

"알고 있는 사람은 어떤 사람이지?"

"응, 거슬러 올라가면 단테로부터 시작해서 너와 같은 수많은 뛰어난 예술가들……"

"단테는 이미 죽었잖아?"

"전설상으로는. 하지만 실제는 행방불명되었지. 왜냐면 너와 비슷한 시점에서 돌연 자취를 감추었으니까. 그 증거로 오늘 입탑식 위원장은 단테씨다."

"단테를 만날 수 있다고?"

"물론이지."

"굉장하군."

"브르통 선생도 만날 수 있어. 선생은 우리를 위해 연설을 해주기로 했어."

"아니. 브르통 선생은 아직 살아 있지 않은가."

"그렇지. 그러나 선생만은 특별하다. 바벨탑의 탑외(塔外) 파견사라고 하는 특별임무를 갖고 있어. 그래서 아래 세상으로 자주 왕래를 하지. 살아 있다고 생각되는 거야. 무엇보다도 바벨탑 안에선 최고 철학자이자, 바벨탑에 최초의 현대적 해석을 부여한 사람이야. 탑을 출입할 때도 다른 사람이 모르는 비밀을 갖고 있다고 하지…… 그리고 그밖에 네가 알고 있는 사람이라면 H씨와 S씨, N씨. 그리고 전사했다든가 아니면 자살했다고 하는 네 친구."

"S도 있어?"

"모두 입탑식에 참석할 거야."

"하지만 투명해서 보이지 않아."

"보인다거나 보이지 않는다는 거, 그런 것이 얼마나 하찮은 것인지, 신경 쓸 필요가 없다는 것을 오늘 브르통 선생이 잘 이야기할 거야. 그보다……"

말하는 도중에 입을 다물고 뾰족한 귀를 전후로 움직여

작은 목소리로 말했습니다.

"식이 시작되는 것 같군."

동시에 많은 웅덩이의 한 웅덩이 속에서 내 너구리의 2배나 되는 당당한 너구리가 나타나 히죽히죽 웃음을 띠면서 다가왔습니다.

"축하합니다. 안텐씨. 입탑식이 시작됩니다."

"수고하셨습니다."

두 마리의 너구리는 서양식으로 악수를 하고, 동양식으로 허리를 굽혀 자못 그립고 친한 듯이 인사를 했지만, 마치 나를 무시한 행동이 왠지 마음에 걸렸습니다. 물론 상대 너구리는 내가 보이지 않았겠지만, 그래도 내 눈 주위로 흘낏 시선을 던져 무척 당혹한 표정을 지은 것을 잊을 수가 없습니다.

내 너구리가 팔꿈치로 쿡 찌르며 속삭였습니다.

"단테씨야."

인간 단테를 상상했던 나는 고통스럽게 뺨이 일그러지는 걸 느꼈습니다. 투명하기에 표정을 감출 필요도 없다는 사실이 고통스러움을 한층 배가시키는 것 같았습니다.

정신이 들자 여러 돌기나 웅덩이 사이에서 크고 작은 너구리들이 속속 기어 나오고 있습니다. 모든 너구리들은 묘하게도 똑같이 **히죽히죽** 웃음을 띠고 있습니다. 어느새 방안 가득히 꽉 차서 중앙에 있는 침대 주위에 약간의 공간이 남겨졌을 뿐입니다. 따라서 우리는 침대 구석에 눌러붙은 상태가 되었습니다.

내 너구리가 다시 팔꿈치로 꾹꾹 찌르며 속삭였습니다.

"저기를 봐. 유명한 힛솔리니야. 정치가는 좀처럼 탑원이 되기 힘들긴 하지만, 그는 예외지. 탑 안에서 정치가는 영양실조 걸린 너구리의 대명사로 되어 있을 정도지. 힛솔리니의 너구리도 처음엔 생쥐의 미이라 같았는데, 정신이 이상해진 후로는 몰라보게 성장을 했지. 예외인 셈이야. 정신이 이상해지면 정치가도 폐업할 수밖에 없을 테니까. 물론 그 옆에 있는 니체 교수의 추천이 없었다면 탑에 들어올 수 없었지……"

니체 너구리도 힛솔리니 너구리도 너무 큰 콧수염에 가려져 어떤 얼굴을 하고 있는지 잘 분간할 수 없었습니다. 내 너구리는 다시 다른 쪽을 가리키며 속삭였습니다.

"저기 기품 있는 귀공자 너구리는 두자춘(杜子春)이다. 두번째 시련 끝에 겨우 탑에 들어올 수 있었지. 두자춘이나 단테씨가 주선한 지옥 순례 때의 일을 생각하면, 정말로 브르통 선생이 고마울 따름이야…… 하하, 두자춘 너구리, 술 취했군.

비틀거리고 있어. 아마도 시선 이태백과 한잔한 모양이군. 아, 브르통 선생이다. 어때, 훌륭하지? 정말 저 윤기 나는 검은 코. 만돌린의 은빛 줄과 같은 콧수염, 큰 이빨, 게다가 저 꼬리는 어떻고…… 저걸로 한 개에 5만원 이상이나 하는 붓을 몇십 자루나 만들 수 있을 거야……"

내 너구리는 신이 나서 왜 그것이 그렇게 훌륭한 건지 이해할 수 없는 찬사를 장황하게 늘어놓았습니다. 그보다도 난 동체가 하나인데 머리와 꼬리가 일곱 개씩 달린 귀신 너구리를 보고 깜짝 놀랐습니다.

"저건 도대체 뭐지?"

"쉿. 그렇게 큰 소리를 내선 안 돼. 저건 죽림칠현이야. 대단한 녀석들은 아니지."

그리고는 다시 브르통 너구리 쪽으로 시선을 돌려 말했습니다.

"저런 녀석은 고작 박물관의 애송이가 군침을 흘릴 정도지만, 그에 비해 어때. 우리 브르통 선생의 가죽이 귀부인들 눈에 띠었다고 상상해 봐. 목둘레의 색이 변해 버리고 말 거야. 세계의 그 어느 남성도 이 라이벌과 상대하면 무색해지지. 엘리자베스 여왕은 에딘버러 경을 차버릴 것이고, 로베르

토 로셀리니도 잉그리드 버그만을 붙잡을 수 없었을 거야. 만일 내가 저 아래 세상에 사는 남성이라면 연인이 있는 모든 남성을 위해 단연코 초현실주의 박멸 운동을 조직하겠어. 히히히……"

단테 너구리가 엄숙하게 손을 들어, 내 너구리가 속삭이는 것을 제지했습니다.

"그럼 슬슬 식을 거행하기로 합시다."

한동안 앉음새를 고치려고 몸을 움직이는 소리와 헛기침 소리로 떠들썩했지만, 곧 쥐 죽은 듯 조용해졌습니다. 단테 너구리가 잽싸게 침대 위에서 뒷발로 일어서서 음식물을 달라고 조르는 개와 같은 자세로 앞발을 가슴 앞에서 구부리고, 두리번두리번 주위를 살펴보더니 천천히 낮은 소리로 말하기 시작했습니다.

"지금부터 안텐씨의 명예로운 입탑식을 개최하겠습니다. 위원장은 탑 중앙위원회 서기장 단테 각하입니다. 우선 먼저 단테 각하의 인사말이 있겠습니다. 그런데 이렇게 말하는 나야말로 단테 각하다. 안텐씨, 축하한다. 자네는 무사히 탑 안으로 들어올 수 있었어. 자네는 백지 위임장을 삼켜 탑의 모든 규약을 승인한 바 있으므로 사무적인 절차는 일체 생략하겠다. 하지만 자네는 아직 아래 세상과 연결 짓는 배꼽과 눈알을 달고 있다. 우리는 조속한 해결을 희망하는 바이다. 빨리 **배꼽**과 눈알을 은행에 맡겨 중량감을 없애고 승천하는 게 자네의 소망이었음을 받아들여야만 한다. 자네는 그 대신 종이 눈알을 받고 그것으로 자유로운 시민 생활을 할 수 있다. 이상으로 내 얘기는 끝났지만, 이 기회를 통해 한마디 덧붙이고자 한다. 잘 아는 바와 같이, 난 단테다. 단테란 누구인가. 고귀한 사상의 소유자로 불후의 유명한 시성이지. 나의 일생은 영원하고 우주적인 전 진리를 통일하기 위해 선택된 천재의 일생이었어. 되풀이하지만, 난 단테다. 하지만 그것은 오직 사랑하는 순결한 베아트리체를 위해서였다. 피렌체에서 쫓겨나 19년. 너를 위해서 난 **너구리 가죽**을 비축했다. 지옥을 헤치고 결국 이 훌륭한 가죽을 얻어 바벨탑에 이르렀지만…… 아아! 그땐 이미 베아트리체는 없었다. 난 슬프다. 잘 들어라. 이 단테의 슬픈 연가를! 여인이여, 그대는 탑에 들어오고 싶어한다. 저주할 여인의 리얼리즘이여! 여인……"

"의장!"

그 외침이 단테의 말을 가로막았습니다. 니체 너구리였습니다.

"넋두리를 그만 하지 않으면, 그 가죽을 벗겨 버리겠소. 걸핏하면 천재 운운하는데, 내가 언제 천재가 아니라고 말한 적 있소? 게다가 두 마디째는 여자 얘기뿐이오. 정신적인 세계에서 여자가 도대체 뭐란 말이오. 물론 문제가 섹스라면 얘기는 다르지만. 여하튼 우리는 둔갑할 수가 있소. 너구리의 특권이지. 여자를 원하면 누군가가 여자로 둔갑하면 되잖소. 두자춘, 그렇지? 당신은 여자로 변신하는 게 특기이니까. 나도 힛솔리니가 하도 졸라서 가끔 여자로 둔갑을 해주지. 이 고고한 숫사자와 같은 성자 니체가 말야. 다른 이야기이지만, 나도 이기회를 이용해서 한마디 하고 싶소. 실은 힛솔리니와도 상담한 바 있는데, 코르만군을 입탑시키도록 공작해야만 하지 않을까. 그도 최근 상당히 돌아버려 너구리가 커졌다고 하는 평판이 자자한데. 게다가 힛솔리니 녀석은 코르만군과 동성애를 했던 모양이야. 히히히."

"유쾌한 패거리들이지."

내 너구리가 속삭였습니다. 난 대답 대신 이를 갈아 보였습니다.

"이건 상당히 중요한 문제야."

단테 너구리가 말했습니다.

"별도로 심의회를 만들자. 아니 코르만군 일이다. 여자 문제에 관해선……"

"의장!"

다시 그의 말을 가로막은 건 브르통 너구리였습니다.

"여자 문제도 별도 심의회를 만들면 되잖소. 여자 문제는 당신들이 생각하고 있는 이상으로 중대하오. 당신들은 너무 모르고 있어. 하지만 지금은 내 얘기도 남아 있고 하니 식을 진행하는 것을 서두르는 게 어떻겠소."

"흠,"

단테 너구리가 거북한 듯이 말했습니다.

"그런 일이라면 그렇게 해도 좋겠지. 그럼, 다음으로 '동양의 친구를 맞이하여'라는 제목으로 이태백이 특별강연을 해 줄 거요. 이태백은 어디 있소?"

"저, 이태백 선생은 술에 취했습니다."

부드러운 소리로 몸을 비비 꼬며 대답한 것은 두자춘 너구리였습니다.

"대리로 제가 내용을 듣고 왔습니다만, 시(詩)입니다. 괜찮겠습니까?"

"읽게."

거만하게 대답하는 단테 너구리.

두자춘 너구리가 수줍어하면서 읽기 시작했습니다.

내게 물어보길, 왜 바벨탑에 사느냐.
웃으며 답하지 않고 마음 스스로 울리나니.
복사꽃이 물 위에 아득히 떠가니.
여기는 별천지, 인간 세상이 아니로다.

"흠흠, 그뿐인가. 네 형님도 전혀 변화가 없군 그래. 그럼 이번엔 브르통씨의 연설을 듣기로 하지. 동양 고전에서 초현실주의로 날아가, 당당한 위세를 한 번 보여주게."

단테 너구리가 경멸하듯 고개를 젓고 침대에서 내려오자, 브르통 너구리가 쓱 모형비행기로 변해, 너구리들의 머리 위를 날아 두세 번 원을 그린 후 침대로 내려와 곧 원래의 너구리로 변했습니다. 와 하고 터질 것 같은 박수 소리가 실내를 꽉 메웠습니다.

"여러분."

브르통 너구리가 말하기 시작했습니다. **벼룩**이라도 있는지 계속 귀를 뒷발로 긁으면서 말을 계속했습니다.

"새로운 영웅 안텐씨를 맞이하여 우리 일동은 커다란 기쁨과 긍지로 다시금 우리 바벨탑이 갖는 숭고함과 깊이를 인정하지 않을 수 없습니다. 안텐씨가 탑을 위해 한 작업은 '식용쥐', '시간조각기', '자동교수대', '인간계산도표' 등을 고안한 것입니다. 모두 프로이트 박사의 꿈 검열기나 힛솔리니의 관념 용해기나 코르만씨의 민중 압착기, 여호아씨의 눈알 은행 등에 견줄 만한 훌륭한 발명입니다. 탑 생활도 그로 인해 한층 지위가 높아졌지만, 그래도 우리는 초현실주의 제10선언서를 탈고하여 발표할 기회를 기다리고 있었습니다. 이날을 기념하여 공개하는 것은 성질상 매우 타당하다고 생각합니다. 일찍이 제2선언에 있어서 나는 수많은 바벨탑이라 쓰고, 뇌의 골수를 빈틈없이 칠한 통과할 수 없는 은(銀)의 벽이라 썼고, 인간 숭배는 의심스럽다고 썼지만, 바야흐로 사정은 바뀌었습니다. 바벨탑은 하나가 되어 벽의 통과가 가능해졌고, 인간 대신 **너구리**가 존재하고 있습니다. 제2선언은 몇 번이고 고쳐 써서 드디어 제10선언이 요구되어 여기에 그것이 태어난 것입니다."

브르통 너구리는 긴 **갈기 수염**을 가볍게 치켜올리며 귓속에 접어 둔 종이를 꺼내어 읽기 시작했습니다. 그 유명한 제10선언입니다. 하지만 여기서 그것을 적을 필요는 없습니다.

이미 읽은 적이 있는 분에겐 반복이 될 것이고, 아직 읽지 않은 분은 사서 읽으면 됩니다. 수요(水曜)책방에서 팔고 있습니다.

난 가슴이 울렁거리기 시작했습니다. 뒷발로 귀를 긁고 갑자기 등에 벼룩이 달려들어서 다시 생각난 듯이 브르통 너구리는 연설을 계속하였습니다. 연설은 내 귀로 흘러 들어와선 신경을 찌르는 화학약품 분말로 변하여, 난 괴로워서 이를 갈았습니다. 그러자 그때마다 엄격한 표정으로 내 너구리가 팔꿈치로 찌르는 것입니다.

만일 너구리의 발톱과 이빨이 무섭지 않았다면, 난 틀림없이 큰 소리로 외쳤을 것입니다. 이런 입탑식이 얼마나 우스꽝스러운 짓인지, 난 단언할 자신이 있었습니다. 그러나 동시에 그 자신감은 전혀 근거가 없는 것 같은 느낌도 들었습니다. 난 소멸하든가 파열하는 것 이외엔 내가 존재한다는 것이 불가능해진 것 같았습니다.

브르통 너구리의 연설이 끝나자, 다시 단테 너구리가 등장하여 간단한 폐회사를 선언하였습니다. 몹시 싱겁게 식이 끝나고 말았습니다. 너구리들은 그 징그러운 웃음을 띤 채, 꼬리를 흔들면서 퇴장했습니다. 결국 우리 둘만 남았습니다. 난 투명한 손바닥에 투명한 얼굴을 파묻고 암담하게 서 있었습니다. 그러나 아무것도 떠오르는 게 없었습니다. 다시 한 번 앞장 끝에서 반복한 똑같은 질문을 할 수밖에 없었습니다.

"그런데 이제부터 어떻게 하는 거지."

9. 눈알 은행

"물론."

너구리가 앞발을 뻗치고 등을 움츠려 길게 **기지개**를 켜면서 말했습니다.

"우리는 탑의 일원으로서 마무리를 해야만 해. 단테씨도 말한 것처럼 넌 요컨대 아래 세상의 탯줄과 같은 존재이니까, 난 너를 완전히 청산할 필요가 있어. 그렇다고 불안해 할 건 없어. 내 존재는 네 이상으로 네 자신이니까. 나의 확립이기도 하지. 그래서 우선 눈알 은행에 가서 네 눈알을 맡기는 게 좋아. 그러면 그 눈알 이자로 종이 눈알이 발행될 거야. 난 그걸로 식용 쥐 통구이를 사거나, 빵을 사거나, 혹은 연구—앞으로 난 여자 다리 방정식을 전문적으로 연구할 작정인데—비용에 충당하기로 할 거야. 즉 아래 세상에서 말하는 돈인 셈이지. 한편 너는 현재 네 속의 유일한 중량인 눈알에서 해방되는 거니까, 물리적으로 비존재와 같은 존재로 천국으로 가는 길을 수증기처럼 가볍게 혼자서 올라갈 수 있어. 넌 말하자면 하나의 순수의식과 같은 것이 되는 거야. 절대 자유란 그런 게 아닐까. 거기서 넌 영원한 노래를 부를 수 있는 투명한 시인이 되는 것이지. 좀 샘이 나는군."

"하지만 발레리가 말했잖아. 수증기가 되었을 때 과연 노래를 부를 수 있을까."

"그러니까 할 수 있다고 대답해 주면 되지 않은가. 그렇게 상상력이 빈곤한 녀석을 문제 삼는다는 것 자체가 **촌뜨기**일 뿐이야. 그보다 그 제자인 앙드레 지드 선생이 임종 때 뭐라고 말했는지 알아?—**내 시선은 물질에는 끌리지 않는다.** 결국 상상력을 더욱 왕성하게 만들어 바벨탑에 가고 싶었다는 얘기지."

"그럼, 도대체 바벨탑과 묘지는 어떻게 다른 거야!"

"그렇게 무리하게 비교한다면, 같을지도 모르지. 하지만 비교할 필요 따위는 없지 않을까. 비교라고 하는 것은 원래 선택의 가능성이 있을 때 성립되는 것이지. 네겐 이미 선택의 여지가 없으니까…… 자, 그런 하찮은 말을 하지 말고, 가자. 눈알 은행의 관리인인 여호아씨를 만나 여러 가지 설명을 들으면, 정말로 그것이 네 희망임을 납득할 수 있을지도 몰라."

"싫어!"

난 갑자기 스스로도 깜짝 놀랄 정도로 큰 소리로 외치고 말았습니다.

"싫다고?"

너구리가 입술 사이로 큰 이빨을 드러내며 당장이라도 덤벼들 것 같은 자세로 나를 바라보았습니다.

"내가 잘못 들은 거겠지. 설마 싫다고는 말하지 않았겠지. 만일 그렇다면 마음속으로는 예스라고 생각하면서 입으로는 노라고 대답하는 정신분열 증상으로 로보트미를 해야만 해."

난 무서워졌습니다. 대놓고 반대하는 건 잘못이었다고 생각했습니다. 표면상으로는 복종하는 듯 보이면서 틈을 타서 도망치려고 생각했습니다.

"물론이지. 싫다고 한 적 없어."

"그럼, 그렇지. 그럴 리가 없지. 자, 그럼 출발하기로 하자."

우리는 방 안 구석의 커다란 돌기 그늘을 돌아 돌계단을 내려갔습니다. 계속해서 어두운 복도를 걸어갔습니다. 도중에 몇 개의 모퉁이에 갈림길이 있어서 그때마다 너구리는 고개를 갸우뚱하며 뒷발로 귀를 득득 긁고는 생각에 잠겼습니다. 난 걱정이 되어 물어봤습니다.

"알고 있는 거야?"

"본능적으로."

너구리가 무뚝뚝하게 대답하고, 우리는 다시 계속해서 앞으로만 갔습니다.

이윽고 눈알 은행이라고 새겨진 거대한 철문 앞에 당도했습니다. 문 앞에 넝마를 걸친 가련한 노인이 까맣게 칠한 작은 상자에 걸터앉아 있었습니다.

"여호아씨!"

내 너구리가 부르자 노인은 얼굴만 이쪽으로 돌리고 슬픈 듯이 미소를 지었습니다. 그것은 납처럼 노랗고 투명한 미이라의 얼굴이었습니다. 하지만 나는 친근감에 마음이 흔들렸습니다. 탑에 들어온 이래 처음 보는 인간입니다.

"눈알을 맡기시렵니까?"

그 목소리도 투명하여 슬퍼 보였습니다.

"잘 부탁합니다."

내 너구리가 까불며 말했습니다.

"그 전에 일단 여러 가지로 납득할 만한 설명을 해주시오.

특히 '탑을 사랑하는 눈알 저축 정신'에 대해서. 난 여기서 자면서 기다리고 있겠소."

그렇게 말하기가 무섭게 너구리는 한쪽 뒷발을 들어 벽에 소변을 보더니, 휙 옆으로 누워 앞발 사이로 머리를 파묻고 잠들어 버렸습니다.

여호아씨는 일어서서 역시 슬픈 미소를 띠면서 조용히 고개를 가로저었습니다.

"안텐군. 자네는 눈알 은행에 대해서 뭔가 알고 있나?"

"모릅니다. 모르지만 무서운 느낌이 듭니다."

"자네는 탑 안의 너구리들이 자네 앞에서 모두 똑같이 웃고 있다는 것을 눈치챘겠군. 그리고 나도 보는 바와 같이 웃고 있네. 왜 그런지 알겠나?"

"모릅니다."

"너구리도 나도 인간의 눈알은 해롭다네. 인간의 시선은 우리 존재를 진한 황산처럼 태워버리지. 끔찍한 눈, 아픈 눈, 괴로운 눈, 무서운 눈, 비참한 눈은 모두 이 눈알 작용에서 나온 용법이다. 난 인간의 눈이 무서웠다. 그래서 여호아를 본 자는 죽는다는 포고를 내서, 난 인간의 시선을 피하려고 했지만, 인간은 이미 그런 것에 속아 넘어가지 않게 되었다. 난 천국으로 도망쳤다. 그러나 인간은 하부 의식 세계에서 결속하여 바벨탑을 세우고 나를 바싹 쫓아왔다. 나는 다시 천국에서 도망쳐 나와 변장하여 여기저기로 숨어다녔다. 그리고 마침내 눈알의 유해를 극복하는 방법을 발견해 냈다. 그것이 바로 미소였어. 일견 하찮은 것처럼 보이지만 이건 위대한 발견이었지.

제임스씨도 말했듯이 감정에 의해 표정이 만들어지는 게 아니라, 표정에 의해 감정이 만들어지는 것이지. 그런데 일반적으로 미소는 그 글자 뜻대로 작은 웃음으로 생각하고 있는데 그것은 잘못된 것이야. 그 설명을 위해 우선 웃음, 슬픔, 공포를 각 정점으로 하는 삼각형을 상상해 봐. 그걸 표정의 삼각형이라고 부르지. 자, 그럼 그 중점과 각 정점을 연결하여 그 선상에서 표정의 변화를 추적해 보기로 하자. 슬픔은 흐느낌으로, 공포는 굳어짐으로, 그러다가 끝내는 무표정으로 변하고, 웃음은 은밀한 웃음으로 바뀌어 가는 거야.

그런데 주의할 것은 무표정 역시 하나의 표정이며, 극히 미세한 굳음이라는 것과 은밀한 웃음은 아무리 작아져도 결코 미소가 될 수 없다는 점이야. 그럼 미소란 무엇일까? 미소야말로 표정의 삼각형의 중점으로 완벽한 무표정인 것이다.

모든 표정이 미소를 향해 해방되어 간다. 미소야말로 완전히 비감정적인 것을 의미한다. 미소를 통해 사람을 보면, 그 안쪽에 있는 표정을 읽을 수가 없어. 유명한 모나리자의 수수께끼로 싸여 있는 미소를 생각해 보자. 그리고 주인 앞에 선 머슴의 미소를 생각해 보자. 미소는 어떤 시선에 대해서도 철의 장벽이 된다. 이 발견에 힘입어, 난 다시 천국으로 돌아갔지.

그런데 그즈음 아래 세상에선 혁명이 일어나기 시작했지. 너구리들의 독립운동이었어. 그들은 아래 세상과 천국의 유일한 통로인 바벨탑을 점령하고 독재하려고 했어. 그러나 역시, 눈알만은 어쩔 수 없어서 혼란이 계속되었지.

인간이 더 이상 나를 두려워하지 않자, 난 인간이 싫어졌다. 그래서 너구리들을 돕기로 했어. 난 너구리들에게 미소의 이론을 가르쳤지. 난 미소를 쉽게 그리고 일반적인 것으로 만들기 위해 과학적으로 분석해 보았다. 비(非)예술의 대가 이데레씨도 말한 바 있듯이, 미소가 곤란한 것으로 생각되었던 건, 그것이 웃음과 혼동되기 때문이야. 난 웃음과 미소의 해부학적 구별을 연구하고 그것을 팸플릿으로 만들어 너구리들에게 나누어 줬어. 즉 웃음은 무스클스 치고마틱스 마이요르의 강한 수축과 그 부근의 표정 근육의 협력 작용으로 이루어지지만, 미소는 무스클스 치고마틱스 마이요르의 가벼운 수축만으로 이루어진다고 할까. 구체적으로 말하면, 웃음은 주로 입 주변에 있는데 비해, 미소는 아래 눈꺼풀의 작은 융기에 기인한다는 거다. 더욱이 난 한 거울을 발명하여 약간 훈련만 받으면 누구나 완전한 미소를 습득할 수 있게 했지. 그 거울은 눈알 수정체를 원료로 만든 것으로 표정을 투과시켜 얼굴을 비추는 원리야. 하지만 완전히 미소를 습득하게 되면 거울은 투시력을 잃고 얼굴이 비치지 않게 되는 거야. 결국 아무것도 보이지 않게 된다는 편리함이 있지."

그때 분명 자고 있었던 내 너구리가 벌떡 일어나 험악한 어조로 말했습니다.

"여호아씨, 무슨 말을 하고 있는 거야. 쓸데없는 얘기는 그만 집어치우고, 빨리 용건을 말하는 게 좋을 텐데."

"아, 이런이런."

여호아 늙은이는 몹시 당황해서 말했습니다.

"주무시고 계신 줄 알았죠. 늙은이가 되면, 그만 자기 자랑 얘기를 한바탕 늘어놓고 싶어지거든요."

"자는 체했다는 걸 모르시나."

"아니, 전혀 몰랐어요."

그리고 내 쪽을 다시 바라보고는 갑자기 엄격한 어조로 말했습니다.

"방금 말한 것처럼, 요컨대 눈알 따위는 없는 게 낫지. 자네도 감당을 못하니, 빨리 눈알을 맡기도록 하게. 자네도 하찮은 것을 처치해서 좋고, 게다가 자네 너구리도 귀찮은 눈알을 편리한 채권으로 바꿔 과잉 시선과 혼을 계획적으로 나누어 사용할 수 있거든. 그렇게 소중하게 눈알을 끼고 있다니, 보물을 가지고도 썩히는 격이지.

옛날 볼코스의 처녀들은 세 사람씩 눈알 하나를 공유했다고 하는데, 본받을 만한 일이야. 눈알 은행의 원시적 형태라고도 할 수 있겠지. 예를 들어 도깨비불은 소량일 경우는 인간에게 없어선 안 될 소중한 것이지만, 대량일 경우는 무서운 독이 되듯이 눈알도 마찬가지라고.

그런데 자네 눈의 렌즈 굴절 도수는 0.8이니까, 그럼 당신 너구리는 연간 5츠올의 배당을 받게 돼, 알겠지? 자, 그럼 작업에 착수하자. 뭐 걱정할 염려는 없네. 눈알은 내가 책임지고 보관할 테니까. 실제로 이 창고엔(그러면서 철문을 가리키며) 400억 개나 되는 눈알이 저장되어 있지. 눈알 보존법은 내 은행 법안 중에서도 특히 뛰어난 발견이었어. 살아 있는 상태로 건

조시킬 수가 있어. 애브 크랫트라는 말을 알고 있나? 아라비아어로 차가움의 아버지라고 하는 카멜레온을 가리키지. 산불이 나도 흔히 카멜레온은 눈알이 타지 않고 남아 있는 데서 유래되었다고 하는데, 카멜레온의 눈알이라고 하는 것은 액체 공기보다도 차가워. 그래서 카멜레온은 태양을 똑바로 볼 수가 있고, 체내에서 빛을 분석하기 때문에 피부색을 그런 식으로 자유자재로 변화시킬 수가 있는 거야. 이런 사실에서 카멜레온의 물, 과망간산칼륨액에 인간의 눈알을 담그어, 불에 그을려 살아 있는 건조 눈알을 만드는 방법을 고안했네. 카멜레온 물의 효용을 치약 정도로 생각하는 인간이 경솔한 거지."

여호아 노인은 내 너구리에게 눈짓을 하고, 상자를 열어 커다란 나이프와 증발접시를 꺼냈습니다. 그리고 알코올 램프와 카멜레온 물이 들어 있는 플라스크를 내놓았습니다.

"준비는 완료되었네."

그렇게 말하고 벽돌을 움직여 비밀 버튼을 누르자 천장이 소리를 내며 열리더니 새까만 동굴이 떡하니 입을 벌리고 있었습니다.

"눈알을 꺼내면 자네는 이곳에서 곧바로 승천하게 되네.

말하자면 자네는 연기나 증기인 셈이고, 여기가 천국까지 통하는 굴뚝인 셈이지. 보거라. 천국까지, 가로막는 건 아무것도 없이 무한대야. 자네, 얼마나 멋진 일인가."

그렇게 말하면서 여호아 노인이 내 한쪽 팔을 손으로 더듬어 잡고, 동시에 내 너구리가 등뒤에서 히히히 웃으며 덤벼들어 겨드랑이 밑에 양손을 쑤시고 꽉 조였습니다. 여호아 노인은 증발접시를 내 눈 밑에 대고 나이프로 찌르려고 했습니다. 난 놀라서 땀이 날 정도로 크게 외쳐대고 말았습니다.

"아니, 도대체 왜 그러는데?"

여호아 노인이 안색이 변하며 말했습니다.

"난 노인이오. 올해로 4,082세가 되지. 심장도 약해졌는데, 그렇게 큰 소리를 내다니, 실례가 아닌가!"

"정말로, 왜 그러는 거야."

너구리가 화가 난 듯 말했습니다.

"머리가 어떻게 됐군. 자신이 무엇을 원하고 있는지도 모르는군. 여호아씨에게 심려를 끼치다니, 정말 분수를 모르네. 그럼, 할 수 없지. 먼저 그 '자동 교수대'로 팽팽하게 늘려준 다음에 할까? 발목을 묶고 거꾸로 매달아 적당히 피가 솟구친 뒤, 저울추가 달린 밧줄로 목을 감아 버리면, 저 녀석의 눈알이 자연히 튀어나올 테니까 작업하기도 쉽지."

"싫어!"

내 목소리는 건조한 데다가 열을 띠고 있어서 오그라들었습니다.

"절대로 싫어!"

"그렇게 큰 소리를 내지 말라고 했는데."

여호아 노인이 흠칫 겁먹은 소리로 말하자, 너구리도 거들었습니다.

"불쌍한 것, 이제 완전히 미쳤군. 작업에 착수하기 전에 로보트미를 해볼까?"

난 있는 힘을 쥐어 짜내어 간청했습니다.

"부탁입니다. 날 괴롭히지 말아주세요. 용서해 주세요. 살려주세요."

"그러니까,"

너구리가 말했습니다.

"우리는 희망을 충족시키고 행복하게 해 주려는 거야. 이걸 이해 못하면 안 되는데."

여호아 노인이 계속해서 말했습니다.

"실현될 것 같지 않던 꿈이 갑자기 실현되고 보니 혼란스러워 뭐가 뭔지 잘 모르게 된 모양이군. 안텐 너구리씨, 이번에 하계 전망대로 안내하여 기분 전환을 시켜주는 게 어떨까요? 그러면 마음이 진정되어 납득할 수도 있어요."

"부탁입니다."

난 외쳤습니다.

부글부글 끓듯 말했지만, 너구리도 결국 동의했습니다.

"'인간계산도표'에 나와 있지 않은 것이라서, 나도 동의하지 않을 수 없지만, 여호아씨가 책임을 진다면 시도해 보죠. 나중에 브르통 선생에게 채찍질을 당해도 난 모르는 일이오."

너구리는 부아가 난 듯 이빨을 드러내고 나를 노려보더니 앞장서서 걸어갔습니다.

10. 하계 전망대. 시간 조각기. 미술관.

미로. 틀림없는 미로. 방을 수십 개나 지나고, 복도를 지나, 계단을 오르기도 하고 내려가기도 하고, 게다가 어디가 어딘지 전혀 방향을 종잡을 수가 없었습니다. 어두워졌다가 밝아지기도 하고, 추워졌다가 따뜻해지기도 하고, 꽤 걸어갔지만 이상하게도 다른 너구리들을 한 마리도 만나지 못했습니다. 그 말을 꺼내자 내 너구리가 히히히 웃으며 조소하듯 말했습니다.

"누가 널 그리워할 줄 알아? 여호아씨의 장황한 설명처럼 눈알은 너구리에게 독이야. 네 체취를 맡는 것만으로도 모두 1마일 정도 멀리 도망쳐 버리지."

이윽고 우리는 천장이 낮은 한 평가량 되는 방 앞에 도착했습니다.

"여기가 전망대야. 하지만 잠깐 내 연구실에 들러 시간 조각기를 갖고 와야만 해. 바로 저기니까 함께 가도록 하자."

연구실 안은 어두워서 거의 아무것도 보이지 않았습니다. 그곳에서 나왔을 때, 너구리는 작은 유리상자를 겨드랑이에 끼고 있었습니다. 물이 반쯤 들어 있고 그 속에 흰 주먹만한 올챙이 같은 것이 떠 있었습니다.

전망대 중앙에는 돌로 된 의자가 있었고, 날 그곳에 앉혔습니다. 정면에 반짝반짝 빛나는 금속제 스크린이 걸려 있었습니다. 너구리는 유리상자 뚜껑을 열고, 흰 올챙이 꼬리를 잡더니, 그 끝을 스크린 옆 구멍에 끼우고, 올챙이 몸을 손가락으로 찌르고 잡아보거나 문지르기도 했습니다.

"이것은 시간 조각기라고 해. 이 흰 생물은 네 정액 중에서 추출한 정자 한 마리를 특수 방법으로 사육한 것이지. 이것을 적절히 조작하여 시간을 늘리거나, 굴절시키거나, 깎을 수도 있어. 시간이라는 것은 일반적으로 존재하는 게 아니라, 항상 뭔가와 관계하여 성립하는 거야. 그래서 그 뭔가에게 이 **꼬리**를 연결시켜 조작하면 되는 거지. 이 스크린은 하계 전망대인데 여기에 연결시키면 적당한 시간에 원하는 장소의 광경을 바라볼 수가 있지. 자, 그럼⋯⋯"

과연 스크린 위에 생생하게 하나의 풍경이 떠올랐습니다. 그것은 내 방 창문에서 내려다본 거리 풍경이었습니다. 그러나 이것이 정말로 눈에 익은 그 풍경일까요? 꿈에서 본 이국 여행의 환상처럼, 또는 기억할 수 없는 추억처럼, 유리컵 속의 동화처럼, 그들은 멀게만 느껴졌습니다. 너무나도 멀고, 6월의 태양 아래 어린아이가 되어 다시 태어난 듯한 경치들⋯⋯ 아, 저곳에서 잡담을 나누고 있는 건 자전거 상점 주인과 정육점 안주인이군요. 가로수에 기대어 하늘을 쳐다보고 웃고 있는 건 우체국의 소아마비 어린이, 자동차를 피해 서 있는 노인은 1호실의 재봉사입니다. 그 뒤에는 흰색 페인트를 갓 칠한 우유가게 배달소. 아아! 거리여, 집들이여, 사람들이여, 나의 연인들이여!"

"이것은,"

너구리가 말했습니다.

"내일 오전 10시 풍경이야. 투명인간 사건도 그 후 새로운 사건은 하나도 발생하지 않았고, 우익의 쿠데타도 실패로 끝났고, 사람들은 평온한 아침을 맞이하여 평범한 행복감에 젖어 있지. 불쌍한 속물들. 저 녀석들의 너구리가 불모의 광야에서 영양실조에 걸려 불구가 되고, 굶주림과 추위에 떨고 있다고 하는데……"

난 어느새 양손으로 앉아 있는 돌에 단단히 달라붙어 있었습니다. 손가락이 돌 속에 끼어버리고 말았습니다. 아니, 돌이 손가락 속에 끼어버린 것입니다. 난 생각했습니다. 최소한 미쳐서 이성이 산산조각이 나 버리면 좋을 텐데라고 말입니다. 온몸을 적시고 있던 절망감이 문득 이상한 속도로 달려와 심장을 중심으로 강렬한 증오로 변해 응결하였습니다. 그러자 갑자기 손을 본 펌프처럼 심장이 지금까지 없던 힘으로 쿵쿵 소리를 내기 시작했습니다. 혈관이 부풀어 올라 안쪽으로부터의 격한 압력에 폭발할 것만 같았습니다. 닫혀 있던 이성이 최후의 힘을 짜내어 출구를 찾고 있었습니다. 이성은 바야흐로 빼앗기려 하는 눈을 통해 시간 조각기를 바라보았습니다.

난 생각했습니다. 저 **꼬리**를 내게 연결하여, 시간을, 너구리에게 그림자를 빼앗긴 그 이전 시간으로 되돌아갈 수만 있다면……!

동시에 나는 뜻밖의 힘과 속도로 너구리에게 덤벼들어 쓰러뜨리고 정면에서 너구리를 노려보았습니다. 허를 찔린 너구리는 눈을 동그랗게 뜨고 그 히죽거리는 웃음도 얼굴에서 사라졌습니다. 그리고 귀를 딱 뒤로 젖히고 명백히 격하고 불안한 표정을 보였습니다. 그래도 너구리는 열심히 미소를 지으려고 애쓰는 것 같았습니다.

난 여호아 노인이 말한 미소에 관한 학설을 떠올리며, 서둘러 무스쿨스 치고마틱스 마이요르를 억누르고 양쪽에서 잡아당겼습니다. 이렇게 하면 웃을 수는 있어도 미소를 지을 수는 없는 것입니다. 그것이 효력을 발휘했는지 계속 노려보는 사이에 점차 너구리는 저항력을 잃고 나약하게 콧소리를 내며 뭔가 애원하는 듯한 눈초리가 되었습니다. 계속 노려보니까 털의 윤기가 사라지고 작게 수축되어 허탈한 것처럼 푹 오그라들고 말았습니다.

내가 손을 떼고 일어서도, 너구리는 슬픈 듯이 나를 바라볼 뿐 일어나려고 하질 않았습니다. 난 시간 조각기의 **꼬리**를 손에 잡고 다른 한 손으로 흐늘흐늘한 흰 생물의 배를 집어

올렸습니다.

"이봐,"

내가 힘주어 말했습니다.

"시간을 제자리로 되돌리려면 어떻게 하는 거지?"

"특별히,"

너구리가 잠긴 목소리로 말했습니다.

"정해진 규칙은 없습니다. 때와 장소에 따라, 육감으로 하는 겁니까. 오토매틱입니다……"

그리고 다시 미소를 지으려고 했기 때문에 나는 웃지 말라고 호통을 쳤습니다. 난 시간 조각기의 배를 문지르기도 하고 비비기도 하고 집어보기도 했습니다. 그러나 생각했던 것만큼의 효과는 전혀 없었고, 꿈속에서 새끼손가락만한 구멍을 빠져나가려고 발버둥을 칠 때와 같이, 그저 안절부절못하였습니다.

"내가 한번 해볼까요?"

너구리가 말했습니다. 난 대답하지 않고 온 신경을 손가락 끝에 집중시켰습니다.

갑자기 요란한 너구리의 포효 소리가 벽 전체에 울리더니 작은북이 연타를 치듯 울렸습니다. 뒤돌아보니 어느새 너구리는 모습을 감춘 뒤였습니다.

내 너구리의 포효 소리에 답하듯 여기저기서 너구리들이 일제히 울기 시작했습니다. 건물 전체가 울렸습니다.

난 시간 조각기를 안고 전망대를 빠져나왔습니다. 너구리들이 외치는 소리가 점차 조직적으로 변해 나를 목표로 포위망을 좁히는 듯했습니다. 난 가장 경비가 허술하다고 생각되는 방향으로 뛰어갔습니다.

몸이 발이 되도록 뛰었습니다. 계단을, 벽을, 복도를, 또 벽을, 비탈을 넘어지면서 뛰어갔습니다. 너구리들은 전후좌우로부터 동시에 육박해 오고 있었습니다. 비슷하게 생긴 돌이 울퉁불퉁 끝없이 계속되었습니다. 같은 곳을 빙글빙글 돌고 있는 것 같아 나 자신까지도 돌의 일부가 된 듯한 착각에 빠질 정도였습니다.

문득 전방에 넓은 홀이 보였고 중앙에 철로 된 나선계단이 있고, 높은 천장의 틈새를 관통하고 있었습니다. 바로 옆에 표지판이 세워져 있었습니다.

바 벨 탑 미 술 관

뛰어 올라가 보니, 그리 넓지 않은 홀에 조각품이 쭉 진열되어 있었습니다. 전부 여자 다리였습다. **허벅지**에서 절단된 여자 다리로 된 숲은, 내가 쫓기는 몸이라는 사실도 잊은 채, 한순간에 숨을 죽이며 눈을 크게 뜨고 보았을 정도였습니다. 각각 토막 난 돌 위에 서로 다른 포즈를 취하고 있었습니다. 맨 앞줄 그룹에는 원시 예술이라는 표지가 붙어 있었습니다. 검은 구멍투성이의 돌로 새긴 둥그스름한 다리가 이상한 물고기나 새 문양으로 장식되어 있었습니다.

다음 그룹은 크레타와 미케네의 예술, 그것은 전체적으로 기둥과 같은 느낌이었습니다. 다음은 그리스, 요컨대 밀로의 비너스 다리만을 떼어 놓은 것이었습니다. 다음은 르네상스, 뭐라 표현해야 좋을지 모르겠습니다.

그리고 낭만파는 양말을 신고 있었습니다. 그 다음은 자연주의, 놀랍게 아무리 봐도 살아 있는 인간의 다리를 절단하여 파라핀으로 고정시킨 것으로밖에 생각할 수 없었습니다. 절단 부위에는 생생한 살이 보이고 혈관이나 골반의 단면까지 보였습니다. 끔찍한 것은 허벅지 안쪽에 혈흔이나 음모 자투리조차 고스란히 남겨져 있었습니다.

다음은 추상파였습니다. 침이나 금세공, 모빌 오브제라 칭하는 태엽 장치의 함석세공 등, 여하튼 전람회에서 흔히 볼 수 있는 그런 수법이며, 특별히 다리에 한정되어 있지 않았습니다. 마지막은 초현실주의로, 약간 안쪽의 별실로 되어 있어 제대로 보이지 않았습니다.

너구리들이 아래까지 쫓아왔습니다. 난 도망가는 걸 멈추고 휙 둘러보았습니다. 출구는 어디에도 없었습니다. 초현실주의 방에 들어갔습니다. 그러자 갑자기 숨이 턱 막혔습니다.

작은 방에 조각품은 하나도 없고 벽에 각종 방정식이 적혀 있었는데, 그 밑에 제각기 모양이 다른 구멍이 뚫려 있었습니다. 크기나 모양에 상관없이 그들 구멍은 모두 나를 조일 듯이 입을 벌리고 있었습니다.

너구리들이 나선계단을 올라오려고 하는 기척을 느꼈습니다.

난 얼른 한 구멍으로 도망칠 결심을 했습니다. 서둘러 구멍을 살펴보며 돌아다녔습니다. 대개의 구멍은 바로 앞에서 막혀 버렸습니다. 그중 두세 개 구멍이 안쪽으로 뚫려 있었습니다. 가장 깊어 보이는 구멍, 가능하면 무한대로 이어지는 구멍을, 위에 적혀 있는 방정식으로 풀어보려고 했지만, 꽤 복잡해서 아무래도 시간이 부족할 것 같았습니다. 내가 가장

이해하기 힘든 공식의 구멍으로 들어가기로 결심했습니다.

$$\int_0^{2\pi} \left(\frac{hv'}{C} \sin\theta \right) a\, d\theta - \frac{mBC}{\sqrt{1-B^2}} \cos\theta = \int_0^{\infty} 0.042 \sum_0^{\infty} e - \frac{\theta}{a}\, d\theta$$

구멍 속의 한쪽 벽은 콧물 같은 것으로 덮여 있었고, 꾸불꾸불하다가 넓어졌다가는 좁아졌다 했습니다. 좁은 곳은 네발로 겨우 기어갈 수 있을 정도였습니다. 그러다가 상하좌우 갈림길에 다다랐습니다. 생각할 겨를도 없어서 대충 집히는 방향으로 갔습니다. 점차 공기가 무겁게 느껴지더니 후덥지근했습니다. 유기체적인 미지근한 악취가 입과 코의 경계선을 자극했습니다.

항아리처럼 부푼 곳이 나왔습니다. 역시 공기가 스스로 빛나고 있는 것처럼 어슴푸레한 빛이 구름처럼 표류하고 있었습니다. 난 상자를 밑에 내리고 귀를 집중시켜 상황을 살폈습니다. 소리는 복잡한 구멍의 굴절에 일그러지고 서로 겹쳐져서, 무슨 소리인지, 어디서 들리는 소리인지 분명치 않았습니다. 여하튼 심상치 않은 소리가 시시각각 쫓아오고 있는 것만은 확실했습니다. 난 시간 조각기 상자를 집어 들고, 도망쳐봐도 끝이 없고, 어차피 마지막엔 이 기구에 의지할 수밖에 없다고 생각하고는, 여기서 다시 한 번 시험해 보려고 생각했습니다.

그리고 상자 속에 있던 액체가 어느 틈에 흘러내려, 흰 생물이 바싹 말라 상자 밑에서 괴로운 듯이 발버둥치고 있는 걸 발견했습니다. 공포가 격렬한 의지로 변해 모든 손가락이 전류를 통한 것처럼 떨렸습니다.

'부탁이다, 부탁이다, 제발 부탁이다.'라고 하며 심장이 울리고 뇌의 주름이 시간을 원래대로 되돌려 달라고 하는 도형을 그렸습니다. 발자국 소리가 가까워짐에 따라 점차 압력이 손가락 끝에 몰렸습니다. 어둠 속에서 흘끗 너구리 눈이 빛나는 것을 본 순간, 그만 그걸 꽉 쥐어 으스러뜨릴 뻔했습니다.

흑 하고 그 녀석이 울기 시작했습니다. 동시에 눈부신 빛이 돌풍처럼 뒤쪽에서부터 내게 충돌하여 나는 반짝이는 빛뭉치와 함께 구멍 깊숙이 나가떨어지고 말았습니다.

11. 너구리에게 돌을 던지다.

정신을 차리고 보니, 어느새 다시 난 P공원 벤치에 앉아 있었습니다. 수첩을 무릎 위에 펼치고 열심히 보는 중이었습니다.

얼굴을 들자 아카시아 수풀 밑에 그 너구리가 앉아 가만히 이쪽을 보고 있었습니다. 그날 아침과 모든 게 똑같았습니다. 이윽고 너구리는 히죽히죽 웃으며 이쪽으로 접근해 왔습니다.

난 순간적으로 벌떡 일어나 수첩을 돌돌 말아 내던졌습니다. 계속해서 그 부근에 있는 돌멩이 몇 개를 집어서는 던져버렸습니다. 병적인 흥분 상태였기 때문에, 너구리가 도망쳐버린 후에도 좀처럼 집어던지는 걸 멈출 수가 없었습니다.

(1951. 5)

『사업』

●

성인 플리니우스는 말했다. 우연이야말로 우리의 신(神)이라고. 나 또한 이 신을 믿고 있다. 사업이야말로 신에 대한 귀의의 증거일 것이다. 사업가 정신에 의해 사람은 우연이라는 신 아래서 조각난 운명의 파편을 맞추고, 그날의 슬픔을 기쁨으로 전화시킬 수 있는 것이다. 사업가는 우연이라는 제단의 사제다. 우리 사업가는 신의 비호 아래 언젠가는 세계를 지배하게 될 것이다.

지금까지도 난 상당히 우수한 사제였다고 자부한다. 사업의 성공을 신에 대한 충성의 증거로 보는 것은 경건한 사제가 취해야 할 올바른 태도가 아닐까. 잘 아시는 바와 같이, 내 사업은 식육가공이다. 쥐를 원료로 해서 기업으로서 대량 생산에 성공한 것은 뭐니 뭐니 해도 내가 처음일 것이라고 생각한다. 특히 이 빈곤한 나라에서는 말이다.

이 시도는 높이 칭송할 만한 일이 아닐까. 생물화학적으로 봐도 쥐의 단백질은 소나 돼지보다도 뛰어나며, 여하한 어류보다도 인간에게 적합한 음식물인 것이다. 뿐만 아니라 쥐의 생식력과 그 사육의 용이함은 특히 눈부셔서 품질 개량도 매우 손쉽다.

귀하께서도 기억하실 줄로 생각되는데 지난번 신문지상을 떠들썩하게 만든 T시의 큰 쥐야말로 우리 공장 소속인 돼지쥐 82호가 우리에서 도망친 것에 불과하다. 그건 이미 길이 44cm나 되었다. 현재 생산 중인 세틸 화합물과 근육성장효소 석시닐 옥시다아제에 의해 비대해진 돼지쥐 110호는 대략 60cm에 달할 정도다.

뭐라고 말했죠? 불결하다고……? 천만에. 근대적 시설 속에서 고온 가압 과정을 걸쳐 제조된 쥐고기 소시지는 어떠한 종류의 박테리아도 살아남을 수가 없을 것이다. 실로 무지몽매한 말이다. 남는 건 기분뿐이다. 하지만 기분……기분이란 게 도대체 뭘까. 무지로부터 오는 불안한 한마디에 그만 끝나버리고 마는 것일까. 아무 말도 하지 않으면 그들은 전혀 눈치채지 못한다. 따라서 쥐고기 소시지를 비밀과 침묵의 비닐로 포장해 두기만 하면 그걸로 문제는 없는 것이다. 물론 이런 건 쥐고기 소시지에 한정되지 않고 무슨 일이든 마찬가지다.

이런 비밀과 침묵은 모든 사업가가 지닐 의무이며 규칙이라고 생각해야 한다. 소시지가 식품으로 완성되면 그걸로 충분하지 않은가. 그 이상의 일은 대중에게 있어서 아무 쓸모가 없다. 그들을 헛된 혼란에 빠지게 할 뿐이다. '도덕을 가장하는 것이 도덕이다'라고 우리들 신이 말씀하셨다. 실제로 우리 공장에서 하루 2천 킬로그램의 쥐고기가 시장에 공급되는데, 공급량은 나날이 증가하고 있는 양상이다. 또한 나 자신도 세 번 식사 때마다 곁들여도 도무지 병에 걸리지 않는 걸 보면, 이런 훌륭한 음식이 또 어디 있겠는가.

그런데 여기에 문제가 생겼다. 어느 날, 우리 쥐사육 담당자 중 한 사람이 돼지쥐에게 습격을 당해 물려 죽은 사건이 발생했다. 태양의 흑점의 변화 탓인지 쥐들이 이상하게 거칠어져 우리를 부수고 내가 사는 곳까지도 습격하려고 했다. 다행히 난 신의 가호로 무사했지만, 아내와 아이, 그리고 몇 명의 고용인이 쥐의 어금니에 물어뜯겼다. 그 결과는 다음 날 사망 통지를 통해 알려지게 되었다. 역시 뭔가 느껴지는 게 있어서 난 깊이 생각에 잠겼다.

그중에는 이번 일로 천벌을 받은 거라고 퍼뜨리는 자도 있었다. 내 불우한 처지를 기회로 삼은 불평분자의 중상 망언에 불과했다. 천벌이 뭐가 천벌이란 말인가. 난 오히려 이런 스파이 근성이 있는 임자를 찾아낼 기회를 얻은 걸 기뻐하고, 즉시 해고했다. 사제의 신분과는 멀고 인연이 없는 불결한 착상이다. 난 더 이상 혼란에 빠지는 일 없이 며칠을 깊은 명상 속에서 보냈다. 깊은 명상이 무엇을 가져다 주는가는 모두가 다 아는 대로다. 결국 난 이것이 천벌은커녕 커다란 신의 계시임을 발견한 것이다.

즉시 나는 원기를 회복하고 사업가다운 활동적인 본래 자신의 모습으로 되돌아왔다. 우선 맨 먼저 한 일은 입관 중인 아내와 아이를 비롯한 6개의 시체를, 심복 기사에게 이야기해 소시지로 만든 일이었다.

각계의 대표자를 초대한 시식회는 예상한 대로 대성공을 거두었다. 5개의 대기업 상사로부터 특별 주문을 받았다. 특히 초청한 사람 중에 미식가로 유명한 모 장관 부인 등은 꼭 남편을 위해 선물하고 싶다고 요청했을 정도였다. (물론 그녀는 그 원료에 대해선 아무것도 알지 못했다. 아니 그녀뿐만 아니라, 동석한 그 누구도 알

지 못했다. 그러나 이것은 전혀 지장 없는 일이다. 되풀이해서 말하는 것 같지만, 도덕

을 가장하는 것이 바로 도덕이다.)

자, 나의 새로운 사업이 어떠한 것인지 현명한 귀하께선 이미 알아차렸을 것이다. 물론 한마디로 말해서 단백질 원료를 쥐고기보다 풍부하고 채취하기도 편리한, 게다가 입맛이 좋은 인육(人肉)으로 대체한 것이다. 이런 이유로, 바야흐로 나는 특별히 선출된 교주를 자처하지 않을 수가 없었다. 이 이상 대규모이고 (지구가 공장이다.) 합리적인 (바야흐로 세계는 인구 과잉으로 고민하고 있다.) 사업이 또 어디 있겠는가!

우선 난 우리나라의 모든 시체가 화장터에 가기 전에 내 공장을 거치도록 관할 장관에게 신청하고 약간의 금전상의 조건을 달아 인가를 얻었다. 그때 좀 불쾌한 사건이 있었다. 개인적인 신청이므로 우리 공장 제품에 특별히 눈에 띄는 심볼을 표시해 달라는 것이었다. 절대로 우리 인육 소시지를 먹지 않겠다는 의도가 환히 내다보였다. 화가 났지만 난 참기로 했다. 장관 따위라는 건 어차피 우리들 사업가가 볼 때는 심부름꾼에 불과한 것이다. 불쌍한 녀석, 그냥 신경 끊고 눈감아 주기로 하자.

그런데 귀하는 이 새로운 사업을 비도덕적이라고 생각하

고 있는가? 설마 그런 일은 없으리라고 믿지만, 만일을 위해 한마디 첨가한다면—도대체 우리에게 우연이라는 신에 의해 정해진 도덕 이외에 어떠한 도덕이 있을 수 있겠는가. 인간이란 그 신 밑에 있고 본질적으로 나약한 자로 빼앗겨야만 하는 것이다. 그러므로 인간으로부터 뭘 빼앗을지는 신의 의지에 따르는 일이다. 이는 신의 편에 속하는 것이며, 결코 인간을 배신하는 게 아니다. 왜냐면 인간이 빼앗김으로써 어떠한 작은 변화도 생기지 않았고, 오히려 본연의 자세로 남게 될 것이기 때문이다. 더구나 빼앗기는 것은 이 경우 혼(정신)으로, 이는 한 푼도 안 되는 공상에 불과하다. 더군다나 물질인 시체 그 자체는 원래 신에 의해 무료로 빼앗길 터인데 우리 손에 의해 유료화된 것이므로, 이 사업이야말로 비도덕적이기는커녕 사회 사업이라고 말할 수 있지 않을까.

또 이와 병행하여 내가 행한 운동에 의해 합법화된 자유로운 낙태는 단순히 남녀의 즐거움을 증가시켰을 뿐만 아니라, 그로써 금전상의 이익을 얻을 수 있는 혁명적인 성도덕의 변화를 가져왔다. 더욱이 태아의 가공품이라고 하는 더할 나위 없는 진미를 미식가에게 공급할 수 있게 된 공적에 관해서는 두말할 나위가 없을 것이다.

자, 서론이 길어졌는데 드디어 본론으로 들어가야겠다. 내가 구상한 이 새로운 사업은 그 후 눈부신 확장을 거듭해, 드디어 원료가 부족해지기에 이르렀다. 그 때문에 원료 채취의 범위를 확장하지 않으면 안 되었다. 실은 그 점에 관해서 귀하의 의견을 듣고 싶은 것이다.

원료 채취의 범위를 확장한다는 것은 사태가 이 지경에 이르러서 생각할 수 있는 건 살인……. 이는 혼동하기 쉬운 말이지만, 살아 있는 인간을 단백질의 보급원으로 채집하는 것 외에는 다른 방법이 없다는 것을 귀하라면 솔직히 시인하리라 생각한다. 그래서 이 새로운 사업에서 가장 곤란하고 동시에 흥미 있는 분야를 귀하께서 담당해 주셨으면 한다. 귀하야말로 철학을 공부한 냉철한 합리주의 정신의 소유자이며, 게다가 유능한 탐정소설가이지 않는가. 그러니 귀하에게 부탁한다는 생각이 어리석을까? 아니라고 일언지하에 대답할 수 있을 귀하의 목소리를 난 이미 사전에 들은 것이나 다름없다.

서로 잡아먹는다는 풍습은 인류의 역사에선 쇠퇴해 버렸지만, 이것이 자연의 법칙에선 하등의 악덕이 될 수 없을 뿐더러, 일종의 숭고한 의식에 속한다는 것에 대해서 일찍이 논의한 바가 있다.

아마 귀하도 기억할 것이다. 우리들의 결론은 이러했다. 서로 잡아먹는 미덕에 관해서 고대부터 여러 현자들이 인정한 바이다. 사마귀가 서로 잡아먹는 것은 성교를 단순한 생의 낭비로부터 장엄한 죽음으로까지 끌어올린 것이며, 늑대나 쥐가 서로 잡아먹는 행위는 동료의 고통을 더 이상 지연시키지 않으려는 애정에 가득 찬 배려다. 게다가 이는 지구 표면을 썩은 시체로 더럽히지 않으려는 청결함과 적당히 숫자를 조절하려는 합리주의 정신에서 온 것이라고 볼 수 있다.

또 식인종의 식인 행위는 상대방에 대한 일종의 종교적인 경애와 결합을 갈구하는 표현인 것이다. 그러나 가장 결정적인 것은 직접 먹는 걸 목적으로 할 경우 생물 살상은 죄가 아니라는 기독교의 가르침이다. 이 가르침에 따라 살인이 행해진다면, 그것이 수단이 아니라 직접 식욕이라는 동기를 갖고 있으면 죄악이 되지 않는다는 게 인정되는 셈이다.

물론 사람들은 그것이 단순히 소극적인 긍정일 뿐 미덕이라고는 말하기 어렵다고 할지도 모른다. 하지만 이것은 가장 엄격한 종교상의 규칙에 관한 일이다. 보통 인간의 법칙에서는 정당방위에 의한 살인은 정당한 것으로 인정하고, 전쟁조차 정신 건강이라며 받아들이지 않는가. 그러므로 식욕에 의

한 살인 따위는 실로 정의롭고 미덕이라 생각하면 된다. 매우 교묘하게 우연의 신은 이렇게 가르쳤다. 정의는 합리적 정신에 의해 항상 빼앗는 자 편에 있다고.

난 조만간 식용을 목적으로 한 합법적인 살인을 장관에게 신청할 작정이다. 특히 그 구체적 내용인 살인 수단에 관해서는 대략 시안이 만들어져 있다. 난 최근 미국의 돼지 도살공장을 참고로 살아 있는 인간을 전혀 일손을 빌리지 않고 자동적 조작에 의해 기계에서 나왔을 때는 소시지로 만들어지도록 하는 방법을 발견했다. 매우 의미 있는 발견이 아닌가. 우선 능률적이고, 게다가 어느 정도는 인도적이다. 더구나 생산 자동화에 의해 실업 인구가 증가하고 있는 추세다. 그러니 원료로서의 인간이 남아돌 것이 분명하다.

나는 이 기계에 '유토피아'라는 이름을 붙였다. 기계 입구에 유토피아라고 하는 간판을 걸고 아름답게 장식을 하여 대대적으로 선전을 해서 유토피아를 원하는 인간 즉, 식용 외에는 아무런 가치도 없는 그런 인간들을 자발적으로, 또는 자동적으로 유인할 작정이다. 무엇보다도 선전이 매우 중요할 것이다. 전국의 철학자를 모두 동원하자. 또 장식을 하기 위해선 미술가와 심리학자들의 도움이 필요하다. 이 점에 관해서는 이윽고 그 총지휘자가 될 귀하의 절대적인 수완에 달려 있다.

한편, 이때 유토피아 지원자에겐 얼마간의 보상금을 주어야 한다는 의견이 전혀 없는 것도 아닌데, 사전에 이러한 속된 공론은 봉쇄할 필요가 있다. 한 푼도 주지 않을 뿐만 아니라, 오히려 하나라도 빼앗지 않으면 안 된다. 우선 유토피아 입장료를 징수하지 않으면 안 된다. 이것은 단지 우리의 이익을 이중으로 늘려줄 뿐만 아니라, 오히려 심리적으로 사람들이 지원하고 입장하고 싶은 욕구를 돋구어 줄 것이다.

거기에서 우리들은 다음과 같이 외칠 것이다. "유토피아입니다. 무엇을 망설입니까? 망설일 필요가 없습니다. 뭐라고? 돈이 없다고? 그럼 돈을 벌어서 오세요. 일자리가 없으면 우리 공장 소시지 판매원이 되세요. 고생한 보람이 있을 거예요. 몇 개월간의 노력으로 평생이 보장되니까요."

이 유토피아는 일시적인 것이 아니다. 들어가면 살아 있는 한 어떤 일이 있어도 나오지 않아도 된다.…… 물론 나올 때는 소시지가 되겠지만.

그런데 마지막으로 할 말이 있다. 두말할 나위 없이 구체적으로는 아직 많은 문제가 남아 있다. 우선 신청서를 제작하기 전에 그 문제점에 관해 귀하의 현명한 충고와 협력을 바라는 바이다. 바라건대 가까운 시일 내에 방문해 주길 고대한다. 진정 마음으로부터 귀하를 환영할 것이다. 당일 메뉴로는 배에 버터와 향료를 채워 꿀에 잰 6개월 된 태아(먹기에 적당하다. 특히 연골을 씹을 때의 느낌은 각별하다.)의 통구이가 특별히 추가될 것임을 초대의 말로써 덧붙여 두는 바이다.

〈그대 안에 있는 그〉에게 보냄 *(1950. 9)*

《부록》

일본 현대문학의 기수, 아베 코보의 문학 세계

이정희

1. 서론: 현대 일본문학의 가능성을 제시한 '보편적'·'국제적'인 작가

전후문학의 기수 아베 코보(安部公房). 이것은 1993년 아베 코보 사망 후 그가 받은 첫 번째 평가다. 이어 '전후 현대문학의 첨단을 달려온 작가 아베 코보', '일본을 초월한 보편문학', '국제적인 작가', '일본의 카프카' 등의 평가가 신문지상을 수놓았다.[5] 아베 코보는 1951년 『벽—S. 카르마씨의 범죄(壁 —S.カルマ氏の犯罪)』로 제25회 아쿠타가와(芥川)상을 받으면서, 작가로서의 지위를 확립했다. 그 당시 아베 코보에 대한 평가

---

5) 1993년 1월 22일 석간 아사히신문(朝日新聞), 산케이신문(産經新聞)등.

는 '전후 문학의 수확'·'새로운 문학의 전형' 등이었다. 그 후 1960년대의 『모래의 여자(砂の女, 1962)』, 『타인의 얼굴(他人の顔, 1964)』, 『불타버린 지도(燃えつきた地圖, 1967)』라고 하는 소위 '실종 삼부작'을 발표할 당시, 그에 대한 평가는 '무국적자', '고향 상실자', '전통을 단절한 작가', '아방가르드' 등이었다. 그 후 몇 번이나 노벨문학상 후보에 올라 근대 일본문학의 보수적인 틀에서 벗어난 작가상을 정착시켰다.

아베 코보 사후, 그가 다각적인 업적을 보인 소설·희곡·평론·에세이·사진·영화 등의 각종 장르가 재평가되기 시작했다. 1996년 4월에 뉴욕 콜롬비아 대학에서 개최된 '아베 코보 국제 심포지엄'이 그 좋은 본보기이다.

학술 심포지엄은 3일 동안이었지만, 이와 병행해서 영화제, 전시회, 연극 공연 등의 '아베 코보 기념축제'가 3월 24일부터 5월말까지 계속되었다. 영화제에서는 영화 〈모래의 여자(砂の女)〉, 〈타인의 얼굴(他人の顔)〉, 〈함정(おとし穴)〉, 〈친구들(友達)〉 등을 상영하였다. 전시회에서는 유품과 사진 작품 도록과 함께 초판본과 자필 원고 등이 전시되었다. 심포지엄은 일본을 비롯하여 미국, 프랑스, 독일, 스웨덴, 폴란드, 체코, 멕시코, 그리고 한국에서 온 필자를 포함해서 아베 코보 연구자와

번역가가 약 40명이 모였다. 외국의 한 작가, 특히 일본의 한 작가에 대해 이와 같은 국제 심포지엄이 미국에서 열리기는 드물 것이다. 이것은 아베 코보가 국제적으로 잘 알려져서 연구할 가치가 있다는 것을 증명해 준 셈이다. 이 성대한 '아베 코보 국제 심포지엄'에 참가하여 문득 느낀 것은 "지금 왜 아베 코보인가?" 하는 의문이었다.

그러면 이 대답에 앞서 현대 일본문학에서 국제적으로 폭넓게 읽혀지고 있는 작가는 누구인가를 먼저 알아보기로 하자. 제일 먼저 일본인으로 처음으로 노벨문학상을 받은 가와바타 야스나리(川端康成)를 비롯하여 미시마 유키오(三島由紀夫), 엔도 슈사쿠(遠藤周作), 아베 코보(安部公房), 그리고 두 번째로 노벨문학상을 받은 오에 겐자부로(大江健三郎) 등을 들 수가 있다. 최근에는 여기에 무라카미 하루키(村上春樹)나 요시모토 바나나(吉本バナナ)를 거론할 필요가 있을지도 모른다. 이들 열거한 유명 작가들 중에서 가장 국제적으로 잘 알려져 있고, 그리고 높은 평가를 받고 있는 작가는 아마 아베 코보가 아니겠는가 하고 생각한다.[6]

6) 한국에서는 그가 1950년대 초에 공산당에 입당한 경력이 있어서였는지는 모르지만, 그의 문학은 거의 소개되지 않았다. 변역 소개된 작품은 두 작품으로, 1962년에 발표한 『砂の女』가 1978년 柳呈역 『모래의 여자』(瑞音出版)로 출판되었다. 또 하나는 1967년에 발표한 『燃えつきた地圖』가 1982년 李浩哲역 『불타버린 지도』(중앙일보사)로 출판되었다.

이렇듯 아베 코보를 국제적으로 가장 잘 알려진 작가라고 말하는 데에는 나름대로 근거가 있다.

첫째, 가장 객관적으로 알 수 있는 것으로, 아베 코보 작품은 일찍이 1950년대부터 번역, 소개되어 세계 각국에 널리 퍼져 있다는 사실이다. 번역 작업은 미국뿐만이 아니라 러시아, 유럽, 게다가 동유럽에서도 활발히 진행되었다. 예를 들어 전 세계적으로 가장 잘 알려진 『모래의 여자』는 1964년 영어로 번역된 이래 37개국에서 번역·소개되었다.[7]

둘째, 아베 코보의 문학이 갖는 '보편성' 내지는 '국제성'을 들 수 있다. 아베 코보의 대부분의 소설은 일본을 무대로 하고, 등장 인물은 일본인이고, 상황도 일본적인 것이지만, 일본인 연구자나 외국인 연구자가 모두 지적하고 있듯이 어디서나 일어날 수 있는 이야기라는 것이다. 이것을 아베 코보 문학이 갖는 '보편성'이라고 말하고자 한다. 이러한 '보편성'이야말로 아베 코보 작품이 일본 이외에도 여러 나라에서 널리 읽혀지고 있는 이유 중의 하나일 것이다. 앞서 예를 든 『모래의 여자』의 경우만 보아도 명백하다.

---

7) 아베 코보 번역리스트 참조. 李貞熙「安部公房のシンポジウムに参加して―アメリカ·ニューヨークのコロンビア大學にて―」(筑波大學 比較理論文學會『文學研究論集』第14号, 1997.3).

노벨문학상 수상작가인 가와바타 야스나리나 극우파 작가 미시마 유키오의 경우 지극히 일본적인 배경과 상황, 인물을 그려내고 있다. 외국에서 호평받는 가장 큰 이유가 바로 이 이국정서에 호소한 점일 것이다. 그러나 아베 코보의 '보편성'은 독자의 국적을 묻지 않는다. 외국인일지라도 독자는 그의 작품이 지닌 문학적 가치 내지는 스토리와 주제 등에 관심을 기울이고 공감대를 형성할 수 있다.

이러한 '보편성'과 더불어 아베 코보의 '국제성'을 생각할 경우, 고려하지 않으면 안 되는 것이 바로 '전통을 단절한 작가'라는 것이다. 여기서 '전통을 단절했다'라고 하는 것은 우선 아베 코보가 근대 일본문학의 전통 내지 특수성이라고 할 수 있는 '사소설(私小說)'에서 탈피한 작가라는 것이다.

근대 이후 서구로부터 들어온 자연주의의 영향을 받아 근대 일본소설은 '사소설'이라고 하는 독특한 형식을 만들어냈다. 이 '사소설'의 만연은 일본 근대문학의 병폐라고까지 하였고, 또한 '사소설'을 극복하지 않고는 일본의 현대문학이 나아가야 할 방향은 참담하기만 하다고까지 지적하였다. 일찍이 이러한 문제점을 인식한 탓인지 아베 코보는 '사소설'의 전통을 단절하고, 이를 극복하였다. 그리하여 아베 코보는 '일

본적이지 않는', '고향을 갖지 않는', '전 지구적인', 또는 '무
국적 작가', '일본에서 가장 국제적인 작가'라는 평가를 얻었
다. 확실히 일본인 작가 중에서 이 정도로 일본문학의 전통을
단절시키려 했던 작가는 드물다. 그는 '전통에의 단절'을 '문
화의 크레올성'과 연관지어서 인류 공통의 '보편문화'의 가능
성을 제시하려고 하였다.

아베 코보는 작품을 통해 공동체 문제, 도시 문제, 언어 문
제, 핵 문제, 문화의 크레올성의 문제 등 여러 문제를 제기해
놓았다. 아마 21세기는 아베 코보가 제기한 이러한 문제들이
어떻게 전개되고 심화되는지가 굉장히 중요한 문제로 대두되
리라 생각한다. 따라서 21세기를 사는 도시민에게 빼놓을 수
없는 21세기의 문명 텍스트로서 아베 코보의 작품을 읽어야
할 필요성을 느끼게 될 것이다.

이와 같은 아베 코보의 문학 세계를 그의 문학의 출발점
이라고 생각할 수 있는 만주 체험, 그리고 그의 사상 기반, 소
설 기법, 주요 모티브, 주요 테마 등을 고찰해 가면서 일본 근
대문학의 기수 아베 코보를 말하고자 한다.

2. 본론

2.1 문학의 출발점: '만주 체험'

파란만장한 생을 보낸 작가가 더러 있다. 아베 코보도 그 중의 한 사람일지도 모른다. 1924년 도쿄에서 태어나 그 이 듬해에 만주의대 교수인 아버지를 따라 만주로 건너가 유년 기·소년기를 보냈다. 이 시기는 만주사변에 이어 1931년 '만 주국'이 건설되고, 이에 따라 오족협화(五族協和), 왕도락토(王道 樂土) 등을 부르짖으며 만주개척 이민단이 형성되어 대거 만 주로 이주해 간 시기이다. 아베 코보의 조국은 분명 일본이지 만, 그는 일본 문화의 전통과 단절된 이국의 풍토에서 성장하 였다. 만주국은 일본인·중국인·조선인 등 이민족 혼합사회였 다. 어린 시절 그는 이런 사회의 원색 풍경과 각각 서로 다른 이민족의 풍습 등을 엿보았음에 틀림이 없다. 만주 펑텐(奉天) 에서 중학교를 졸업하고 고등학교 입학을 위해 도쿄로 온 후, 만주와 도쿄를 오가며 생활하던 중 만주에서 패전을 맞았다. 소련군 침공, 그리고 일본의 패전. 이러한 격동의 역사를 아 베 코보는 고스란히 체험할 수 밖에 없었던 것이다.

이러한 체험을 안고 아베 코보는 일본의 패전과 함께 만 주로부터 추방되었다. 일본의 패전과 동시에 만주국의 멸망을 목격한 아베 코보는 심각한 '고향 상실증'에 빠지게 된다. 이러한 만주 체험은 처녀작 시집 『무명시집(無名詩集, 1947)』을 비롯한 초기 창작 활동에 영향을 미쳐 그의 문학적 기반 형성에 토대가 되었다.

최근 일본에서는 아베 코보의 만주 체험에 대해 관심이 높아지고 있지만, 연구는 아직 미비하다. 그 이유로 들 수 있는 것은 먼저, 아베 코보가 직접 만주 체험을 소재로 한 작품을 쓴 적은 없으며 회고록 같은 것도 거의 없고, 당시 만주국과 아베 코보와의 관계에 대한 자료도 거의 없기 때문이다. 아베 코보는 "사람은 누구나 외부의 경력 외에도 내부의 경력이라고 하는 것을 갖고 있다. 중요한 것은 내부의 경력일 것이다"[8]라고 말한 적이 있다. 자신의 만주 체험=외부의 경력에 관해서는 그다지 이야기하려 하지 않았다.

두 번째로 만주 체험의 연구는 연구 방법상 비교 문학의 영역에 넣을 수 있다. 그동안의 아베 코보에 관한 비교 문학 연구는 주로 하이데거, 카프카 등 유럽 문학 사조와의 비교라는 측면에서 행해졌기 때문에, 만주와의 비교 연구는 비교적 소극적인 자세이다. 세 번째로 일본 자국의 문학 연구가들이

---

8)　아베 코보의 자필 연보(『新日本文學全集 福永武彦·安部公房』集英社, 1964).

아베 코보의 이른바 만주 체험을 이야기하는 데에는 한계가 있다고 생각한다. 왜냐하면 포스트콜로니얼 문학 비평을 가해 자 측에서 논하는 데에는 한계가 있을 수밖에 없기 때문이다.

그러므로 필자는 여기에 관심을 갖게 된 것이다. 필자는 아베 코보의 만주 체험을 그의 문학의 이미지 형성이라고 하는 점에 착목하여 살펴보고자 한다. 작가의 체험은 어떠한 형태로든 작품에 반영될 것이다. 게다가 그 작품이 갖는 의미는 독자가 살고 있는 시대의 환경에 의해 크게 달라진다. 문학 텍스트는 가동적이며 독자층의 질에 의해 좌우되는 측면도 갖고 있다.

이와 같은 것을 전제로 하고 아베 코보의 만주 체험을 다음 세 가지 측면에서 살펴보고자 한다. 먼저 첫째로 사막·황야·모래·벽 등 만주의 자연환경 체험에서 비롯된 이미지이다. 둘째 이 이미지와 깊은 관계를 맺으면서 나타나는 '변신' 모티브의 의미다. 세 번째 초기부터 만년에 이르기까지 그의 문학에 나타나는 '소유'라는 개념이 갖는 의미이다.

그러면 첫째로 아베 코보가 만주의 자연환경에서 얻은 문학적 이미지 중에서 '사막' 이미지의 형성을 알아보겠다. 우리들이 알고 있는 영화 속의 '사막'의 이미지란 대개 이런 것이다. 사막 영화의 고전이라고 할 수 있는 데이비드 린 감독의 '아라비아의 로렌스'와 최근작 안소니 밍겔라 감독의 '잉글리쉬 페이션트'를 보자. 이 두 영화에서 '사막'은 주인공인 영국인이 시적 흥분을 금치 못해 '사막'으로 빠져 들어가도록 그려져 있다. 전자에서 '사막'은 로렌스의 미의식으로 환각과 같은 것이었고, 후자에서는 주인공 남녀가 얽힌 육체 그 자체와 같은 것으로 '사막'이 묘사되고 있다. 이 '사막'은 자연적 환경인 동시에 영국인과 아랍인, 또는 제2차 세계대전으로 대표되는 정치적 의미를 함의하고 있다.

이에 비해 아베 코보는 '사막'을 인공적인 모래의 집합체로 보았으며, 정치와는 무관한 이미지를 형성하였다. 즉, 아베 코보에게 있어서는 '사막=변경'이며 '플라스틱적=인공적'인 것이다. 아베 코보가 만주의 이미지의 하나로 이와 같은 '사막'을 그려낸 것은, 만주의 사막에는 만주국의 흥망을 암시하는 인공적인 지배와 피지배의 구조가 있었기 때문이다. 게다가 20세기 초 만주라는 공간은 '파멸과 재생', '파괴와 창조', 그리고 '번영과 빈곤'의 역사가 반복되거나 공존해 있는 인공적인 '도시 사막'이었다.

두 번째로 든 '변신' 모티브에 관한 고찰은 '2.4. 소설의 주요 모티브'에서 다루고 있으므로 여기에서는 생략하기로 한다.

그럼 세 번째, 아베 코보의 독특한 개념인 '소유'의 의미와 만주 체험에 대해 알아보겠다. 만주국은 건국 당시부터 이미 근대 국가로서의 기반을 형성하였다. 이런 만주국이 불과 약 15년 후에 완전히 멸망하고 만 것이다. 이 불가사의한 만주국은 일본의 소유도, 그렇다고 해서 중국의 소유도 아니었다. 그 것은 일본이 2차 세계대전에서 패함에 따라 더 확실해졌다. 만주국은 무정부 상태가 되었고, 만주국이라는 국가가 이 세상에서 사라져 버렸다. 멸망 후 아베 코보는 만주가 누구도 소유하지 않았던 땅이었다는 것을 깨닫는다. 국가 또는 토지의 '소유' 개념은 의식의 비유로서 하나의 문학 서술 방법이 되었다. '소유'의 개념은 아베가 그리는 도시 배경이 되었고, '변신' 모티브와 함께 인간의 존재 의미에 새로운 이미지를 주었다.

아베 코보에게 있어서 만주국의 환영이 가져다 준 '소유'의 개념을 보면, 존재의 세계와 소유의 세계는 인식론적으로 차이가 없다. 극단적으로 말하면 그의 문학 세계에서는 '소유'하고 싶은 것이 있는데 그것을 직접적으로 소유할 수 없는 경우, 그것을 다른 형태로 변신(변형)시켜 소유해 버리고 만다.

다시 말하면, 인간의 모습으로 현실 세계를 살아갈 수 없

는 경우에 아베는 인간의 존재를 다른 형태로 변신시켜 존재
하도록 하였다. 이렇게 볼 때, '변신'이라는 것은 인간 존재의
형태를 다양화하는 것이라 볼 수 있다.

외적 환경인 만주 체험이 가져다 준 아베 코보의 사상은
1950년대 초기 단편 소설에서 보이는 우화성과 '변신의 세
계'에서 찾아볼 수 있다. 이것은 1960년대에 이르면 보다 현
실과 밀접한 관계를 갖고, 드디어는 '가상공간'을 만들어낸다.
이 '가상공간'이라고 하는 것은 일본과 만주의 이미지가 중첩
되어 만들어진 곳으로, 어디에도 없는 공간이기도 하다. 따라
서 역으로 어디에도 있을 법한 공간이다. 그곳에는 시종 만주
국의 환영으로 인해 국가, 도시, 문화를 이중으로 하는 아베
코보의 시점을 엿볼 수가 있다.

아베 코보의 만주 체험이 갖는 중요성은 단순히 자서전적
인 소설, 또는 '이민(移民)문학'에 머무르지 않고, 그의 문학을
꿰뚫는 이미지로서 승화하였다는 데에 있다. 이것을 '환경적
상상력'[9]이라고 한다. 아베 코보가 만들어 낸 세계가 리얼리티
를 갖고 있는 것처럼 보이는 것은 상상력의 근원이 실재했기

---

9) リービ英雄+島田雅彦「幻郷の滿洲」(『ユリイカ』1994.8). 리비 히데오는 아베 코보 문학의 하
    나의 특징으로서 '환경적 상상력'을 지적하였다. 여기에서 말하는 '환경'이란 일종의 '완벽한
    세계'를 말한다. 환경주의자들이 말하는 환경하고는 구분되는 것으로, 오히려 무대장치와도
    같은 것이라 하겠다.

때문이고 할 수 있다.

2.2. 사상의 기반: 실존주의와 코뮤니즘, 그리고 초현실주의

아베 코보를 일컬어 '일본의 카프카'라고도 한다. 아베 코보의 문학은 실존주의적 경향이 강하다. 전쟁 중의 폐쇄적인 공기 속에서 그는 릴케와 니체 사이를 왕래하다가 실존주의에 빠졌고, 사르트르, 카뮈, 카프카로부터 여러 가지 시사와 계시를 얻었다고 말하고 있다.[10]

뛰어난 문학가들이 시작(詩作)에서부터 출발하듯이 아베 코보 역시 시인으로 출발하였다. 릴케의 『형상시집』으로부터 영향을 받았다고 하는 그의 첫 시집 『무명시집』을 1947년에 내놓았다. 아베 코보는 '무명'이라는 것에 세계의 모습이나 개인의 존재를 해체, 또는 변신(변형)시켜 버렸다. 이러한 변신 이야기는 초기 단편소설에 많이 나타난다. 예를 들어 1950년 제2회 전후문학상을 받은 『붉은 누에고치』는 개인의 존재가 해체되는 것을 리얼하게 묘사해냈다. 주인공 남자 '나'는 자신의 안식처인 집이 없다고 호소하다가, 결국 자신의 몸을 해체시켜 커다란 누에고치를 만들어낸다. 누에고치야말로 '나'

---

10)   아베 코보의 자필 연보에 의함. 주 4)와 동일.

가 그토록 원했던 보금자리의 상징이지만 '나'가 해체된 후라서, 그 보금자리로 돌아갈 '나'가 없어진 것이다. 아베 코보의 실존주의 문학의 특색이 잘 나타나는 작품이라 하겠다.

소련의 평론가 G. 즈로빈씨는 1960년대에 발표한 『모래의 여자』와 『타인의 얼굴』을 '실존주의에 입각한 리얼리즘 작품'이라고 하였다.[11] 그가 20세기의 산물인 실존주의와 19세기의 산물인 리얼리즘의 두 축으로 아베 코보를 분석한 것은 참으로 흥미롭다. 즈로빈씨는 유럽의 실존주의 작가들은 상당히 주관적이라고 지적하고, 신의 존재를 부정하는 방법도 결국 자기도취에 의한 것에 지나지 않는다고 하였다. 그런데 이 자기도취적인 증세는 아베 코보 문학에서 찾아볼 수 없다는 것이다. 즉 유럽의 실존주의 소설의 주인공들은 인간 존재의 부조리에서 인문학적 고독 상태에 놓인다고 하면, 아베 코보 문학의 주인공들은 사회의 구조, 내지 사회 기능의 외부적 요소에 의해 고독에 빠진다는 것이다. 이 표현은 미국 비평가의 유행어에 의하면 '소외'라고 하는 것이 된다.

이렇게 아베 코보 문학에 나타나는 인간의 소외, 고독, 죄와 자유 등은 유럽의 실존주의와 상응하는 면이 있으면서도,

---

11) 武田勝彦「海外における安部公房の評價」(『國文學 解釋과 鑑賞』1971.1).

아베 코보만의 특색을 가지고 있다. 물론 이것을 즈로빈씨는 일본적 실존주의라고 명하였으나, 필자는 신(神)의 존재와 부재를 둘러싼 동양과 서양의 관념의 차이에서 오는 것이 아닌가 생각하는 바이다.

아베 코보는 이렇듯 실존주의에서 출발하였지만 1949년부터 1962년 공산당으로부터 제명되기까지 코뮤니즘에 접근하였다. 코뮤니즘에 접근하면서 아베 코보는 당시 아방가르드 예술 운동의 산실인 '야회'(夜の會)에 동참한다. 아베 코보는 아방가르드=전위를 그대로 정치적인 의미에서의 전위=혁명으로 흡수하여, 예술운동이 그대로 예술이라는 입장을 표명하였다.

당시의 아방가르드는 초현실주의와 모더니즘의 총체로서 이해되기도 하였다. 당시의 아베 코보와 미시마 유키오에 대해서 평론가 사헤키 쇼이치(佐伯彰一)씨는 다음과 같이 지적하였다. "아베와 미시마는 함께 출발한 이래 확고한 모더니스트로 끝까지 그 자세를 일관하였다. 단 아베류의 모더니즘은 1920년대부터 1930년대에 걸친 프랑스의 초현실주의 영향이 주를 이루었고 여기에 릴케와 카프카의 문학 사상을 받아들였다. 이러한 영향은 후에 실험적인 연극과 그의 독특한 문학 세계를 구축하기에 이르렀다. 이에 비해 미시마류의 모더니즘은 오스카 와일드의 영향을 받은 세기말적 상징주의 또는 데카당스 취미로, 그 영향의 궤적은 그의 고전적인 모티브 애용에서부터 만년의 장대한 신비주의에 이르기까지 일관된다."라고 그 차이를 언급하였다.[12]

여기서 주목하고 싶은 것은 아베 코보의 초현실주의 영향에 의한 실험 정신이라 하겠다. 그의 실험 정신은 이미지의 자유로운 연상이 기초를 두고 있다고 하겠다. 이러한 기술은 유고 작품 『하늘을 나는 남자(飛ぶ男, 1993)』에서 그 절정을 이룬다. 인간이 아무런 장치도 없이 하늘을 날고 있다. 작가의 머릿속에 연출되는 상상력의 드라마라고 하는 것은, 작가가 경험하는 지극히 사적인 일이겠지만, 그것이 언어를 매개로 해서 그려낸 작품 세계는 독자 누구나가 경험할 수 있는 공간일지도 모르겠다.

아베 코보는 최종적으로 인간이 하늘을 날 수 있다고 하는 이미지를 형성하였다. 근대 사회가 만들어낸 공동체, 예를 들어 국가나 도시로부터 탈출해서 진정한 의미의 '자유'를 찾으려 했는지도 모른다.

---

12)　佐伯彰一—「ニュ-ヨ-クの安部公房」(『新潮』1996.7).

2.3. 아베 코보의 소설기법: '가설 리얼리티'와 '버츄얼 리얼리티'

아베 코보의 소설을 두고 흔히 황당무계하다, 기상천외하다고 한다.[13] 이는 아베의 독창적인 발상과 그 표현 방법에 있지 않나 생각한다. 인간 존재에 대한 실존주의적인 의문 제기, 초현실주의 수법에 의한 환상 세계의 전재, 게다가 4차원적인 세계를 입체적 감각으로 구성한 장면 등은 읽는 독자들로 하여금 혼란에 빠지게 만든다.

철저한 창조성에 의해 태어난 인물과 행위를 세밀화를 그리듯이 치밀하게 묘사하는 점 또한 아베 코보 문학의 특색이라 할 수 있다.

예를 들어 아베 코보의 유고 작품인 『하늘을 나는 남자』를 살펴보도록 하자. 『하늘을 나는 남자』는 초능력 소년이 하늘을 나는 장면부터 시작된다. 게다가 하늘을 날면서 휴대폰으로 전화를 건다. 언뜻 보면 공상적인 분위기이다. 그러나 표현을 아주 사실적으로 해서 리얼리티를 얻어낸다. 이것은 초기 아베 코보의 단편 소설에서 볼 수 있는 우화적 요소와는 상당히 다르다. 아베 코보는 우화로서 하늘을 나는 초능력 소년을

---

13) 遠丸立「「壁」」(『國文學 解釋과 鑑賞』 1971.1).

등장시킨 것이 아니다. 인간에게 아무런 장치도 달지 않고 하늘을 나는 모티브를 리얼리즘의 수법으로 언어로 표현해냈다.

아베 코보는 『하늘을 나는 남자』의 첫 장면을 "공상적이기는 하지만 굉장히 리얼하다"라고 표현하였다.[14] 이러한 아베 코보의 자세는 '하늘을 난다'라고 하는 모티브를 리얼하게 그리는 것에 성공했다고 확신하는 것이다. 그 자신도 인간이 하늘을 난다고 하는 모티브가 갖는 비리얼리즘을 언어 표현에 의해 리얼리즘으로 전환시킬 때 우려했었다는 의미이다. 이때 일체의 과학적이거나 합리적 설명은 필요 없다. 하늘을 나는 것, 그 표현의 자체가 중요하다. 이것이 아베 코보가 생각하는 '가설 리얼리티'이다.

아베 코보는 작품에 기묘하게 비현실적인 변신 이야기이나 실제로 존재하지 않는 생물을 많이 등장시킨다. 그리고 이것을 세밀하게 표현함으로써 현실적인 이야기나 실제로 존재하는 생물로 착각을 불러일으키게 한다. 이것은 그의 '가설 리얼리티'에 의한 것이다. 그러므로 아베 코보 자신이 만들어낸 변신 이야기나 괴기한 생물의 등장은 환타지가 아니라 '가설 리얼리티'의 산물이다.

---

14) 1989년 12월 22일 朝日新聞,「餘白を語る」.

이렇게 보면,『하늘을 나는 남자』에 있어서 초능력 소년의 등장을 같은 맥락에서 생각해 볼 수 있다. 즉 아베가 자신의 언어에 의해 만들어낸 세계를 구성하고 있는 리얼리티의 근거는 '가설 리얼리티'에 의해 가공된 세계 그 자체이다. 그러므로 과학적 근거 등 외부적 요소를 끌어들일 필요가 없으며, 가능한 세계냐 불가능한 세계냐, 과학적 근거가 있느냐 없느냐 등의 논의는 그 자체가 무의미하다.

이러한 의미에서 아베 코보 문학의 세계는 언어화가 불가능한 것을 어떻게 해서든지 언어화하려는 시도, 환상을 언어에 의해 일종의 리얼리티를 갖는 구조로 바꾸려는 시도, 이러한 일련의 시도로 창출된 세계가 아니었을까 하고 생각한다.

이것이 바로 생소하게 들릴지도 모르겠지만 '버추얼 리얼리티(가상현실)'라고 할 수 있다. 원래 '버추얼 리얼리티'는 컴퓨터 소프트 기술과 영상처리 기술이 종합해서 만든 것으로, 2차원의 공간에 3차원의 공간을 만들어내는 것이다. 이 3차원 공간에 시스템 조종사가 들어가 공간 지각이 가능해진다. 특히 이 3차원 공간에 일상적인 생활 도구를 배치할 수도 있어서, 이 도구들이 현실에 가까우면 가까울수록 현실 감각을 느낄 수 있는 것이다. 이러한 '버추얼 리얼리티'를 아베 코보는 언어 표현으로 가능하게 한 것이다.

유고 작품『하늘을 나는 남자』는 비록 미완성이기는 하지만, 아베 코보는 이 작품에서 언어에 의한 '버추얼 리얼리티'의 가능성을 제시하였다. 『하늘을 나는 남자』는 전지적 시점이다. 전지적 시점은 게임의 조종자와 같이 스토리를 끊임없이 만들어낸다. 주인공인 '하늘을 나는' 초능력 소년의 설정은 자유자재로 공간을 이동할 수 있는 하나의 장치이기도 하다.

2.4. 소설의 주요 모티브: '변신' 모티브를 중심으로
2.4.1. '변신' 모티브①

아베 코보 작품『덴도로카카리야(デンドロカカリヤ, 1949)』를 비롯하여『붉은 누에고치(赤いまゆ, 1950)』,『벽—S. 카르마씨의 범죄(壁—S.カルマ氏の犯罪, 1951)』,『막대기(棒, 1995)』,『타인의 얼굴(他人の顔, 1964)』등에 '변신' 모티브가 다채롭게 펼쳐져 있다. 게다가 이들 대부분이 직접적으로 작품의 주제와 깊은 관계를 맺고 있다. 특히 '변신' 모티브는 1950년대 초기의 단편소설에 압도적으로 많은 것이 특색인데, 유고작『하늘을 나는 남자』에도 등장하는 것으로 보아 그의 작품 세계에 일관되어 나타나 있음을 알 수 있다. 이들 작품에 나타난 '변신'을 분류해 보면 다음과 같다.

① 인간이 식물로 변신한다(『덴도로카카리야』), ② 인간이 벽이나 막대기 등의 무생물로 변신한다(『벽』, 『막대기』 등), ③ 가면에 의해 변신한다 (『타인의 얼굴』), ④ 초능력에 의해 변신한다(『하늘을 나는 남자』) 등이다.

아베 코보의 '변신' 모티브에 관한 선행 연구는 작가가 창작 초기 시절에 마르크스주의와 코뮤니즘에 심취해 있었다는 경력에 주목하여, 주로 작품의 외적 요소를 끌어들여 해석하는 차원에서 이루어졌다.[15] 이 경우 대부분 '변신'의 해석에 있어서 일반적인 '변신', 즉 몸을 변형시킨다는 것밖에 얻어낼 수가 없다. 그렇다면 특별히 아베 코보 문학에 있어서 '변신' 모티브가 아니어도 좋다는 결론이 나오게 된다.

그래서 필자는 작품의 외부에 눈길을 두기보다는, 좀 더 텍스트를 충실히 읽는 것부터 시작하여, 텍스트의 내부에 숨겨져 있는 기호=언어의 의미를 분석해 가는 방법으로 아베 코보의 '변신' 모티브가 갖는 의미를 고찰하였다.

이와 같은 방법으로 '변신' 모티브를 고찰해 본 결과 아베 코보의 '변신' 모티브의 특색은 크게 셋으로 나눌 수가 있다.

---

15)　가장 대표적인 것으로 大里恭三郎「安部公房論—變身の悲喜劇—」(『常葉國文』第1券, 1976.7)을 들 수 있다.

첫째, '도주/정착'의 이항대립에 의해 의미를 파악하는 패턴이다. 가혹한 현실의 모순에 괴로워하는 주인공은 먼저 현실로부터 '도주'해 간다. '도주'해 간 결과 그를 지배하려는 자에 의해 '변신'이 이루어져, 그의 지배 아래 '정착'한다고 하는 패턴이다.

둘째, '소외/소멸'의 개념으로 파악되는 패턴이다. 먼저 주인공이 기존의 질서로부터 '소외'되어 외부 또는 경계선상에서 방황하게 된다. 그 결과 '변신'이 일어나 자신의 존재가 '소멸'해 버리고 만다는 것이다.

셋째, '소유/존재'의 개념으로 해석되는 패턴이다. 아무데에도 속하지 않는 자가 '변신'에 의해 제3자 또는 타자의 소유가 되어, 그 인물의 분신 또는 장난감으로 존재하는 패턴이다. 물론 이러한 개념으로 읽혀지는 '변신' 모티브 외에도 다양한 개념이 나타날 것이다.

대부분의 초기 단편에서는 위의 세 가지 패턴들이 서로 얽혀서 '변신' 모티브가 나타난다. 이러한 '변신' 모티브는 주인공의 '변신'이 주인공과 사회 또는 세계와의 관계에 있어서 주인공이 주체적으로 세계에 관여하여 질서를 잡는 능동적인 태도를 나타내는 것이 아니다. 오히려 주인공은 질서의 반대편에 서 있다. 또는 수동적으로 세계 속에 자신을 맡기면서 자신과 관계되는 최소한의 인간 관계에 있어 혁명, 즉 관계를 개혁하려고 하는 소시민적인 태도를 취하기도 한다. 이것이 초기 작품에 나타나는 '변신' 모티브를 관철하고 있는 연속성이라고 하겠다.

이와 같은 '변신'의 연속성을 모태로 해서 그 표층에서는 변화가 일어난다. 예를 들어 '변신' 모티브는 도시와 광야, 또는 안과 밖 등의 공간 개념으로 변화해 간다. 이 경우 '변신' 모티브는 도시에 사는 현대인의 실존 상황과 불안의 모습을 나타낸다. 초기 작품의 '변신' 모티브는 작품의 테마와 깊은 관련을 맺고 변화해 가고 있다. 그러므로 아베 코보 작품에서 '변신' 모티브는 보다 철학적인 추상성을 띠며, 실존주의 철학의 명제가 소설화된 것이라고 해도 좋을 것이다.

2.4.2 '변신' 모티브②

1960년대의 장편소설에 이르러서 '변신' 모티브는 초기 단편에서 보여지는 그것과는 다른 형태로 나타난다. 1964년에 발표한 『타인의 얼굴』이 그 좋은 예이다. 얼굴에 심한 화상을 입은 주인공이 자신의 잃어버린 얼굴을 되찾으려고 정교한 가면을 만든다. 결국 그는 타인의 얼굴을 한 가면을 쓰고 변신하고 만다. 이 『타인의 얼굴』은 1966년 아베 코보의 자신에 의한 각색과 데시가하라 히로시 감독 하에 동명의 영화가 제작되었다. 1997년에 발표하여 흥행에 성공한 오우삼(吳宇森) 감독의 『페이스 오프』는 바로 『타인의 얼굴』의 영향을 받은 작품이기도 하다. 홍콩 느와르의 대가 오우삼 감독이 인터뷰에서 아베 코보의 『타인의 얼굴』에서 아이디어를 얻은 것이라고 털어놓았다.[16] 이 이야기는 사실 빙산의 일각에 불과하다. 사실 아베 코보의 소설이 전 세계에 번역되어 그의 문학에 영향을 받은 문학인, 예술가들은 수두룩하다. 1970년대의 화제작이었던 핑크플로이드의 뮤직비디오 『The Wall』 역시 아베 코보의 『벽―S. 카르마씨의 범죄』의 영향을 받은 것이라고 생각한다.[17]

그러면 왜 아베 코보는 1960년대에 들어서 그렇게 무참히 '얼굴'을 손상시켜 버린 것일까.

일본은 1960년대 이후 고도 경제성장으로 안정기에 접어들면서 도시, 특히 도쿄가 급변하였다. 도쿄가 변화하면서 수

---

16) 「오우삼이 일본영화에 관하여 알고 있는 두세 가지의 것들」(『KINO』1997.12).
17) 이들 영향 관계에 대해서는 확실한 근거 자료는 없지만, 1997년 1월 31일 필자와 아베 코보의 장녀 아베 네리(安部ねり)씨와의 인터뷰에서 확신을 얻었을 뿐이다.

도권에서 56~60킬로미터 떨어진 근교에 대규모의 주택단지가 조성되기 시작하였다. 후기 산업사회의 특징이라고 할 수 있는 대량 소비사회가 진행되고, 교통망이 발달함과 동시에 미디어 정보의 보급이 확대되었다. 이러한 도시생활에 있어서 인간 상호간의 관계성은 종전과는 현격하게 다른 면모를 보였다. 사람들은 자연적·혈연적 공동체에서 이탈하여 대도시로 몰려들어 왔다. 그들에게는 도시 자체가 자신들의 과거를 소거하기에 좋은 공간이며, 동시에 그들은 자신을 감출 수 있는 익명성을 획득하게 된다. 그래서 그 당시 사람들의 실종이나 증발이 심각한 사회 문제가 되어 '증발인간'이라는 유행어가 생겨날 정도였다.[18] 이와 반대로 도시는 자기 자신을 자유로이 표현할 수 있거나 자기를 노출시키는데에 아무런 장해를 받지 않는 공간이기도 하였다.

이와 같은 거대한 도시공간 속에서 인간의 퍼스낼리티도 인간관계에 의해 다중성을 띠기 시작하였다. 소위 다중인격이 출현한 것이다. 이와 함께 아베 코보에 있어서 가면에 의한 '변신' 모티브는 '얼굴 복제'라는 문제를 제기하였다. 『타인의 얼굴』에서 '가면'은 '또 하나의 얼굴'로 표현된다. '가면'

---

18) 遠藤周作+霜山德爾+寺田響『蒸發人間―歪められた現代の映像―』(潮文社, 1967).

을 제작하는 것은 '타인의 얼굴'을 빌리지 않으면 안 된다. 자신의 얼굴이 손상되었으므로 얼굴의 원형을 '타인의 얼굴'에서 빌려와야 하는 것이다. 일종의 '복제'다.

'얼굴 복제' 하면 우선 연상되는 것이 초상화나 얼굴 조각 또는 얼굴 사진 등일 것이다. 그러나 『타인의 얼굴』에서는 인간의 얼굴 자체가 복제되는 것이다. 이러한 복제를 조직적인 방법을 통해 생산한다면 어떻게 될까. 한 사람의 얼굴을 수없이 많이 복제할 수도 있다. 최근 화제가 되는 '복제 양'의 탄생과도 관련이 있다. 언뜻 보기에 공상적인 얼굴의 복제는 유전공학적 차원에서 보면 그리 먼 미래의 이야기는 아닐 것이다. 이러한 테크놀로지의 발달과 함께 새로운 세계상·인간상이 정립될 것이다. 즉, '지금, 여기에 있는 자신'이라는 존재와 '또 다른 시공간에 있는 또 하나의 자신'이라는 존재를 상정하게 한다.

이러한 가설은 도시의 변모와 함께 인간에게 이와 같은 다중적 이미지를 강요하고 있는 것이다. 다시 말하면 도시의 복잡함이 인간에게 다중인격을 형성하도록 강요했다는 것이다. 아베 코보의 '가면'에 의한 '변신' 모티브의 의미는 여기에 있다.

이러한 '변신' 모티브는 1970년대에 이르러 작품 『상자 인간(箱男, 1973)』에서 '상자 남자(BOX MAN)'라는 인간을 만들어냈다. '상자 남자'는 얼굴에 '가면' 대신 상자(BOX)를 쓰고 상자에 만들어 놓은 창을 통해 밖을 볼 수 있다.

이들은 1950년대의 『벽—S. 카르마씨의 범죄』에서의 주인공처럼 현실 세계로부터 이 세상 끝까지 도주하지도 못하고, 1960년대에의 『모래의 여자』나 『타인의 얼굴』의 등장 인물처럼 실종되거나 증발하지도 못하고, 상자를 쓰고 도시 한가운데에서 살아갈 수밖에 없는 것이다. 이들의 출현은 어쩌면 우연이 아닐지도 모르겠다. 더 이상의 도주나 실종·증발이 불가능해져 버려, 이 도시에 머물게 된 새로운 인종의 출현일지도 모른다. 즉 자신이 서 있는 도시공간에서 얼굴에 상자를 씀으로써, 자신을 없애버리면서 존재하는 새로운 부류가 탄생한 것이다.

아베 코보는 이들을 '등록하지 않는 사람들'이라고 하였다.[19] 아베 코보가 『상자 인간』을 쓸 당시 아이디어를 얻은 것은 도쿄 신쥬쿠(新宿) 지하도에서 사는 노숙자들에서였다. 1960년대 말부터 1970년대에 들어서 일본에서도 부랑자

---

19) 아베 코보의 강연 「小說を生む發想—『箱男』について—」(1972. 6).

와 실직자들이 신쥬쿠 지하도에서 노숙 생활을 하였다. 이들은 대형 상자를 이용해서 잘 수 있는 공간을 만들었다. 일종의 집이었다. 여기에서 힌트를 얻은 아베 코보는 얼굴에만 상자를 쓰고 다니는 '상자 남자'를 창출해 냈다. 이 아베 코보의 조형 인물인 '상자 남자'는 1990년대에 들어서면서부터 노숙자들을 일컫는 말이 되고 말았다. 물론 아베 코보가 만들어 낸 '상자 남자'는 단순히 노숙자의 의미는 아니다. 스스로 일체의 '등록=소속'[20]을 거부한 사람들이다. 그러므로 그들에게 있어서 '얼굴'은 큰 의미를 지니지 않는다. 스스로 '얼굴'을 없애버렸다. 『상자 인간』은 두말할 필요도 없이 현대 도시에 있어서의 인간 존재의 변용과 해체를 보여주는 것이라고 할 수 있다.

2.5 소설의 주요 테마: '관계'의 문제와 문화의 '크레올성'

아베 코보 소설의 중심 테마는 크게 둘로 나눌 수가 있는데 그 하나는 '관계'의 문제이다. 인간과 공동체와의 관계, 도시와 인간과의 관계, 국가와 개인의 관계 등 그 관계성을 지적할 수 있다. 두 번째로는 문화의 '크레올성'이다. 문화의 '크

---

20) 여기서 말하는 〈등록〉을 〈증명서〉라고 바꾸어 말할 수도 있다. 구체적으로 말하면 호적, 직업, 주민등록증, 의료보험증, 운전면허증, 세금 계산서 등등이라 할 수 있다.

레올성'이라는 것은 두 문화가 접촉해서 탄생하는 새로운 문화를 의미한다. 아베 코보는 늘 전통 문화를 거부하는 것에 관심을 가졌다. 이것이 문화의 '크레올성' 문제에서 가장 포인트가 되는 것이라 하겠다.

어쩌면 위의 두 테마는 현대를 살아가는 인간에게 있어서 풀어야 할 영원한 테마인지도 모른다. 이 두 테마에 대해서 아베 코보 문학만큼 많은 시사를 던져주는 문학 작품은 드물 것이다.

2.5.1 '관계' 문제

아베 코보는 작품을 통해 개인과 공동체와의 관계를 다양한 각도에서 나타내고 있다. 대표적인 공동체로서 국가를 들 수 있고, 국가는 정부, 도시/촌락, 가족, 부부 등의 하부 단위를 갖는다. 즉 두 사람 이상의 인간이 함께 생활하는 곳을 「공동체」라고 말할 수 있다.

아베 코보는 공동체의 기본 성격을 '빼앗는 것'으로 규정하고 있다. 즉 공동체는 개인을 보호하여 안식과 보증을 제공하는 대신에 개인을 구속하고 의무를 강요한다. 공동체에서 개인을 구속하는 수단으로 쓰여지는 것이 '법'이다. 즉 개인의 '자유'를 빼앗는다. 따라서 '법'을 집행하는 경찰이나 재판은 증오의 대상이 된다.

한편, 공동체는 개인에게 노동이라는 의무를 지워주고 이를 강요한다. 그러므로 아베 코보 소설 속의 주인공들은 이러한 공동체를 떠나서 생활하는 것을 용서받지 못하는 숙명을 지닌다. '생활'을 '이 현실'로 바꾸어서 생각할 수 있다. 『벽』이나 『모래의 여자』에서도 주인공들은 '이 현실'로부터 속박되어 '이 현실' 세계가 있는 한 그곳으로부터 도망칠 수가 없으므로 도주를 반복하는 존재로 표현된다. 게다가 『모래의 여자』에서는 '이 현실'에서 노동을 하지 않으면 안 되도록 생활로부터 강요받는다.

아베 코보는 공동체를 증오한다. 특히 인간이 고독에 못이겨 공동체에 귀속할 경우 그 공동체를 더욱 증오한다. 이러한 공동체에서 파행되는 여러 문제들은 앞으로 21세기를 사는 우리들이 풀어야만 할 '관계'의 문제라고 해도 과언이 아닐 것이다.

2.5.2. 문화의 '크레올성''

아베 코보가 '크레올(creole)'에 관심을 갖기 시작한 것은

1980년대로 당시 문단에서는 아직 '크레올'이라는 단어조차 통용되고 있지 않은 때였다. 이것만 보더라도 그의 사상과 관심이 얼마나 선구적이고 늘 앞으로의 세계로 향하고 있었는가를 알 수 있을 것이다.

'크레올'은 '식민지 태생의 백인'을 지칭하며 그들의 언어를 '크레올 언어'라고 한다. 이것을 언어학에서는 두 가지 이상의 언어가 접촉한 결과로 생기는 '혼성어', 또는 '혼합어'라고 한다. 이 '크레올 언어'는 특별한 언어 학습 없이 인간이 보편적으로 갖고 있는 언어 능력에 의해 형성된다고 한다.[21] 아베 코보는 이 '크레올 언어'에 관심을 가지기 시작하면서 '크레올 문화'를 해석하려고 하였다.

아베 코보는 우리 주변을 잠식하고 있는 미국 문화에 대해서, "청바지나 콜라 그리고 햄버거나 디즈니랜드로 대표되는 미국산 문화는 신기할 정도로 전 세계로 퍼져 유행한다. 왜 그럴까"하고 의문을 품기 시작하였다. 이에 대해 아베 코보는 결론적으로 그것이 '전통을 갖지 않는 문화', 또는 '전통을 거부한 문화'이기 때문이라고 하였다.[22] 미국 문화는 전통

---

21) Partrick Chamoiseau & Raphael Conriant 著 西谷修譯 『クレオールと何か』 平凡社,1995

22) 小山鐵郎「政治的境界こえる安部文學—安部公房シンポジウムに參加して—(上)」(『週刊讀書人』1996.5.24).

에 의해 형성된 것이 아니라 크레올 언어와 유사하게 형성되었기 때문에 특별히 교육을 매개로 하지 않아도 그 전염력이 굉장히 강할 수밖에 없다는 것이다. 현재 청바지나 콜라는 전통적인 경로를 거치지 않고 전 세계에 퍼져 있다. 이러한 현상을 그는 문화의 '크레올성'이라 하였다.

더 나아가 국가와 국가 간의 국경을 해체하고 용해하여, 보다 더 유동적인 것으로 하며, 문화적·사회적 융합과 혼혈 작용에 의해 하나의 새로운 문화가 탄생할 수 있는 가능성을 찾으려고 하였다. 이를 '보편문화'라고도 할 수 있겠다. 20세기 인류학의 문화상대주의는 문화 고유 전통과 습관에 본질적인 의의를 부여한 것으로 인류의 문화적·사회적 차이를 강조하였다. 이에 반해 아베 코보는 인류 문화의 '보편성'에 대해 하나의 설득력 있는 이론을 제시했다고 할 수 있다.

이러한 아베 코보의 사고의 출발점은 그의 언어관이었다. 언어는 인간에게 있어서 제2의 본능이다 라고 하는 가설이다. 촘스키의 보편문법이론, 파블로프의 제2조건반사 이론을 정리·종합한 아베 코보는 언어가 유전자 레벨에 구성된 언어형성 프로그램에 의해 생성되는 것이라는 결론을 내린다. 즉 아베 코보가 주목한 것은 언어는 인간의 학습에 의해 습득한 문화적 산물이 아니라, 태어날 때부터 주어진 유전자 프로그램의 생성 과정의 산물이라는 것이다. 여기에서 도출해 낸 것이 바로 그의 새로운 문화관이었다. 앞으로 세계의 문화는 아베 코보가 말하는 일종의 '보편문화'가 탄생하여, 그에 따르는 여러 가지 문제를 어떻게 해결하고 정립해 나가야 하는 것이 과제로 남게 될 것이다.

3. 결론: 표현가 아베 코보

한 개인이 어떻게 해서 소설가가 되었을까? 이 의문은 한 작가를 이야기하려고 하는 사람에게 있어서 상당히 흥미로운 것이다. 그 작가에 대한 탐색을 통해 작품 자체로부터 쉽게 공약수로 답이 나오는 경우가 있는가 하면, 작품 자체만으로는 좀처럼 답을 얻어낼 수 없는 경우도 있다. 아베 코보의 경우는 후자의 전형일 것이다.

아베 코보가 일본의 식민지였던 만주에서 자랐고, 그곳에서 패전을 체험하고, 그래서 그 만주 체험이 소위 그의 문학의 원체험이 되었다는 결론을 내리는 것은 그리 어려운 일은 아니었다.

그런데 『무명시집』이라고 하는 릴케풍의 시를 썼던 그가 왜 시인이 아니라 소설가가 되었는가, 또 1950년대 초기 단편 소설에는 우화적인 변신 이야기가 집중적으로 많이 나타나는데, 왜 그러한 수법을 썼을까 하는 의문은 그리 쉽게 답이 나올 성질의 것이 아니다.

그는 패전과 함께 먼저 '조국'인 일본에 대해서도 '고향'인 만주에 대해서도 불신과 증오가 앞섰다. 모든 것이 무너져 갔다. 그 속에서 살아가고 있는 개인을 위해서는 일체를 부정하고 일체를 변혁할 수 있는 완벽한 픽션 세계이지 않으면 안 되었을 것이다. 그 결과 아베 코보만의 독특한 '공동체'가 형성되었고, 새로운 형태의 인간 존재를 그려냈던 것이 아니었는가 하고 생각하는 바이다.

1960년대에 들어서서 '실종 삼부작'인 『모래의 여자』, 『타인의 얼굴』, 『불타버린 지도』에서 '관계'의 문제를 제시하면서 이 시대를 대표하는 작가의 한 사람으로 주목받았다. '관계'의 문제라고 하는 테마에 대해서는 '공동체'와 '개인'의 관계를 중심으로 살펴보았다. '개인'은 끊임없이 '공동체'의 일상으로부터 이탈하려고 하고, 그 결과 작품 세계는 '비일상적'인 세계를 구축하게 되었다. 그러면서도 아베 코보의 핵심은 리얼리즘의 문제였다. 어쩌면 1960년대에서 1970년대에 걸친 일본 사회는 대량 소비사회의 도래와 정보화 시대를 맞이하여 일종의 허구로 가득 찬 시대라고 해도 과언이 아닐 것이다. 그러므로 당시 리얼리즘의 문제라는 것은 현실의 허구 속에서 리얼리티의 표현이라 하겠다. 이것을 잘 표현한 작품이 『타인의 얼굴』이다. 아베 코보의 가면의 세계의 구축은 1970년대에 이르러서는 실험 연극의 영역을 만들어냈으며, 최종적으로는 '버추얼 리얼리티'를 그려내는 데 성공했다. 실험 연극에 있어서 신체 표현 방법은 그의 언어 표현 세계를 더욱더 풍부한 것으로 해주었다. '버추얼 리얼리티'는 유고작 『하늘을 나는 남자』에서 그 절정을 이루었다.

그의 작품 세계는 전후 일본이 걸어온 궤적과 떼어놓고 말할 수가 없다. 패전 직후의 황량한 1950년대, 고도 경제성장기의 1960년대, 전후의 국가 체제가 다시금 거론되면서 현대사회의 위기에 빠졌던 1970년대부터 1980년대에 이르기까지 일본 사회는 커다란 변동을 겪었다. 아베 코보 역시 끊임없이 '새로운 문학'에의 가능성을 모색하려 하였다. 그리고 1980년대 중반부터 1990년대의 멀티미디어 시대=정보화 시대에 있어서도 아베 코보는 끊임없는 변모를 거듭하여 '변모하는 작가'상을 보여주었다.

이렇듯 아베 코보는 변모하는 작가, 시대의 첨단을 달리는 작가, 그리고 시를 비롯하여 소설, 연극, 영화, 사진 등의 총체적인 예술을 표현한 작가라 할 수 있다.

(초출, 『교단문학』 1998년 가을호, pp 273~296. 제21회 교단문학 평론 부분 신인상 수상)

옮긴이의 말

나와 아베 코보

아베 코보(安部公房, 1924~1993)를 연구한 지 30여년이 넘었습니다. 아베 코보를 처음 알게 된 것은 대학교 3학년 때입니다. 당시 자주 청계천 고서점가를 돌면서 전공 공부를 위해 일본 소설책을 찾아서 읽곤 했습니다. 어느 날 우연히 한 책방에서 한국어로 번역된 아베 코보의 작품 『모래의 여자』(砂の女, 1962)를 발견했습니다. 그때는 그저 일본 소설이어서 반가운 마음으로 구입해서 읽었습니다. 고등학교 시절부터 심취해 있었던 카프카나 카뮈의 문학 세계와 어딘가 비슷하다는 생각이 들었습니다. 나중에 알게 된 사실이지만, 아베 코보의 별명이 '일본의 카프카'였습니다.

『모래의 여자』는 내용 그 자체는 아주 단순합니다. 여름방학을 이용해서 곤충 채집을 떠난 주인공이 행방불명이 됩니다. 그는 모래 사구의 어느 한 집에 갇히게 되는데, 그곳에는 여자가 혼자 살고 있었습니다. 그곳에 사는 여자와 모래로부터 집을 지키기 위해, 밤마다 모래 퍼내는 작업을 하지 않으면 안 되었습니다. 그는 처음에는 탈출하려고 온갖 방법을 강구해 보지만 결국 모두 실패하고 맙니다. 그러다가 그는 모래 속에서 물을 만들어내는 저수장치를 발견하고 새로운 희망에 차서 탈출할 생각을 접고 만다는 이야기입니다.

분명히 『모래의 여자』는 도시로부터의 일탈, 경쟁사회로부터의 소외라는 실존주의적인 성격이 강한 소설로, 읽는 순간부터 저의 마음을 사로잡고 말았습니다. 그렇게 벗어나고 싶은 도시 생활에서 벗어났지만, 그를 기다리고 있었던 것은 개미지옥과도 같은 모래 사구 속에서의 생활이었습니다. 아무리 벗어나려고 해도 벗어날 수 없는 모래 사구 속의 생활은 어느새 일상이 되어 버리고 맙니다.

대학시절 당시 한국의 사회상이라고 하면 정의와 이상에 불타오르는 젊은이들에게는 고통과 절망으로 가득한 사회였습니다. 다시 말하자면, 인간 존재에 대한 본질적인 의문이

팽배해 있던 사회였습니다. 그것은 아베 코보 문학에 흐르고 있는 인간 존재에 대한 소외 문제와도 일맥상통하는 것이었습니다.

어쩌면 저는 아베 코보 문학에서 그 해답을 찾으려 했던 것일지도 모릅니다. 아베 코보의 작품을 읽어 내려가면 거기에는 시대의 흐름과 함께 언제나 소외당하는 인간 존재의 모습을 엿볼 수가 있었습니다. 제가 아베 코보를 연구하기 시작한 이유는 바로 여기에 있다고 할 수 있습니다.

『모래의 여자』에 빠져 지금까지 아베 코보를 연구하고 있으니,『모래의 여자』야말로 저의 인생을 바꾼 한 권의 책이라고 해도 과언이 아닙니다. 『모래의 여자』 다음으로 읽은 작품이 바로 단편집 『벽』입니다. 단편집 『벽』은 『모래의 여자』와는 달리 아주 재미있었습니다. 현실 사회에서 일어날 가능성이 전혀 없으면서도 있을 것만 같은 황당무계한 사건들(예를 들어 이름을 잃어버린다거나, 그림자를 빼앗기고 투명인간이 된다거나 하는 일)이 주된 내용입니다.

단편집 『벽』에는 1950년대 초에 발표한 단편소설 6편이 수록되어 있습니다. 이 중에서 가장 대표적인 작품은 『벽-S. 카르마씨의 범죄』로, 1951년 제25회 아쿠타가와상(芥川賞)을 받으면서 아베 코보는 작가로서의 입지를 굳혔습니다. 그다음으로는 1951년 제2회 전후문학상을 수상한 『붉은 누에고치』입니다. 전후문학상은 아베 코보 수상을 마지막으로 단 2회에 끝나고 만 단명의 문학상이지만, 그 취지는 새로운 시대에 걸맞는 문학을 창출하기 위한 것으로 대담한 실험작이라고 생각되는 의욕적인 소설을 발굴하고 평가해서 널리 알리는 것이 목적이었습니다.

『붉은 누에고치』는 『홍수』, 『마법의 분필』과 함께 '세 편의 우화'라는 제목으로 1950년 12월 잡지 『인간(人間)』에 발표하였습니다. 특히 『붉은 누에고치』는 400자 원고지 8매 정도의 짧은 단편소설로, 개인적으로 가장 좋아하는 작품입니다.

단편소설 6편이 수록되어 있는 『벽』은 1951년 5월 19일에 출판한 아베 코보의 최초의 단편집입니다.

이 단편집 『벽』의 특징은 스토리를 더욱더 풍부하게 하기 위해 '변신'이라는 모티브를 이용한 점입니다. 아베 코보의 '변신' 이야기에는 언제나 보편성이 내재되어 있습니다. 즉, 아베 코보의 '변신' 이야기는 인간 사회나 문화에 대한 신랄한 비판이었습니다.

아베 코보의 단편집 『벽』으로 인해, 저의 커다란 문학적

연구 테마는 '변신'이 되었습니다. 일본어로 변신은 '변신(変身, へんしん)으로 '헨신'이라고 읽고, 마음이 변하는 변심(変心, へんしん)도 '헨신'이라고 읽습니다. 그래서 저의 문학적 테마인 '변신'에는 형태가 변하는 '변신'과 마음이 변하는 '변심'도 함께 포함되어 있습니다.

저의 아베 코보 연구 성과는 박사 논문 「아베 코보 소설로 본 현대 일본문화」로 완성되었습니다. 이 논문이 완성되기까지는 참으로 많은 우여곡절이 있었습니다.

처음 일본 유학을 계획할 때에는 아베 코보와 한국의 서영은 작가의 작품과 비교연구를 하려고 했었습니다. 이 두 작가의 작품에 나타난 신화적인 세계와 그 성격을 고찰하려고 했습니다.

그러나 막상 일본에 가서 지도교수(당시 지도교수는 저명한 평론가인 무라마츠 고우(村松 剛))와 상담한 결과, 두 작가 모두 현존하는 작가이므로 함께 비교하는 것은 금기시되어 있으므로, 우선은 일본 작가만 연구하는 것이 좋겠다는 조언을 받고, 아베 코보만을 연구하게 되었습니다. 석사 논문을 쓰고 나서 논문 심사가 임박할 즈음에 지도교수로부터 박사과정에 들어가려면 현존하는 작가로는 박사 논문을 쓸 수 없으니 테마를 바꾸라는 말을 들었습니다. 그 당시 저는 아베 코보의 작품 세계에 흠뻑 취해 있었기 때문에 테마를 바꾸는 일은 그리 쉬운 일이 아니었습니다. 뿐만 아니라, 저는 테마를 바꾸기보다는 석사 논문이 통과되면 아베 코보를 만나 작가 인터뷰를 해볼 생각으로 기대에 차 있었습니다.

그런데, 석사 논문 심사 1주일을 남겨 놓은 1993년 1월 22일, 조간신문을 통해 청천벽력과도 같은 아베 코보의 사망 소식을 접하게 되었습니다. 그때의 충격이란 이루 다 말할 수가 없습니다. 저는 아베 코보에 대한 각계의 여론을 주시하였습니다. 당시 아베 코보에 대한 평가는 한마디로 '일본 전후문학의 기수'였습니다. 그날 모든 일간지에는 아베 코보 특보가 실렸고 그의 죽음을 아쉬워했습니다.

드디어 석사 논문 심사 날이 다가왔습니다. 자신의 논문에 대한 내용 설명과 함께 앞으로의 계획에 대해서 이야기 하려고 할 때였습니다. 지도교수님이 "아베 코보가 사망한 것은 알고 있겠지. 이제 자네는 아베 코보를 계속해서 연구해도 좋네!" 라고 하시는 것이 아니겠습니까!

아이러니하게도 저는 아베 코보가 사망했기 때문에 아베 코보 연구를 계속할 수 있었고, 박사 논문을 쓸 수 있게 되었던 것입니다. 지금도 그 당시를 회상해 보면, 작가 아베 코보에게는 정말 송구스러운 일이 아닐 수 없지만, 저에게는 더할 나위 없는 행운이었던 것입니다.

1996년 4월 19일에서 21일까지 '아베 코보 국제 심포지엄'이 미국 뉴욕 콜롬비아 대학에서 개최되었습니다. 그곳에 참가해서 동시대의 아베 코보 연구 현황을 살펴볼 수가 있었습니다. 그 심포지엄에서 아베 코보의 외동딸이자 아베 코보 저작권 계승자인 아베 네리 선생님을 만나게 되었습니다. 한국의 한 유학생이 아베 코보를 연구한다는 사실만으로도 아베 네리 선생님은 감동을 한 모양인지, 제게 특별한 관심과 배려를 해주었습니다. 아베 코보 전집 편찬 작업이 신쵸샤(新潮社)에서 진행되자, 아르바이트로 아베 코보 전 작품을 검토할 수 있는 기회가 주어졌습니다.

자신이 연구하는 작가의 초고 원고와 자필 원고를 만지는 것이 얼마나 가슴 벅찬 일인지 말로 설명을 다 할 수가 없습니다. 뿐만이 아니라, 하코네(箱根)에 있는 아베 코보 작업실까지 방문하게 되었습니다. 밤새도록 아베 네리 선생님으로부터 아베 코보 이야기를 들으며 아베 코보를 느낄 수가 있었습니다. 게다가 아베 코보의 미발표 자료까지 건네주어 제가 박사 논문을 준비하는 데에 큰 영향을 주었습니다.

일본 유학을 마치고 위덕대학교에 와서 제일 먼저 한 작업이 『벽』을 번역 출판한 일입니다. 『벽』이 처음으로 번역 출판된 것은 2000년 위덕대학교 출판부에서 나왔습니다. 그 당시에도 아베 네리 선생님이 번역 출판을 흔쾌히 승낙해 주셔서, 한정 부수로 출판하였습니다. 지금도 아베 네리 선생님한테는 마음 깊이 감사할 따름입니다.

2024년 10월 12일부터 12월 8일까지 아베 코보 탄생 100주년 기념 전시회가 가나가와(神奈川)근대문학관에서 개최되어 참가하였습니다. 전시회는 아베 코보 문학 세계를 다섯개 분야로 나누어 전시했는데, 한 편의 거대한 연구 논문을 보는 듯하여 많은 공부가 되었습니다. 관람객은 20대에서 70대까지 다양했으며, 생각보다 많아서 감동했습니다. 아베 코보가 아직도 많은 사람들의 마음속에 살아 있음을 느꼈습니다.

아베 코보 탄생 100주년을 기념이라도 하듯이, 아베 코보의 단편집 『벽』이 다시 번역 출판되어 감회가 새로울 뿐입니다. 30여년 전에 번역한 것을 다시 수정하는 과정에서 느낀 점이 많았습니다. 거친 번역과 참신한 문장이 교차하면서, 그동안의 저의 성장을 그대로 보여주는 것만 같았습니다. 한 문장 한 문장 소리 내어 읽어가면서 문장을 다듬었습니다.

저에게 있어서 아베 코보 문학은 대학 시절에도 절실히 필요해서 빠져들었고, 지금도 아베 코보 문학이 필요해서 빠져들고 있습니다. 아직도 아베 코보 문학에서 삶의 해답을 찾을 게 많은가 봅니다.

끝으로 오랫동안 몸 담고 있는 위덕대학교와 『벽』을 번역 출판하자고 선뜻 손잡아 주신 마르코폴로 출판사 김효진 대표님에게 깊이 감사드립니다.

2025년 2월 이정희

1판 1쇄   2025년 2월 25일
ISBN   979-11-92667-80-5 (03830)

저자   아베 코보
번역   이정희
편집   김효진
교정   이수정
제작   재영 P&B
디자인   우주상자
펴낸곳   마르코폴로
등록   제2021-000005호
주소   세종시 다솜1로9
이메일   laissez@gmail.com
페이스북 www.facebook.com/marco.polo.livre

책 값은 뒤표지에 있습니다. 잘못된 책은 교환하여 드립니다.